喜妃傳

第二部

著—解語—

四

熹妃傳

目錄

第六百四十九章　隱患

弘曆回到承乾宮後，將御藥房發生的事一一告知凌若。凌若細細聽了之後，道：「看來年氏一早就盯著咱們，明日你就算再出去，他們也不會讓你再有機會去御藥房的。」

「那怎麼辦？」弘曆一臉緊張地看著凌若，他們好不容易才抓到這條唯一的線索，若是再斷了的話，真不知該怎麼辦。

凌若撫著他僵硬的肩膀，溫言道：「放心吧，天無絕人之路，既然這條線索斷了，那咱們再尋另一條就是了，總可以還額娘一個清白的。還有你皇阿瑪那邊，額娘相信他也在追查真相。」

弘曆眼睛一亮，大聲道：「對啊，兒臣怎麼把皇阿瑪忘了，有皇阿瑪在，一定可以查明真相！」

「那你現在可以放心了？」凌若笑望著弘曆。終歸是孩子，剛才還愁眉苦臉，現在就已經是一臉興奮。

「嗯。」弘曆答應一聲，又道：「不過兒臣也會想辦法替額娘洗清冤屈的。對了，額娘，劉頭領被貴妃娘娘責罰，兒臣想去看看他。」

「這是應該的，難得劉頭領願意在這種情況下幫你，這份情義你必得好生記在心裡，將來有機會加倍還給劉頭領。」凌若叮嚀了一句後，命水秀拿來治傷的藥膏，讓弘曆拿去給劉虎。

「兒臣知道。」

弘曆接過藥膏快步離去，待得他走得不見人影後，一聲沉重的嘆息自凌若口中緩緩逸出。

「主子，好好的怎麼嘆起氣來？」安兒將一杯剛剛沏好的茶奉給凌若。這承乾宮雖然被禁了，但一應用度倒是暫時不缺。

凌若揭開盞蓋，望著徐徐升起的水氣，沉聲道：「年氏一心一意要置本宮於死地，本宮卻想不出什麼好辦法來反擊。」

安兒感到有些奇怪地道：「主子不是說除了毒藥這條線之外，還有別的線索可追嗎？再不行，還有皇上那頭呢，他不會眼睜睜看著主子受委屈的。」

「妳這丫頭怎麼這麼不懂事，那些話是主子拿來安慰四阿哥的，主子如今被困在這裡，到哪裡去想辦法。至於皇上……」提到胤禛，水月收住了話，唯恐說得不好惹凌若難過。

「不礙事，皇上那頭，本宮相信確實是在想辦法，只是難啊，年氏設下的這個局不是那麼好破的。」凌若搖搖頭，將茶盞放在桌上。「其實昨夜那樣的情況，皇上只將本宮禁足，已經是頂著許多壓力為之了，再想將本宮拉出這個局，談何容易。皇上雖貴為天子，卻也有許多掣肘。」

「皇上不是也疑心二阿哥中的毒嗎？說不定皇上那頭正查著呢。」水月遲疑了一下又道：「其實主子可以讓南秋將真相告訴皇上，雖說只她一人的供詞有些薄弱，未必能夠服眾，但總好過什麼都不說。」

「年氏握著南秋一家老小的性命，南秋是絕對不會站出來指證年氏的，除非本宮同樣拿她的家人來威脅。」

凌若沒有再說下去，但水月知道，依自家主子的性子是絕對做不出這事來的。她還有一點沒說，如今年羹堯正在西北平定羅布藏丹津之亂，為了安撫年羹堯，胤禛是絕不會治年氏之罪的，哪怕罪證確鑿也不會。

所以，她如今最好的出路，是既洗清了下毒的冤屈，又繞開年氏，盡量讓弘時中毒一事往低調了處理。相信這也是胤禛的想法，他絕不希望在這個時候，將年氏扯進來。

這是帝王的平衡之術，只是想在波譎雲詭中尋出一條平衡之路，談何容易，怕是胤禛如今也正頭疼吧。

除了這事，還有莫兒也讓凌若很擔心，莫兒被帶去慎刑司已經一天一夜了。慎刑司那就是個吃人不吐骨頭的地方，多少宮人進了裡面後就再也沒有活著出來。她很擔心莫兒在那裡受到非人的折磨，只是她現在自身都難保，又如何去救莫兒。

水月也是差不多的心思，憂心道：「這蛇毒沒線索，取用烏頭的又不是咱們以為的鄧太醫，難道這條線當真要斷？」

水月無意間的一句話卻令凌若驟然想起一事來，忙問：「弘曆剛才說取烏頭用的是馬遠辰太醫，本宮以前沒聽說過這個名字，他可是近期才入太醫院？」

「是，馬太醫今年初才進太醫院。」

凌若卻是精神一振，道：「等弘曆回來後，妳讓他來見本宮，本宮有事要叮囑他。」雖然弘曆如今一舉一動都被年氏牢牢盯著，可還有一個劉虎在，他的行動相對自由一些。

「主子可是想到辦法了？」水月欣喜地問著。

凌若揚脣，輕笑道：「說不上是辦法，只是本宮想起凡有新太醫入太醫院，必得先由一名太醫具名保奏推薦才行，本宮很好奇推薦這位馬太醫的人是誰。」

她心裡始終懷疑鄧太醫，可是取烏頭的又是馬太醫，令她懷疑兩者之間是否有關聯。

第六百五十章　意外

當弘曆在出現在守衛承乾宮的侍衛跟前時，天色已黯淡下來，濃濃的暮色四下合攏，將天光擠得只剩下小小一塊。那些侍衛看到弘曆忍不住一陣緊張，唯恐他又鬧著要出去。

其中一個侍衛上前小心地道：「四阿哥，皇上只答應過您可以去上書房上課，上午您已經出去過了，眼下奴才們可是不能再讓您出去了。」

弘曆安撫道：「不必這麼緊張，我不出去，就是想見見你們劉頭領，他回來了嗎？」

聽得是這麼一回事，侍衛心頭一鬆，連說話也快了幾分，指著邊上一道人影道：「劉頭領就在那邊，奴才這就給您叫去。」

「我自己過去就是了。」弘曆拒絕侍衛的好意，握著藥膏朝劉虎走去。

「四阿哥。」

劉虎原本正側倚在牆邊歇息，看到弘曆過來連忙站直身子，待要行禮，弘曆已擺手道：「我就是來看看你，不必拘禮。對了，之前年貴妃讓你去慎刑司領罰，他們對你做了什麼？」

劉虎神色一僵，旋即笑道：「沒什麼，不過是抽了幾鞭子罷了，奴才皮糙肉厚又學過武，這鞭子抽在身上根本沒感覺，四阿哥不必擔心。」

「當真嗎？」弘曆半信半疑地道。他雖沒挨過鞭子，但光是想著也覺得渾身發疼，怎麼可能一點感覺都沒有。

劉虎剛想說是，忽的一隻手用力拍在剛鞭笞過的後背上，在毫無防備之下，忍不住發出一聲痛呼。拍他背的人正是弘曆，看樣子是在試自己是否真的不疼。想到這裡，劉虎趕緊咬牙忍住後背火燒一般的疼痛，但為時已晚。

聽著那聲痛呼，弘曆哪還有不明白的理，瞥了他一眼道：「我這裡有藥膏，你隨我去暖閣中把藥擦了。」

「奴才真的……呃，好吧。」劉虎還要推辭，卻被弘曆一眼瞪了回來，無奈之下，只得答應。

他隨弘曆到暖閣中，除下上身衣物後，弘曆忍不住被眼前景象驚得倒吸了一口涼氣。

只見劉虎背上密密麻麻地全是血淋淋的鞭痕，至少有二、三十道，且鞭鞭見血，可見鞭笞之人下手極狠，毫不留情，也虧得劉虎受刑之後還能這樣硬熬著。

「慎刑司的人好生可惡！你根本沒有犯錯，卻責得這麼狠，是何人動的手？」弘曆握緊了手，恨恨地問道。

「跟慎刑司無關，這是年貴妃下的命令，他們不敢手下留情。四阿哥放心，不過是皮外傷罷了，過些天就好了。」劉虎說著就要將衣裳穿起，卻被弘曆喝止，命他俯身躺在榻上。

待其躺好後，弘曆自瓶中挑出藥膏仔細抹到劉虎傷口上。這藥膏極是神奇，剛一抹上，劉虎就覺得傷口處傳來一陣清涼，痛意頓時減輕許多。不過他心中卻是七上八下的，自己一個武人，又是奴才，怎能讓四阿哥替自己擦藥，讓人瞧見了，自己身上的罪名指不定就要再加一條。

可是弘曆執意不肯，只說了一句：「你替我賣命，我替你擦藥，算起來，還是我占便宜。你若再推辭不肯，就是沒真正把我當主子看待。」

劉虎說不過他，只得由著他去。待得所有傷口都抹上藥後，弘曆方才收回手，取過手巾拭一拭手，道：「剩下的藥膏你拿回去，若是用不夠的話，就問御藥房去要些。」

「謝四阿哥關心。」若說劉虎之前答應幫弘曆，只是出於一種賭博以及說不清原因的感覺之外，那麼現在弘曆毫無架子的舉動，就是真切地令他感動了。他穿回衣服後，道：「四阿哥放心，晚些時候奴才再去趙總管那裡打聽打聽，看看是否能再找到一些線索。」

「也好。」弘曆點一點頭。經過今天一事，他曉得自己現在被年貴妃盯得死死的，稍有舉動就會傳到她耳中。今日自己用迷路為由搪塞了過去，下一次可不見得會有這樣的好運了。

他們自暖閣中出來時，天色已經徹底暗下來，一盞盞燈籠點燃在宮殿四周，與夜空中相繼出現的星子默然呼應。

宮門口的地方，有一個侍衛正不住張望，看到劉虎出來，燈光下的臉龐有喜色閃過，卻不敢上前。

他們這些侍衛雖然因為某些原因被允許出入後宮、禁苑之中，但僅限於各宮周邊，宮裡是絕對不允許踏足的，除非有各宮主子的允許，譬如劉虎這樣，不過還是很容易招惹是非。

劉虎一看到他這樣子，腳下便加快幾分，近前道：「怎麼？可是出事了？」

侍衛朝劉虎身後的弘曆行了個禮道：「回劉頭領的話，倒是沒出事，就是御藥房的趙公公來了，說要見劉頭領。」

弘曆本已準備離去，聽得侍衛的話，身子為之一震，急急道：「是趙總管趙公公嗎？」

「回四阿哥的話，正是趙公公。」侍衛覺得有些奇怪地回著，不解四阿哥為何對此事這般關心。

弘曆沒說什麼，只是將目光望向劉虎，懇切之意不言而喻。劉虎心下明白，示意那侍衛趕緊帶路。

弘曆生生止住了腳步沒有跟上去，他雖然很想知道趙方來此是為什麼，但此處有無數雙眼睛盯著，以他的身分實在不宜與趙方再多接觸，相信劉虎待會兒會將事情一五一十地告訴他。

趙方在承乾宮外等得著急，看到劉虎出來，忙道：「劉頭領你可是出現了，再不來，咱家就要回去了。」

第六百五十一章　內奸

「勞公公久等。」劉虎拱一拱手道：「不知趙公公連夜來找我所為何事？」

「劉頭領早晨不是來問咱家拿藥嗎？咱家突然想起有一味特別有效的藥來，所以特意給你送過來。」趙方一邊說一邊意有所指地看了眼旁邊那些侍衛。

劉虎見狀，曉得他必是有話要私下裡與自己說，當下打了個哈哈道：「有勞趙公公專程跑一趟。」隨後一隻手假意做了個接東西的手勢，左右這天色黑得很，手中到底有沒有東西，誰也看不清。

劉虎從其中一個侍衛手中取過燈籠，殷勤地道：「天黑難走，我送公公回去。」

趙方等的就是這句話，點頭與劉虎一道往御藥房走去。在途經無人處時，劉虎小聲問：「趙公公，您可是有什麼事？」

「不錯。」宮燈不算太過明亮的光芒下，趙方面孔越顯蒼老。「我本想尋四阿哥，但只怕是不太方便，所以便想著還是尋你好一些。」

「公公有什麼話但講無妨，我一定代為轉告四阿哥。」劉虎肅聲說著。他曉得趙方會連夜冒著被人猜忌的危險前來，必然是發現了什麼重要的事。

說話間，有一個宮人捧著什麼東西經過，待得他走遠後，趙方方才小聲道：「四阿哥之前讓咱家檢查一下蛇毒存量，咱家發現雖然瓶子未少，但其中一瓶少了近半，想是被人悄悄取走了，至於是何時何人取走，就不知道了。」

劉虎悚然一驚。「照公公這麼說，豈非御藥房中有內奸？」

趙方面色一黯道：「咱家一直以為自己馭下有方，對那些小崽子個個瞭若指掌，卻不想還是出了這事，說起來也是咱家失職。」

劉虎聞言安慰道：「公公不過一雙眼、一對耳，如何管得過來許多？再者，人心各異，這也是沒辦法的事，不過公公還得設法將御藥房的內奸揪出來才好，也好曉得是何人主使他偷的蛇毒。」

「這個咱家自會去辦，一有消息就會來通知你。另外你告訴四阿哥，讓他當心著一些年貴妃。你們走後，年貴妃來問過咱家關於你們的事，虧得咱家鎮定，給掩了過去。」說到這裡，趙方連連搖頭。「原本這些都不關咱家的事，偏生被你們拉上了船，倒搞得咱家不得安生。」

「公公心地善良又肯助人，將來必得好報。」劉虎不失時機地恭維了他一把。

這般走了一段後，已是到了御藥房外，劉虎待要離開，忽的看到一個人影從漆黑的御藥房中閃出來，連忙喝道：「什麼人？」

人影聽得喝問，卻是跑得更快了，一看便是心中有鬼。劉虎也不與他廢話，將燈籠往趙方手中一塞，三步併作兩步直接撲上前去。人影見劉虎追上來，越發緊張，慌不擇路地往前跑，但論身手，顯然不及身為正四品侍衛的劉虎，很快的便被揪住後背衣裳，按跪在地上。

「哼，不開眼的小賊在我面前還敢逃，倒要看看你究竟是何人，竟偷溜到御藥房來。」劉虎一聲輕喝，示意趙方將燈籠拿過來。

在被燈籠微紅的光芒籠罩的前一刻，劉虎似乎看到他往嘴裡塞了什麼。在看到人影年輕的面容時，趙方輕呼一聲：「小成子。」

「公公您認得他？」劉虎感到有些意外地問道。

「是，他是咱家底下管藥的小太監。」趙方回答了一句，又問：「小成子，你鬼鬼祟祟地在這裡做什麼？」

小成子被劉虎按著動彈不得，嚥了口唾沫道：「公公冤枉，小的是想起有幾味剛送來的藥忘記放進了抽屜中，所以才回來放，哪知被人當成了賊，小的好冤枉啊！」

「既是這樣，剛才我喝問是誰，你為何要跑？」劉虎質疑道。

「我哪曉得趙公公也在，否則根本不會跑。」小成子委屈地道：「我還以為是哪裡來的賊人呢。」

今日有藥材送來的事，趙方是知道的，當下點頭道：「劉頭領放開吧，應該是一場誤會。不過小成子，往後可不能再這樣莽莽撞撞的了，萬一驚到了哪位貴人，可不是你我能擔待的。」

「是，小成子記下了，公公若無其他吩咐，小的先告退了。」在趙方等人看不到的地方，小成子的眼珠子一直轉著。

趙方點點頭，在他走後，對劉虎道：「劉頭領要是不急著回去，進裡面喝杯茶，順便有些事咱家也想問問你。」

「好。」劉虎爽快地答應一聲。

趙方進去後，先將燭臺一一點亮，令得裡面亮如白晝。劉虎吸了一口帶著各式各樣藥材味道的空氣，頗為不習慣地道：「這裡頭的味道可真是不好聞，難為公公終年都聞著這味道。」

趙方正從最裡頭的抽屜拿冊子，藥材雖然已經放進去了，但循例要記錄在冊中。聽到劉虎的話，他笑笑道：「聞久了就習慣了，不怕你笑話，咱家一天不聞這味道就渾身不自在……咦！」

「怎麼了？」劉虎留意到趙方最後那個帶著濃濃驚訝的詞，好奇地問道。

「沒什麼。」趙方搖搖頭，然臉上的神色卻已有些不同，捧著冊子在椅中坐下一頁頁翻看。劉虎沒有問他在看什麼，只敏銳地覺著似有什麼不對。

在翻到某一頁時，趙方如遭針刺一般跳起來，驚叫：「不好，有人把紀錄撕掉了幾頁。」

劉虎湊過去一看，果見趙方翻開的地方有三頁被人撕去，只餘下邊緣一小點紙張，他一下子想到了剛才黑暗中小成子做的那個塞嘴動作。難道是小成子撕的？可是無緣無故撕這記著藥材出入的冊子做什麼？

當劉虎將剛才所見告訴趙方後，趙方神色越發凝重。先前抽屜打開時，他已經發現有人動過冊子了，因為他每一次把冊子放回去的時候，都會緊靠著裡面擺放整齊，可這次打開時，卻是隨意擺在裡面。

「小成子撕這玩意做什麼？又不能當飯吃。」趙方也是百思不得其解，想了一會兒道：「要不然咱家將小成子召來問問？」

劉虎搖頭道：「咱們又沒抓現行，他就算撕了也大可不認。公公不如先看看他撕的是哪幾頁。」

第六百五十二章　局中局

趙方定一定神，他記性不差，根據前後幾頁的紀錄聯繫，將被撕去的幾頁紙一一謄抄在白紙上，然在寫到某一行時，手卻驀然停下來，好一會兒才重新動筆，鄭重寫下「二月初二，馬遠辰太醫取烏頭二兩」的字樣。

看著這一行字，劉虎瞳孔微縮，他與趙方皆想到了一塊。其餘紀錄均沒什麼問題，唯獨這一條，可能涉及到二阿哥中毒的事，難道這才是撕紙的目的？

「那個小兔崽子居然敢在咱家眼皮子底下耍花樣！」趙方氣憤地罵了一句。

「公公，依我看，這件事必須得上稟天聽才行，否則一旦上頭查下來，發現冊子被撕，怕是要怪到公公頭上。」劉虎如是說道。

趙方心煩意亂地揮揮手。「咱家省得，待明日天亮後就去奏稟皇上，至於小成子那頭，咱家也會留心。唉，最近宮裡大大小小的事情層出不窮，也不曉得是為什麼。」

這一夜，似乎特別漫長，一重接一重的黑暗連綿不絕，似乎永遠都望不到盡頭……

劉虎回到承乾宮，卻見弘曆仍等在原處，當即將事情一一說了，並囑他不必太擔心。冊子被撕固然是毀了可能的證據，但相應的，疑點也更加明顯，相信呈到皇上跟前，他必然會發現當中蹊蹺，到時只要循著這條線一直追查下去，定能證明熹妃的清白。

弘曆這才離去，然不過片刻就又折回，這一次卻是讓劉虎設法去太醫院打聽一下具名保奏馬遠辰入宮為太醫的人是誰。

劉虎仔細記下，待得第二日天亮換班後便去了太醫院。柳太醫正在那裡翻閱醫書，看他進來也沒在意，直至劉虎繞著圈子問起馬遠辰的保奏人時，方才有些驚訝地抬起頭。「倒是怪了，這一上午已經有兩個人來問此事了。」

劉虎一怔，下意識地問：「敢問柳太醫，還有一人是誰？」

柳太醫合起醫書回答：「是皇上跟前的蘇公公。」

劉虎頓時明白，定是趙方將此事回稟皇上，皇上疑心馬遠辰，便遣蘇培盛來詢問。

「柳太醫，這具保人究竟是……」劉虎小心地問著。

柳太醫目光一閃，道：「是鄧太醫。馬太醫是鄧太醫在宮外收的弟子，跟著學醫已經有七、八年，今年鄧太醫見他醫術有成，便薦入太醫院。」

當柳太醫的話幾經周轉落在凌若耳中時，一直困惑她的疑問終於得以解開。既有這層關係在，那麼馬太醫必然是受鄧太醫指使而去御藥房要烏頭，而鄧太醫就可以利用這烏頭與偷竊得來的蛇毒製成害弘時的毒藥。

「主子，如此是不是就可以證明您沒有毒害二阿哥？」水月眉梢間有著這幾日少見的喜悅。

凌若低頭苦笑，看著被勾起在指尖的絲線，道：「哪有這麼容易，這些不過是片面的猜測罷了，頂多是可能，根本算不得證據。」年氏怕被人發現，一早就將能毀的都毀了，連那一行關於取用烏頭的紀錄都不肯留下。

水月一聽，不由得大失所望。「這也不行，那也不行，那咱們做的事豈非都成了無用之功。」

「話也不能這說。」水秀接了話：「至少，咱們懷疑的那些，皇上也懷疑了，並且派蘇公公在查。還有那個小成子，相信皇上一定可以證明主子的清白無辜。」

「希望這一天早些到來，整日被關在裡頭，總覺得心慌難安，還有莫兒那邊也不曉得怎麼樣了。」一說起這個來，水月便坐立難安。他們已經很久沒有莫兒的消息了，真怕慎刑司那些人心狠手辣，莫兒的性命會難以保住。

說了半晌的話，凌若無意間看到安兒在外頭與楊海說話，兩人不時皺著眉頭，遂揚聲道：「怎麼了？」

見凌若問起，安兒只得進來道：「回主子的話，奴婢在茶房外發現一隻死貓，身上都爛了，正想讓楊公公幫忙去埋掉牠，以免驚到主子。」

死貓……

凌若心中一動，忙道：「快帶本宮去瞧瞧，另外你們去把南秋叫來。」

安兒雖不知一隻死貓有什麼好看的，卻也不敢多問，帶著凌若一路來到茶房外，果見地上有一隻死相猙獰的貓。承乾宮是從不養貓的，想是從其他地方跳進來的，貓嘴邊的毛髮血跡斑斑，在其身旁還有一攤發黑的血跡。

等了一會兒工夫，南秋到了。這兩夜她沒一刻睡得好過，雙眼紅得像兔子一般，行了個禮道：「主子，您尋奴婢？」

「本宮記得妳說過，當時泡好的第一杯茶倒掉了是嗎？」

「是，奴婢記得當時還潑到一隻貓身上。」說到這裡，她瞅了一眼地上的死貓道：「倒有些像這隻，難道……」

凌若微一點頭，在她驚異的神色間，抬手自安兒髮間拔下一根銀簪子，用力插在已經發硬的貓屍身上，再拔出時，簪身已經發黑，分明就是中毒的跡象。

「應該是這隻貓在舔身上被妳潑到的茶時中了毒，其死狀與二阿哥毒發很像。」將簪子還給安兒，卻看到這丫頭把手縮在身後說什麼也不肯接簪子，凌若見狀，失笑道：「罷了，改明兒本宮另賞一支簪子給妳。」

「主子，您查這隻貓做什麼？茶水中有毒是早就知道的，貓舔了那茶水中的毒，身亡也是再正常不過的事。」水秀一臉疑問，對凌若的舉動不甚理解。

凌若一笑道：「可是咱們卻可以用這隻死貓來設一個局中局。當一個人心中有鬼，往往就會畏懼一些根本不存在的東西。」她喚過楊海，附耳輕語。

楊海細細聽了之後，拎著貓屍的尾巴道：「主子放心，奴才一定一字不差地轉告劉頭領。」

隨著楊海的離去，日落之前，關於承乾宮有貓被毒死的流言傳遍了宮中各個角落，而流言也在這樣的傳遞中越傳越誇張，從一隻貓變成了十隻、二十隻乃至更多；到了夜間，更有侍衛說聽到承乾宮中傳來淒厲瘆人的貓叫聲，還有說看到一群貓靈出沒，像是在找害牠們的人，總之極為可怕。

第六百五十三章　貓靈

第二天夜裡，又聽說承乾宮的宮人被貓影嚇得暈倒，使得這個流言在宮中鬧得沸沸揚揚。

溫如言與瓜爾佳氏原是不信，為此她們還特意在入夜後去承乾宮，因不能入內，只能在附近逗留遠觀，然在回來後卻是不約而同倒下了，醒轉後皆是滿面驚惶，迭聲說真的有貓靈出沒。她們在去坤寧宮請安的時候，還說著是否要請法師入宮做一場法事。

那拉氏還沒說什麼，年氏就將她們兩個好一場訓斥，說這世上哪有什麼貓靈，定是眼花看錯了，若真為此叫法師進宮作法，可是要讓人看皇家的笑話了，並責令她們往後不得胡言亂語。

溫如言兩人好生委屈，不過連那拉氏也沒說什麼，她們自然不敢出言與年氏頂撞，只能諾諾地答應。

然不管年氏怎麼喝斥，流言都沒有止歇的意思，像是一陣龍捲風在紫禁城四處颳著。

夜，靜寂無聲。這夜是鄧太醫當值，他一邊喝茶一邊翻看醫書，忽的有一聲貓叫在寂寂黑夜中響起，聽得鄧太醫渾身一激靈，四月的天，他卻覺得身子有些發涼。

起身想要去關門，然剛走到門口時，外頭有一樣東西帶著風聲飛了進來，「撲通」一聲落在腳下，嚇得他險些掉了手裡的油燈。饒是他勉強穩住了油燈，虎口也被燭火燙了一下，痛得他直皺眉。

待燈焰穩下來後，他彎腰往地上那團黑乎乎的東西看去，剛一看清整個人就驚跳了起來，連連後退，直至抵在冰冷的牆壁上無路可退。

被扔進來的不是旁的東西，乃是一具貓屍，兩眼暴睜，四肢呈現一種怪異的姿勢，貓嘴邊還有乾涸的血跡。

在接觸到那雙空洞的貓眼時，鄧太醫只覺得渾身發涼，執燈的手不住發抖，有一種想要逃跑的衝動。

正不安之時，忽的又有一聲貓叫傳來，聽著比剛才更恐怖，連番驚嚇令鄧太醫有些失控，色厲內荏地朝黑漆漆的外頭喝道：「誰？是誰在外頭裝神弄鬼？」

回答鄧太醫的是一聲接一聲漸趨淒厲的貓叫，唯有真正處在這種境況才會感受到那種極端的可怕與恐懼，尤其是像他這種心中有鬼的人，更是惴惴不安。

他想要逃離這個令人窒息的地方，卻又害怕不時響起貓叫的外頭，唯恐自己一踏出去，就有無數隻貓靈從黑暗中撲過來。

他緊緊握著油燈，嘴裡顫顫道：「你們……你們別來纏我，我不是存心要害你們，毒也不是我下在茶中的，一切都與我無關，你們從哪裡來就趕緊回哪裡去，別再過來！」

貓叫在他話音落後戛然一止，彷彿在瞬間退去，然不等鄧太醫鬆口氣，一點兒光芒幽幽出現在黑暗中。隨著光芒的放大，鄧太醫看到一個面生的宮女執燈走來，另一隻手還捧著一盞茶。

「給鄧太醫請安。」走到近前，宮女微側了身見禮，聲音聽起來嬌軟甜膩，有些像是貓兒拱在懷中撒嬌。

一想到這個「貓」字，鄧太醫就忍不住渾身哆嗦，趕緊將這個字眼趕出腦海，盡量以平緩的聲音道：「妳是什麼人？怎麼以前沒見過？」

「回鄧太醫的話，奴婢是新來的宮人，今夜剛過來伺候。見鄧太醫這裡燈還亮著，便泡了盞茶過來。」宮女抬了臉，容貌與她的聲音一樣，都透著一種嬌媚，令人望之生憐。

「放著吧。」宮女的到來令鄧太醫輕吁一口氣。多一個人總歸好些。

宮女把宮燈放下後，卻是端著茶走到鄧太醫近前，隨著盞蓋的掀開，能看到茶葉還在滾燙的茶水中翻騰舒展，宮女伸出蓄著青蔥指甲的小指在茶水中攪了一下，帶著詭異的笑容道：「茶涼了不好，鄧太醫還是趁熱喝吧。」

鄧太醫意識到情況有些不對，腦袋往後一仰，避開她遞到嘴邊的茶，同時退開幾步，緊張地問：「妳想做什麼？」

宮女臉上詭異的笑容在不斷擴大。「不想做什麼，就想請鄧太醫喝了這杯茶而已。鄧太醫，您說莫兒當時就像我這樣，用指甲在茶中下毒嗎？」她一邊說著一邊伸出白嫩的雙手。

鄧太醫之前沒注意，如今才發現，她指甲上塗著淡粉色的丹蔻，就像……那夜的莫兒一樣。

鄧太醫一下子白了那張老臉，厲聲喝道：「妳到底是什麼人？」

「奴婢都說了是新來的宮人，怎麼鄧太醫沒聽清楚嗎？來，鄧太醫把茶喝了，嘗嘗您自己配的毒藥味道如何？嘗過後，就可以下去陪我姊妹了。」

「誰是妳姊妹？」鄧太醫不住地退著。

「我的姊妹，不就在您腳邊嗎？」宮女一邊說著一邊蹲下身，憐惜地自地上抱起那具僵硬可怕的貓屍，撫著已經沒有光澤的貓毛道：「噓，別生氣，我很快就帶鄧太醫下去陪妳們。」

看到這一幕，鄧太醫肝膽俱裂。他一生行醫，死人看得不少，但像今日這樣詭異的情況卻還是頭一遭見。難道……難道這宮女根本不是人，而是貓靈變的，要來索自己的命？

彷彿是為了印證鄧太醫這個想法，四周倏然響起比剛才更加淒厲大聲的貓叫。被連番驚嚇的鄧太醫再也受不住，癱軟在地上，語無倫次地衝懷抱貓屍緩步走來的宮女叫：「不關我的事，妳別害我，是……是年貴妃逼我下毒的！她逼我，我實在沒辦法，妳們要索命就找她去。」

「就算是這樣，你也是幫凶，同樣該死！」宮女說到這裡，猛地將貓屍往鄧太醫跟前一遞，嚇得他兩眼翻白，幾乎要暈過去。

「一切都是年貴妃的主意，我是被迫的，求妳們放過我！」鄧太醫被嚇得老淚縱橫，趴在地上不住求饒。

「這麼說來，毒是貴妃命人下在二阿哥茶中的，然後栽贓給熹妃？」一個略微低沉的聲音突然出現。

第六百五十四章　招供

鄧太醫沒有意識到這個平空出現的聲音，慌亂地道：「是！莫兒指上的丹蔻也是年貴妃的主意，我是被迫的，並非存心要害二阿哥……」

說到此處，他終於感覺到不對，顫顫地抬起頭來，順著繡有五色雲紋的明黃色衣衫逐漸往上看。下一刻，鄧太醫癱倒在地，身子抖如秋葉，結結巴巴地道：「皇……皇上……」

胤禛冷哼一聲，盯著猶如被人抽去骨頭的鄧太醫道：「難為鄧太醫還認得朕，朕還以為鄧太醫眼中只有一個年家了！」

「微臣不敢！微臣罪該萬死！」鄧太醫聽出胤禛言語間的怒意，慌不迭地磕頭，虧得他一把老骨頭，磕起頭來倒是挺俐落。

「不敢？朕看你早就敢了！」看著這個自己平日裡頗為倚重信任的太醫，胤禛說不出的厭惡。他平生最恨欺上瞞下、陰謀害人，而鄧太醫無疑兩樣皆犯了。

「皇上饒命啊，微臣也是被逼無奈，並非存心加害二阿哥，求皇上念在老臣為太醫多年，沒有功勞也有苦勞的分上，饒過微臣一命吧！」在死亡威脅面前，鄧太醫已經顧不得許多了，涕淚縱橫，只為求得一個活命的機會。至於胤禛為什麼會突然出現，他沒那個時間與心思去想了。

胤禛越過鄧太醫，對他的哀求置若罔聞。蘇培盛知機地搬了一張椅子擺在中間，在胤禛坐下後，那個抱著貓屍的宮女朝其行禮，聲音一如剛才那般軟糯。

「民女如傾見過皇上，皇上吉祥。」

面對她時，胤禛臉色稍緩，抬手道：「起來吧，今夜的事辛苦妳了。讓妳姊姊還有謹嬪都進來吧。」

「是。」自稱如傾的宮女將懷中貓屍往地上一扔，抬腳走了出去，待得再進來時，已是跟著溫如言與瓜爾佳氏。

乍一見到她們兩人，鄧太醫有些發怔，又想起剛才胤禛的突然出現，終於意識到自己踏進了一個別人設好的圈套中。

在經過鄧太醫身側時，宮女察覺到他盯著自己的目光，腳步一頓，帶著狡黠的笑意俯身在鄧太醫耳邊道：「鄧太醫，你莫不是到現在還以為我是貓靈吧？」

「妳究竟是什麼人？」因是在胤禛面前，鄧太醫不敢放肆，但言詞間的恨意卻再明顯不過。若不是她故意拿貓屍嚇自己，他怎麼會怕得把實話都說出來。

宮女剛要說話，溫如言已招手道：「如傾，皇上面前不許胡鬧，快過來。」

「是，姊姊。」宮女微笑著答應一聲，走到溫如言身邊。待得兩人站在一起後，鄧太醫才發現她們竟有幾分相似，只是一個端莊，一個嬌媚，風情截然不同，所以剛才他絲毫沒有將其聯想到惠嬪身上。

瓜爾佳氏望著鄧太醫發愣的樣子，掩嘴輕笑道：「鄧太醫還不明白嗎？這位是惠嬪的嫡親妹妹——溫如傾。這世間根本沒有什麼貓靈，只有心虛害怕的人，才會相信這樣荒誕無稽的謠言。」

在他們說話的時候，蘇培盛朝站在外頭的小太監做了個手勢，小太監會意，推了一個被捆綁得結結實實的人進去，竟是小成子。

看到小成子的那一刻，鄧太醫面若死灰，他知道，自己這一次是真的完了，不只仕途，連性命都不見得能保全。

「鄧林，還不將事情從實招來！」

令鄧太醫心膽俱裂的冰冷聲音自胤禛薄薄的嘴脣中逸出。

「微臣……有罪！」他艱難地吐出這四個字，隨後終是將事情一一說出來。

某一日，年氏稱病將他召至翊坤宮，在診脈時，年氏告訴他，需要一味可以入在丹蔻中的劇毒。砒霜之類現成的毒物雖也可以，但毒性不夠強烈，一旦稀釋於丹蔻中就不足以置人於死地，所以要他重新調配。

鄧太醫一聽得這話就覺得不妙，當即問她要毒藥何用，年氏沒有瞞他，將所有計畫告訴他，因為太醫是不可缺少的一環。鄧太醫知悉她的打算後曾經試圖勸阻過，可是年氏怎會聽他的，甚至以整個鄧家的前程來脅迫他。

鄧家與年家雖說是世交，但彼此心裡都有數，鄧家完全是依附在年家的權勢下，拋去上一輩的那份救命之恩，鄧家根本沒有任何與年氏相提並論的資格；而鄧太醫這些年來也幫年氏做了許多見不得光的事，手上早已不乾淨。

所以，在年氏的威脅下，他屈服了。幾經思慮後，他決定用烏頭和蛇毒來調配毒藥，不過為了避免被人懷疑，他刻意讓自己的徒弟馬遠辰去御藥房要烏頭；至於蛇毒，年氏買通御藥房的太監小成子，讓他從中偷取。原本烏頭也可以偷取，但是烏頭不比蛇毒這樣封存，經常有人點算，一旦少了很容易查出來。

鄧太醫將烏頭與蛇毒調配後又摻了幾味藥進去，製成劇毒之物，年氏將一半給了南秋，另一半則摻在那瓶丹蔻中，為的就是把毒害弘時的罪名完美無瑕地嫁禍給凌若，而她則一石二鳥，坐收漁翁之利。

南秋將毒藥放進茶水中，可是第一次沏茶的時候弘時沒有喝，第二次再沏時來不及下藥，便直接將滾燙的茶水沖到莫兒指甲上。不過這樣一來，毒性便弱了許多，也使得弘時喝過茶之後並沒有立即毒發，而是一直堅持到坤寧宮。

那夜，鄧太醫故意與另一個太醫互換值夜，待到坤寧宮派人來請太醫的時候，他便可以順理成章地替弘時診治。

弘時中毒不深，要解救並非無法，只要對症下藥即可，但是鄧太醫得了年氏吩咐，存心要弘時的命，自不會如實相告，只說是中了烏頭的毒，按此開方。

原本，這是一個萬無一失的計畫，卻不曾想那拉氏對鄧太醫起了疑心，又把柳太醫請了過來，生生將弘時從鬼門關前拉回來，令得年氏功虧一簣。

胤禛額間青筋突起，雙手緊緊捏著兩邊的扶手，面色難看到了極點。

年素言，好一個惡毒的女人！他已經念著年羹堯的面子，將弘晟重新歸到她膝下，她竟還做出這種齷齪陰毒之事，實在該死！

自這一刻起，胤禛對年氏原本殘留的些許情分也悉數消失，有的只剩摻雜了失望的厭倦與恨意。

第六百五十五章

連降四級

溫如言與瓜爾佳氏對望一眼，彼此眼中皆有欣慰。她們清楚，今夜之後，凌若此身便清白了，總算這幾日的戲沒有白演。

「蘇培盛！」胤禛看也不看磕頭求饒的鄧太醫，逕自道：「傳朕旨意，熹妃無辜，釋其禁足；另，年氏生性好妒，謀害皇子，嫁禍熹妃，其罪難恕！即日起，褫奪貴妃之位，降為常在，幽禁翊坤宮。」

以年氏犯下的罪行，僅僅是降位、幽禁，已是看在年家與弘晟的面子上格外開恩，換了其他嬪妃，就算不處死也必被打入冷宮。

「嗻！」蘇培盛答應一聲，又問：「皇上，三阿哥……」

年氏既然被降為常在，自然不再有資格撫養阿哥，將弘晟交由哪位嬪妃撫養，就成為當前必須解決的問題。

「暫時交由皇后撫養。」胤禛不帶感情地說了一句，準備離開時，目光落在瑟瑟發抖的鄧太醫與小成子身上，抿成一條線的薄唇間迸出一個字：「殺！」

「不要！皇上開恩啊！微臣不想死！」聽得那個「殺」字，鄧太醫嚇得三魂不見了七魄，拉著胤禛的袍角使勁磕頭，想從中求出一條生路，至於小成子已經不堪地暈了過去。

「不想死？」胤禛回頭，臉上有著殘忍的笑意，在所有人都沒有反應過來前，他一腳踩在鄧太醫扯著衣袍的手背上，厲聲道：「在你害人之前就應該想到會有這個後果，鄧林，這個墳墓是你自己掘的，怨不了他人！」

「罪臣知錯了，求皇上開恩！」鄧林痛得整張臉都變了形，可手背上的力道還在不住加重，似要將他整個手掌踩得支離破碎一般。

「一句知錯了就可以將犯過的錯抹去嗎？若個個都這樣，還要朝廷律法何用！」胤禛眸底有著鮮血般的紅意。害他子嗣又陷害他女人，竟然還有膽來求饒命，真是不知死活。

胤禛別開臉，冷冷盯著一旁的蘇培盛。「愣在那裡做什麼，需要朕教你怎麼做事嗎？又或者你也想與他一道被杖斃！」

「奴才知罪！」蘇培盛反應過來，惶恐不安地說了一句，隨即用力將猶在大喊大叫的鄧太醫從胤禛腳邊拉開，還從醫書上撕下幾頁紙揉成一團粗暴地塞到他嘴裡，止住他聒譟的聲音。

鄧太醫嗚嗚地叫著，望著胤禛大步離去的眼眸中盡是絕望。他不想死，真的不想死，原本年貴妃答應過他，只要齊太醫一致仕，就扶他坐上太醫院院正之位，可是現在什麼都沒有了，連性命也沒了。

不！他不要死！他還沒有成為院正，怎麼可以死！

這個念頭令本已瀕臨崩潰的齊太醫又重新燃起信念，趁著蘇培盛沒注意，用力一口咬在他手腕上。

「啊！」蘇培盛沒想到已經一把年紀的鄧林會這麼瘋狂，劇痛之下，手上的力道頓時鬆了許多。

鄧太醫趁著這機擺脫了他的束縛，將嘴裡的紙團掏出來後，撲到還未離去的瓜爾佳氏二人腳下。「謹嬪娘娘、惠嬪娘娘，求您們救救我，讓皇上不要殺我，我知錯了！」

瓜爾佳氏脣角一勾，輕笑道：「鄧太醫可真會做買賣，一句知錯便想保住項上人頭。」不等鄧太醫言語，她已擺手道：「你不必再求，本宮也不想再聽，總之錯就是錯，皇上說了該怎麼罰就怎麼罰。」

溫如言沒有說話，不過她的意思與瓜爾佳氏一樣，像鄧太醫這樣助紂為虐的人，她不會有一絲同情，否則今日也不會設下這個局引他入甕了。

「姊姊，咱們走吧。」瓜爾佳氏懶得再看鄧太醫那張可惡的老臉，挽了溫如言往外走去。至於後頭的事，她相信蘇培盛會處理得很好。

待溫如言等人離去後，蘇培盛捂著鮮血直冒的手腕，一腳踹在鄧太醫身上，惡狠狠地道：「老東西，居然敢咬我！來人，給我把他拖下去，我要讓他在死之前好好感受一下什麼叫生不如死，」

「你……你什麼意思？」儘管知道自己逃不過一死，但蘇培盛的話還是讓鄧太醫冒起一身寒意。

蘇培盛蹲下身，用力在鄧太醫臉上打著，一字一句道：「意思就是我會讓你跪下來求我讓你死！」

究竟蘇培盛怎樣折磨鄧太醫，沒人知道，只知鄧太醫死的時候，身上已經沒有一塊好皮了。

隨著鄧太醫與小成子的死，宮中起了一場極大的地震，先是熹妃無罪開釋，緊接著年氏被問罪，由貴妃連降四級貶為常在，且幽禁於翊坤宮中；至於弘晟，則再次交由皇后撫養。

關於弘時中毒的風波也告一段落，鄧太醫與小成子的供詞證明，弘時茶中的毒還有莫兒指上的丹蔻皆是年氏所為，一切與淩若沒有關係。

至於受年氏主使的南秋本該處死，然淩若出面求情，言其乃是受了脅迫，並非本意。胤禛看在她的面子上，饒過南秋一命，不過死罪可免，活罪難逃，南秋被發配至寧古塔，不過這對南秋來說已經是最好的結局了，始終性命才是最重要的，而她的家人也安然無事。

值得一說的是莫兒，她在慎刑司關了好幾日，雖不至於丟了性命，卻是在裡頭受盡苦楚，放出來的時候，連路都不會走，還是四喜背著她回承乾宮。

莫兒能活著也多虧了四喜，莫兒前腳剛進慎刑司，他後腳就去找了慎刑司的總管太監洪全打點，說是此案尚未清楚，讓他務必手下留情。

四喜是大內總管又是胤禛身邊的親信，洪全多少賣了他幾分面子，在動刑逼供時，沒有往死裡拷打，否則以莫兒一介女流之輩，還真難以熬下來。

第六百五十六章　計策

這一日，夏意正濃，溫如言與瓜爾佳氏連袂來到承乾宮。

凌若剛剛起來，正在內殿梳洗，聽得她們過來，心中歡喜，隨意簪了一支青玉簪便迎了出來，笑吟吟道：「姊姊們來得好早。」

「不是咱們來得早，是妳這位寵妃起得晚，聽聞昨夜皇上又是在妳這裡，已經連著三日了，可是好讓人羨慕。」瓜爾佳氏在椅中坐下後，笑著道。

凌若粉面一紅，啐道：「姊姊盡說這些不著邊的話，再這樣，我可不理妳了。」

「瞧瞧，連實話都不讓人家說，越發霸道了。」話雖如此，瓜爾佳氏臉上始終洋溢著笑顏。

凌若曉得自己說不過她，乾脆閉嘴不說，轉頭看到站在溫如言身後嬌媚妍麗、處處透著青春氣息的少女，微一側頭道：「這位可就是妳說過的妹妹？」

「正是。」溫如言微笑著點頭。「上次事後，皇上允許如傾在我宮中多待幾日，預備今日回去，去之前想帶她來見見妳。」

不等溫如言吩咐，溫如傾已經乖巧地走到凌若面前，彎腰柔聲道：「民女如傾給熹妃娘娘請安，娘娘金安。」

「快起來。」凌若親手扶起溫如傾，仔細打量了一眼，笑著對溫如言道：「看到她，我彷彿看到了二十年前的姊姊，很像呢，不過如傾五官瞧著倒比姊姊更精緻些，十足十的美人胚子。」

「民女哪有熹妃娘娘美貌，若不是姊姊說與民女知曉，民女還以為娘娘與民女一般年紀呢。」溫如傾甜甜地說著，黑水晶般的眸子在長睫下忽閃忽閃，猶如黑夜中的星子。

凌若一怔，旋即忍不住笑了起來。「瞧瞧這小嘴跟抹了蜜一樣，可真是會說話，三言兩語便哄得本宮這般開心。」

「她啊，最拿手的就是哄人了。」溫如言笑語了一句。「說個不好聽的，被她賣了都還在替她數錢呢！」

「姊姊！」溫如傾不依了，嬌聲道：「哪有妳這樣說自己妹妹的，教人聽見了還以為我怎樣不好呢！」

溫如言笑而不語，她這樣子被凌若瞧在眼中，有片刻的失神。記得以前問起溫如言的家人時，她都是涼薄淡漠的，甚至不願提及，可是此刻她對溫如傾卻是發自內心的喜歡與關愛。

「姊姊對如傾很好。」凌若突然說了一句，有一絲未挑明的意思在裡面。

溫如言聽懂她的話，卻是發笑地指了瓜爾佳氏道：「妳們兩個是不是商量好的，說的話一模一樣。」

「這話可是冤枉死我了，我與妳一道過來的，哪有時間去商量。分明啊，就是妳自己把話寫在臉上，誰都看得出來，就妳不肯承認。」瓜爾佳氏這話說起來，可是得理不饒人，而且說得又快，讓人想插都插不進去。

溫如言失笑地道：「好了好了，是我說錯了還不成嗎？妳們一個個都牙尖嘴利的，可是欺負我這樣不善於言詞的。」

「姊姊不怕，有我呢，哪個敢欺負妳，我第一個替妳出頭。」溫如傾揚著她粉嫩的小拳頭，信誓旦旦地說著。

那模樣逗得溫如言忍俊不禁，笑撫著她柔若輕雲的髮絲道：「好，那以後可是要靠妳保護姊姊了。」

在笑鬧過後，溫如言頷首道：「如傾與那家人不一樣，她善良懂事、天真爛漫，確如妳們說的那樣，我很喜歡她。」

「姊姊喜歡便好，往後得空讓如傾多入宮陪陪妳。」凌若揚眸說著，笑意始終在脣邊。

「說起來，我能與如傾親近，還是多虧得妳那個計策。」說到這裡，溫如言抿嘴笑道：「妳啊，這腦袋瓜子也不曉得怎麼長的，不過一隻死貓，偏生就讓妳編排出這麼多事來，把那個鄧太醫繞了進去，聽說他死得很慘呢。」

「那是他罪有應得。」瓜爾佳氏不以為然地撫著身上翠綠色的衣裙，以銀線繡成的玉蘭花帶著一種特有的朦朧美，在裙間若隱若現。

「其實我那個計策說不得多好，只是鄧太醫心裡有鬼，才會輕易就被嚇住了。貓靈，呵，這世間若真有鬼神妖魔、因果報應的話，就不會有那麼多人肆無忌憚了。」凌若神色平靜地說著。於鄧太醫，她不會有任何憐憫之情。

當日，她看到中毒而死的貓屍後，便興起了利用這具貓屍來造一場流言的念頭，不過憑她一人是遠遠不夠的。所以她讓楊海轉告唯一可以聯繫到外面的劉虎，讓劉虎去找溫如言與瓜爾佳氏，請她們幫忙好好演一場貓靈尋仇的戲。

除了流言，還需要一個面生的女子來徹底攻破鄧太醫的心防，而這個人絕對不能是之前見過的，可是近期又不曾有新宮女入宮。正當溫如言等人為此煩惱的時候，溫家人捎信給溫如言，與她說起姨娘所生的幼妹溫如傾將於今年入宮選秀，讓她幫忙多關照一些，務必要讓溫如傾中選。

溫如言稍一思索，決定用溫如傾來演這場戲，便去養心殿求見胤禛，在讓溫如傾入宮的同時，也將貓靈流言的這場戲如實相告。畢竟到時胤禛也是要去的，必須要讓他親耳聽到鄧太醫說出的實話，才能洗清凌若身上的不白之冤。

知曉這場流言是凌若等人刻意挑起後，胤禛並未動怒，反而異常平靜。事後，溫如言方知胤禛早已懷疑流言，只是有意任其為之，想看看隱藏在背後的目的。

果。

事情進行得異常順利，溫如傾得以入宮，針對鄧太醫的戲也收到了預期的效果。

最令人意想不到的是，溫如傾暫住宮中的幾日，得到了溫如言的喜歡，真正視其為妹，倒也是一樁好事。

「不管怎樣，事情終於真相大白，年氏的好日子也終於到頭了。」溫如言感慨地道：「二十年了，看著她壓我們所有人一頭，整整看了二十年，今日總算能夠揚眉吐氣了，不過皇上對她的處置始終還是輕了。」

「一個年羹堯足以年氏保住性命了。」瓜爾佳氏摩挲著茶盞光滑的邊緣，沉沉道：「聽聞他已經平定了羅布藏丹津的叛亂，不日之內就要班師回京，到時候，年家又要風光了。妳們說……年氏會不會起復？」

「應該不會吧？」溫如言驚疑地道：「她犯下如此大錯，皇上沒將她打入冷宮已經是網開一面，怎可能再起復她？」

第六百五十七章　溫如傾

「只要年氏一日不死，年家一日不倒，就說不得『不會』二字。」說到這裡，凌若輕嘆一聲道：「其實皇上對年氏已沒了什麼情分，可是卻一直寬待於她，為的是什麼，還不就是為了安撫年家與年羹堯。」

「妹妹說得極是，所以妳我尚不能安枕無憂。」瓜爾佳氏話音剛落，就聽得凌若嗤笑一聲，不由得奇道：「妹妹笑什麼，是我這話哪裡不對嗎？」

凌若一邊笑一邊道：「姊姊說得不差，只是安枕無憂四字，我連想都沒想，畢竟坤寧宮那位還在呢。」

瓜爾佳氏聞言，哂然一笑。「說得也是，忘了誰也不能忘了坤寧宮那位。」

溫如傾在旁邊聽得一頭霧水，扯著溫如言的袖子，小聲道：「姊姊，她們是在說皇后娘娘嗎？」

溫如言朝她做了一個禁聲的手勢。「噓！記著，在宮裡凡事多看多聽，但絕不可以多問，這也是妳往後的生存之道。」

「咦？姊姊想讓如傾進宮嗎？」瓜爾佳氏在旁邊聽她的話，插嘴道：「我還以為妳會央皇上替如傾指一門好婚事呢。」

「我倒是想，只是這是如傾自己的意思，我雖是姊姊，也不好強迫她。」溫如言的表情看起來有些無奈，顯然私心裡，她並不想溫如傾入宮。

「如傾，妳過來。」凌若招一招手，將溫如傾喚到跟前。「告訴本宮，為何想入宮？」

溫如傾眨眨眼，脆聲道：「這是父親的意思，他希望我像姊姊一樣入宮成為皇上的嬪妃，給家族帶來榮耀。」

「那妳自己呢，想嗎？」

凌若的這個問題似乎難倒了溫如傾，她用力地想著，那認真的樣子瞧著極是可愛。良久，她終於想到了答案，欣然道：「男大當婚，女大當嫁，既然左右都是要嫁，那嫁給天下之尊的皇帝不是更好些嗎？」

凌若沒想到自己等了半天竟是等到這麼一個答案，一時間有些哭笑不得，另兩人也是一般的表情，真不知該說溫如傾太單純還是太天真。

「可是妳有沒有想過，一旦入了宮，就要與無數女人分享一個男人，而妳可能一年都見不到他一面。還有，宮裡的日子並不像妳想的那般安逸太平，前幾日發生在本宮身上的事就是一個很好的例子。」

「娘娘說的我知道。」溫如傾打斷了她的話，還是那副笑語嫣然的樣子，像所有天真不知愁的姑娘，但她說出的每一句話卻讓人震驚：「皇帝固然三宮六院，嬪妃無數，可尋常男子也未見得能專待一人，同樣有三妻四妾，爭風吃醋。嫁人就像賭博，贏或輸在答案揭曉前根本不知道，也許那日子反而會比入宮更悲慘。更何況……」

她話音輕頓，走到溫如言身邊，蹲下身來，將頭擱在溫如言膝上，長髮順著溫如言的裙裾垂落在地。她像是一隻貓兒一樣蹭著溫如言的膝蓋，溫馴地道：「這裡有姊姊在，我想陪著姊姊，讓姊姊不那麼寂寞。」

「姊姊還有涵煙啊。」溫如言心中大為感動，撫了溫如傾幼滑如嬰兒的肌膚。

「涵煙大了，最多再留一、兩年便要下嫁，到時候姊姊身邊就沒人了。雖與姊姊相聚才沒幾天，如傾卻能感覺到姊姊是真心待如傾好，就像娘親在世的時候一樣。」溫如傾閉目說著，纖長如扇的睫毛安靜垂落，恰好覆蓋了那將要溢出眼眸的淚水。她的親娘在數年前就過世了。

「妳這丫頭，姊姊哪裡需要妳陪。」這般說著，溫如言自己卻忍不住掉下淚來。也是奇怪，那樣涼薄無情的溫家，居然能養出如傾這般重情重義的好女兒。

「那就當是如傾需要姊姊陪吧。」溫如傾睜開眼，眸光純淨一如嬰孩。

「妳啊！」溫如言心下感動，一時竟不知該說什麼，只是一遍遍撫著溫如傾的臉頰。她雖然嘴裡說不需要家人，但心裡還是渴望親情的，溫如傾的出現就像是沙漠中的一道清泉，沁人心脾。

「既然如傾有這份心，就隨她去吧，左右咱們都在宮中，多照應一些，莫讓她吃虧就是了。」瓜爾佳氏第一個說話。

「也只能這樣了。」凌若搖搖頭。難得如傾有這份心思，她自不好再勉強，不過究竟能否入宮，還要等選秀後再說。

靜默了一會兒，瓜爾佳氏轉過話題道：「對了，如傾，妳來時不是嚷嚷著要跟熹妃要獎賞嗎？怎麼來了這裡，反而隻字不提了？」

溫如傾彼時已經站起了身，聽到這話，有些不好意思地低下頭絞著衣角。「那不過是民女隨口說說罷了，謹嬪娘娘莫要當真。」

凌若微笑著道：「這次能讓鄧太醫招供，多虧了如傾，確實該賞。」說著，她拔下髮間的青玉簪子命溫如傾近前，抬手將簪子插在她髮間，仔細打量了一番，滿意地道：「果然是天生麗質，瞧著倒比本宮插著更好看。」

「真的嗎？」溫如傾畢竟還年少，聽得這誇讚的話高興得不得了，抬手摸了摸簪子，忽的吐著舌頭，俏聲道：「其實抱著那隻貓的時候，民女心裡害怕得不得了，恨不能扔掉。」

凌若雖未曾親見當夜的事，不過貓屍卻是她讓人交給溫如言的，所以倒也可以想像。「此事確實是為難妳了，不過幸好妳最終堅持下來，且還讓鄧太醫相信妳是貓靈變化來向他索命的。」

溫如傾嘻嘻一笑，不再說話。凌若又與另兩人說了好一陣子話後，溫如言等人方才離去。凌若閒來無事，便捧著茶盞坐到院中，彼時春光已去，不過院中那兩株櫻花樹卻還開著花，每次風起之時，便有花瓣簌簌從葉間落下，帶起令人目眩神迷的漫天唯美。

凌若望著盤旋在空中的花瓣出了神，連胤禛何時來到身邊都不知道，直至他喚了自己一聲，方才驚覺過來。她想要起身，肩上的手卻是牢牢按住她。

「這樣入神，在想什麼？」

凌若抬手覆在那隻有力得像是可以握住一切的手背上，倚在他胸前，帶著幾分慵懶道：「春有百花秋有月，夏有涼風冬有雪，若無閒事掛心頭，便是人間好時節。」

第六百五十八章　相看無厭

胤禛劍眉一挑，言道：「何時變得這樣多愁善感了？可不像妳平常的樣子。」

「臣妾一向如此，只是皇上未發現罷了。」凌若將目光自飛舞盤旋的櫻花上收回來。

「又在想之前的事了？」這般問著，胤禛走到石桌對面坐下，一雙黑亮的眸子始終盯在凌若身上。

「臣妾不敢，省得皇上又說臣妾小心眼。」

凌若有些置氣的言語令胤禛啞然失笑，越過桌子抓住她的手，道：「朕還什麼都沒說呢，妳已經給朕扣了頂大帽子。」見凌若不說話，他正色道：「朕知道妳心裡有氣，畢竟上次的事委屈了妳這麼久，不過妳該知道，朕從未懷疑過妳。」

聽到這裡，凌若心中一軟，抬眼與他對視。「臣妾知道，否則當日臣妾就不會僅僅是禁足了事。」

「所以妳也該體會朕的難處，素言固然有罪，但一則她是弘晟的額娘，二則年羹堯剛剛平定叛亂，正凱旋歸來，不宜處置得太過絕情。何況於素言來說，降為常在已是莫大的恥辱。」胤禛耐著性子解釋。後宮女子眾多，但能讓他如此傾心相待的，怕也僅有凌若一人了，不過這些皆是凌若應得的。

胤禛等了一會兒始終不見凌若說話，心下有些不悅，加重了語氣道：「若兒……」

凌若掩嘴一笑，促狹地道：「皇上生氣了？」

看到她這模樣，胤禛哪還會不曉得，失笑道：「好妳個妮子，居然敢戲耍朕！」

「臣妾哪敢，分明就是皇上多心了，偏還要怪到臣妾頭上來，臣妾可是冤枉得緊呢。」暖風中，凌若的眼眸眯成月牙。她與胤禛之間的相處，並不像其他嬪妃那般拘謹，倒更像是民間尋常的夫妻。

「妳啊！」胤禛搖搖頭，眼中有著寵溺。想他身為九五之尊，哪個在面對他時不是畢恭畢敬，唯恐說錯一句話，就只有眼前這個女子敢時不時這樣戲耍他，偏生他就是氣不起來。

凌若攤開手掌，接住剛剛飛落的花瓣，輕言道：「皇上剛才有句話說錯了呢，臣妾心裡並沒有氣，從來都沒有。將臣妾禁足是無奈之舉，同樣的，對年常在也是無奈之舉。」

年常在——說到這三個字的時候，凌若心底忍不住一陣冷笑。胤禛說得不錯，降為常在對年氏來說已是莫大的恥辱，想來她現在一聽到這三個字就會恨得發狂。

「不氣便好。」胤禛這般說了一句，又仰頭去看飄零落下的櫻花，紛紛揚揚地正好落在凌若肩頭。今日的她一身家常簡衣，顏色淡雅，使得櫻花在髮間、衣上尤為明顯，點點粉紅，嫵媚間帶著一點兒妖嬈。

二十多年的相看本該生厭，然對她，這種厭倦卻是遲遲不來，每一次相看都是新鮮而歡喜的，真是奇怪。想到這裡，胤禛不禁輕笑了起來。

「皇上笑什麼？」凌若不解地問道。

「沒什麼。」胤禛搖頭說了一句，又睇視著她乾淨無一絲飾物的髮髻，溫和地道：「今日怎麼連珠花也不戴一朵，可是厭了原來那些？若是的話，朕讓內務府重新再送一批過來。」

「皇上賞的珠寶首飾已經很多了，臣妾戴都戴不過來，又哪會厭？不過是之前起晚了，又趕上溫姊姊她們來看臣妾，所以忘了綴飾。」說到此處，她似想起什麼，訝然道：「這個時辰皇上應該剛下朝才是，怎麼有空過來？」

凌若曉得因為允禩等人撂擔子的緣故，胤禛比以前忙了許多，常常沒時間涉足後宮，就是在她宮中歇的那幾個晚上，也是晚來早走，統共睡了不到幾個時辰，她瞧著心疼，卻也無法。

一說到這個，胤禛臉上盡是笑容，顯得心情極好。「這還得多虧老十三，他在朝中提拔了許多有才的能員，雖說還有需要歷練的地方，但能力極不錯。從前些日子開始，朕與老十三就已經將事情逐漸分派到他們身上，眼下已是能夠獨當一面了。若非如此，朕哪能抽得出空來。說實在的，這兩個月當真是把朕累到了，每日晨起都覺得身子乏力。」

凌若走到胤禛身後，柔緩適中地替他揉捏著肩膀。「既得了空，皇上便趁此機會好好歇養。臣妾是婦道人家，不懂家國大事，只想皇上平平安安、龍體康健。」

「朕知道，就像朕希望妳平安一樣。」胤禛閉目，任由花飛花落，雲捲雲舒，只安然享著對他來說難能可貴的靜好時光。

在同樣的初夏時分，坤寧宮中，弘時正扶著小太監的手下地。經過這段日子的調養，他體內的毒素已經驅除乾淨，身子也恢復了大半。

那拉氏就像她說過的那樣，再也沒在弘時面前出現，一應湯藥皆由宮人送來；至於蘭陵倒是來過好幾回，只是每一次都被他罵出去，漸漸的也就不來了。

對蘭陵，弘時是沒有感情的。自佳陌與孩子死後，他就一直沉浸在莫大的痛苦中，尤其是知道害他們母子的是皇額娘後，這份痛苦更是不斷擴大。若非念著十幾年的養育之恩，他早已將這件事告知皇阿瑪了。

在被攙扶著走了幾步後，弘時推開小太監，想要獨自行走，可是他在床上躺了這麼些天，驟然下地哪能走得好，剛勉強走了幾步，就因為雙腿無力而向地上摔去。

關鍵時刻，一雙手適時地扶住他。「身子還沒好全，該多休息才是，我扶你回床上。」

「妳怎麼來了？」聽得這個聲音，弘時臉色頓時陰沉下來。

蘭陵嘆了口氣道：「我是你妻子，自然是來看你的。」

「我不想看到妳，妳走！」弘時粗暴地揮開她的手，這樣的結果是兩個人都失了重心摔倒在地。

蘭陵之所以這些天沒來，並非不想見弘時，只是想等他心情平復些，彼此能夠心平氣和地面對說話；卻不曾想過了這麼久，他還是這副樣子。自己都已經這樣委曲求全了，他還想怎樣？以往自己在府裡時，阿瑪寵著，額娘疼著，又有一個身為當朝皇后的姑姑，何曾受過這樣的委屈。

第六百五十九章　從此陌路

儘管蘭陵心裡氣得不行，但看到弘時摔在地上爬不起來，還是覺著心疼，畢竟這是她喜歡的男人，當下忍著痛楚爬起來扶他。

「妳聽不懂人話嗎？我叫妳滾開，又或者妳蠢得連隻狗都不如！」蘭陵的動作在弘時看來是惺惺作態的，是虛假的，是惹人討厭的，他一分一秒都不想看到她。

「弘時，你到底想怎樣？」自己的好意被一再踐踏，蘭陵忍不住質問，淚水快要奪眶而出。

「不想怎樣，只想妳滾，滾得越遠越好！」弘時努力地想要爬起來，但每次剛爬到一半就因為手腳無力而再次摔倒，這種挫敗無力的感覺令他討厭至極。

「你就那麼討厭我嗎？好歹我是你明媒正娶的妻子。」蘭陵用盡了所有力氣，可是淚水依然不爭氣地掉下來。

她用力抹去淚，只因不想在弘時跟前示弱，不想讓他看到自己因他而喜怒，因他而哀樂，這會讓她覺得自己很沒用。

「妻子又如何，妳根本就是皇額娘硬塞給我的。」這句話裡的每一個字都又冷又硬，聽不出一絲感情。弘時將手伸向旁邊手足無措的小太監，示意他扶自己站起來，隨後勉強拖著無力顫抖的雙腿走到蘭陵面前。「聽到了嗎？從頭到尾，我根本就不想娶妳。妳若識相，往後就乖乖待在自己院子裡，不要出現在我的面前，否則我一定會上奏皇阿瑪，休了妳！」

從佳陌與孩子死去的那一刻，他就不再是以前溫和無爭的弘時，一切已經回不到從前。

「你敢！」弘時的這句話徹底觸怒了蘭陵，被淚水沖去胭脂的那張臉帶著幾分猙獰。「我父親是朝中重臣，我姑姑是當朝皇后，而我更是皇上親自下旨賜婚予你的嫡福晉，你不能這樣對我！」

「能不能，到時候就知道了。」弘時忽的伸手，用力扼住蘭陵尖尖的下巴，刻薄地道：「看妳這張臉，醜得跟鬼一樣，哦，不對，說妳像鬼都抬舉妳了，簡直比鬼還醜千百倍！記著我的話，否則妳被休棄回家無臉見人時，可不要怪我！」

蘭陵愣愣地看著他，不敢相信眼前這個人是自己所認識的弘時，喃喃道：「瘋了，你一定是瘋了！」

「是，我是瘋了，而這一切皆是拜妳們所賜！」弘時冷冷說完這句話，甩開蘭陵，用極力壓抑著怒氣的聲音道：「現在，立刻，馬上給我滾出去！」

直到這個時候，蘭陵才回過神來，看到弘時待自己猶如對待破衣爛屣，心中的恨意同樣爆發出來。「愛新覺羅‧弘時，你是個瘋子，一個徹頭徹尾的瘋子！我自問自嫁給你，從不曾做過對不起你的事，可你是怎麼對我的？索綽羅佳陌死後，你被人挑撥了三言兩語就不分青紅皂白地要殺我；如今又說出這樣狠心絕情的話，你的心到底是不是鐵做的啊？怎可以這樣待我？你明知道我是喜歡你的！」

「不需要！」在說這幾個字時，弘時沒有任何猶豫。於他而言，那拉蘭陵的喜歡與介入，都是他痛苦的根源。若沒有這個女人，他與佳陌會過著幸福的生活，會擁有他們的孩子，一起白頭到老，共看花開花謝、春秋輪轉。

可是現在，他只能對著這個女人可惡的嘴臉，然後用僅剩的理智克制著想要殺人的衝動。

蘭陵的淚流得更凶了，將臉上的脂粉沖刷殆盡，露出眼下的青黑已及蒼白不堪的面容。

在短暫的沉默後，她對他道：「好！既然你如此狠心，絲毫不念夫妻之情，我也不會死賴著你。今日起，你過你的陽關道，我過我的獨木橋。我那拉蘭陵對天發誓，再不糾纏於你！否則……就讓我生生世世皆生於娼妓肚中，不得好死。」

她發下聳人聽聞的毒誓，縱是背過身正走向床榻的弘時也不禁微微動容，有些詫異於她的堅決。

當蘭陵看到弘時僅僅是頓了一下腳步，就又無動於衷地走向床榻時，徹底心死成灰。

她轉身，僵硬地走出坤寧宮，當晴好豔麗的陽光照耀在她身上時，她茫然地抬起頭，就這麼直直盯著可以將眼睛照瞎的陽光。忽的，她笑了起來，淒厲悲涼，像陽光下即將消散的冤魂，又像忘川河中永不超生的厲鬼，令人聞之生寒。

她生於權勢之家，又是父母的掌上明珠，猶如上天眷寵的驕女，予取予求，所以也養成了她驕縱任性的性子，不將尋常男子放在眼中，認為只有同為天之驕子的二阿哥弘時才配得了自己，而姑姑也有意將自己許配給弘時。那日入宮，她看到溫文儒雅的弘時之後，更是芳心暗許，情意深深。

一切本該是順理成章的，可是弘時竟然喜歡上了索綽羅佳陌，那個比自己還年長，家世、容貌皆比不得自己的索綽羅佳陌。為此，弘時甚至去向皇上請求，將本來好好的事情弄得一團糟。

雖然最終自己依然成為了弘時的嫡福晉，可索綽羅佳陌也成為他的側福晉，她恨那個奪走了丈夫寵愛的女人。沒有人知道，弘時只在新婚之夜碰過她，而且是在醉酒的情況下，那夜之後，就再不曾與她同床共寢，每一夜她都是孤獨地睡去，又孤獨地醒來。

看著他與索綽羅佳陌在自己面前卿卿我我，她恨得幾乎要發狂，可是她只能不斷地忍著，然後對弘時百般討好，盼有朝一日他會發現自己比索綽羅佳陌更好、更適合他。

索綽羅佳陌死時，是她陪著他；他中毒昏迷不醒時，也是她陪著他。結果是什麼？是他讓自己滾啊！

哈哈哈，真是可笑，想不到她那拉蘭陵竟也有如此可悲狼狽的一天！

陽光如此刺眼，可是蘭陵知道，從今以後，自己的生命中再也不會有陽光，再也不會有快樂，永遠……永遠都暗無天日，直到死的那一天。

第六百六十章　藥引子

那拉蘭陵走了，不知道為什麼，她臨走前那絕望悲涼的笑聲一直圍繞在弘時耳邊，怎麼也揮不去。

他……是否太過分了？這個念頭剛一出現就被弘時扼殺。那個女人與皇額娘一起害死了佳陌跟孩子，不管怎樣待她都是輕的，根本談不上過分。

這樣想著，弘時漸漸覺得好過了些，又坐了一會兒，他對一直站在旁邊的小太監道：「去，將我的東西收拾一下，然後命人備一頂轎子，我要回府。」

「二阿哥，您的身體……」小太監剛說了幾個字，就見弘時凶狠地瞪著自己，嘴邊的話不自覺嚥了下去。

「不想滾去慎刑司就按我說的話去做。」弘時漠然地吐出這句話。

「奴才這就去辦。」小太監不敢多話，答應一聲急急跑出去。

一炷香的工夫後，小太監沒有進來，倒是翡翠捧著碗藥進去了。

「二阿哥吉祥。」將藥放下後，翡翠與往常一樣行了個禮，待得起身後，道：「奴婢聽聞二阿哥想回府？」

「怎麼，妳的主子不許？」弘時滿臉諷刺地說著，唇角微彎，帶起一抹根本不存在的笑。至於小太監會將這件事告訴那拉氏，他根本不覺得奇怪。

在這坤寧宮中，沒有任何事可以瞞住他那位皇額娘。

但同樣的，他要走，也沒有人可以攔住！

「二阿哥誤會了，皇后娘娘並沒有說什麼，轎子已經備妥，二阿哥隨時可以離去。皇后娘娘只有一個要求，就是希望二阿哥在離去前先將這碗藥喝了。」從始至終，翡翠的情緒都是平靜的，並未因弘時的話而有任何起伏。

弘時瞥了擱在手邊的藥一眼，這個湯藥他再熟悉不過，歇養的日子每天都要服用兩碗，柳太醫說這藥最是有利於他身體恢復。

弘時曾問這些是什麼藥，柳太醫說了幾樣皆是極珍貴的藥材，之後更說這些藥材其實是次要的，最主要是那味藥引子；至於藥引子是什麼，柳太醫卻諱莫如深，怎麼也不肯說。

弘時曉得翡翠是那拉氏心腹，是以並不願與她多說，拿起藥「咕咚咕咚」幾口喝完，將空碗一放，道：「可以了嗎？」

翡翠默然看了一眼，道：「奴婢扶二阿哥上轎。皇后娘娘還說了，您的藥暫時還不能停，是以每日都會有藥送去府裡，還請二阿哥按時服用，莫要耽誤了。」

弘時扶著床頭站起來，試著走了兩步後道：「不必了，把方子交給我府裡的人，他們自然會煎，也省得每日送來送去。」

直至現在，他依然不知如何面對那拉氏。當慈祥的皇額娘與殘忍的凶手劃上等號時，他真的不知道該怎麼辦，只想盡力逃避，不去接觸。

「藥材好找，藥引子卻是難尋，難得宮裡有，也省得二阿哥再去另尋了。」

不知為何，弘時覺得翡翠在說這句話時聲音有些發沉，卻未細想，只是頗為不耐煩地道：「宮裡有的，取一份去我府裡就是了，哪裡來這麼多的話。」

弘時走到屋外，當陽光灑落在虛弱的身體上時，弘時貪婪地吸了口氣，他已經很久很久沒有這樣肆無忌憚地站在陽光下了。躺在床上的日子，雖然也可以透過窗子看到陽光，甚至感受如何炙烈、如何黯淡，卻僅止於此，觸手難及。

在他們出來時，守在轎旁的小太監已是知機地掀起簾子，翡翠扶著弘時坐到轎中，然簾子卻攥在手中，遲遲未肯放下。

「還有什麼事嗎？」許是因為馬上就要離開坤寧宮的緣故，弘時心情略有些好轉，沒有大聲喝斥她。

翡翠咬著嘴唇，在猶豫了許久後終是下定決心，說道：「二阿哥與皇后娘娘之間的事，奴婢本不該多嘴，但是——」

「沒有但是！」弘時冷冷打斷她的話，目光陰鷙地道：「記著自己的身分，別說任何不該說的話。」不等翡翠答話，他已經一把奪過簾子放下。「起轎！」

見弘時不聽自己說，翡翠頓時急了，一把扯住轎桿，不讓他們抬起，口中說道：「二阿哥，求您聽奴婢把話講完。奴婢知道您解不開佳福晉的結，可是皇后娘娘待二阿哥確實是一片慈心，天地可表！」

回應翡翠的是劇烈震了一下的轎子，卻是弘時在裡頭踢了一腳，暴戾地吼道：「為什麼還不起轎，一個個腳都斷了嗎？」

抬轎的太監見弘時發怒，皆是心驚膽顫，從翡翠手中奪過轎桿，一起將轎子抬了起來，轎子在輕微的晃悠中往宮門行去。

翡翠急急追在後面，一邊跑一邊喊：「二阿哥，奴婢說的每一句話都是真的，您可知您每日所用之藥的藥引子是什麼，那是皇后娘娘身上的肉啊！」

儘管隔著一段距離，但翡翠的聲音還是清晰傳到弘時耳中，瞬間，他表情因為那句話徹底凝固。

藥引子是皇額娘的肉？這怎麼可能！以人肉為藥引，他確實聽說過，但那不過是古書上荒誕無稽的記載罷了，根本不足為信，現實中更是連聽都沒聽說過。

不可能！絕對不可能！再說皇額娘對自己根本就是存著利用之心，又怎麼肯割下身上的肉來做藥引子！

那一定是翡翠騙自己的，想要讓自己原諒皇額娘。對，一定是這樣！

弘時努力想要用這個看似合理的解釋說服自己，可心還是很亂。他想起問柳太醫藥引子一事時，對方支支吾吾的樣子。難道是真的？皇額娘真的割肉給自己入藥？

轎子輕輕地晃著，沒有他的吩咐，任憑翡翠在後面怎樣大叫，那四個小太監都充耳不聞，只步履一致地抬著轎子往宮外走。

看著越來越遠的轎子，翡翠頹然地停下腳步，正當她失望地站在原地喘氣時，轎子突然停了下來，隨後一個人影從轎中走出來。

翡翠心中一喜，小步跑上去，不等她說話，弘時已是問：「妳剛才說的都是真的嗎？」

第六百六十一章　怵目驚心

「奴婢怎敢欺騙二阿哥，皇后娘娘真的每日皆割肉下藥。」一說起這個，翡翠忍不住紅了眼。「您是沒見著，今日割兩刀，明日割兩刀，皇后娘娘雙臂上都沒一塊好肉了，有時候傷口疼起來，娘娘整夜睡不著覺。」

「你們為何不勸著些？」弘時此刻心情是說不出的複雜。

翡翠委屈地道：「奴婢們勸了，柳太醫也勸了，可是娘娘一句話也不肯聽，還說只要二阿哥無事，她怎樣都無所謂。娘娘甚至下了禁令，不許將這件事告訴您，就怕您知道了後不肯再服藥。原本二阿哥您還要再服幾天的藥才算完全好，可是剛才宮人來稟報，說二阿哥您要回去。」

「娘娘知道您不願見她，也曉得她勸什麼您都不會聽，所以乾脆不勸，只讓奴婢過來告訴二阿哥一聲，藥會每日煎好送到府中。沒有人肉做的藥引子，柳太醫開的方子不過是一張廢紙罷了，根本起不得什麼作用。若非二阿哥拒絕，奴婢也不敢冒著被娘娘責罰的危險，將實話說出來。」

說到這裡，翡翠忽的跪下去，含淚道：「二阿哥，求您看在皇后娘娘割肉入藥的分上，不要辜負她這片心意，不管怎麼說，她都是您的皇額娘啊！」

皇額娘……弘時喃喃地重複著這三個字，一時竟找不出一個詞形容此刻的心情，只覺得鼻子酸得難受，眼睛也澀澀的。

弘時抬頭看了一眼陽光，咬一咬牙又坐回轎中，正當翡翠無措地跪在地上時，轎中傳來有些發悶的聲音——

「還不快起來帶我去皇額娘那裡。」

二阿哥肯去見主子……當翡翠明白過來這句話的意思時，面色一喜，連忙起身在前面引著轎子。

轎子在正殿停下後，弘時扶著一名太監的手走下轎子。

正殿的門關著，朱紅的雕花門給人一種莊嚴肅穆的感覺，就像是那拉氏一樣。當弘時手指觸及門框時，十八年的記憶一股腦湧上來，讓他百感交集。

皇額娘……待他一直都是極好的，雖然在功課上要求嚴厲，但除此之外卻是將他照顧得無微不至。

夏天，他屋裡永遠是第一個放冰的；冬天，皇額娘的新衣還沒裁製，他的已經製了好幾套，各式各樣皆有。

皇額娘，您一直是那麼善良的一個人，為何要對佳陌下此狠手，為什麼……

弘時痛苦地閉上淚光閃爍的眼睛，手卻沒有收回來，一動不動地站著。過了許久，他終於再次睜開眼，手上微一使力，在「吱呀」的輕響中，雕花門應聲而開，身後的陽光亦照了進去。

「弘時！」看到出現在門口的弘時，那拉氏臉上有著再明顯不過的驚意與……慌張，她急急拉下袖子道：「你怎麼過來了，不是說要回府嗎？要是還缺了什麼，儘管與皇額娘說，皇額娘讓他們給你準備著。」

「兒臣什麼都不缺，只是有些事想向皇額娘確認。」弘時一邊說著一邊走進去，初夏的陽光在他身後拉出一道長長的影子。再見到那拉氏，弘時以為自己會很生氣，卻原來不是，只是心裡無端的酸疼。

這是他十八年生命中最重要的女人，與他最是親密不過。為何，為何會走到如今這步田地？究竟是誰錯了，是他還是皇額娘？又或者兩人都錯了。

「什麼事？」那拉氏有些不自然地問著。

「兒臣想看看皇額娘的手臂。」弘時沒有與她拐彎抹角，直接問道。

那拉氏的神色越見慌亂，不自在地拉著袖子道：「你這話可是說得奇怪了，手臂有什麼好看的。」

「既然如此，皇額娘為什麼不肯將袖子挽起來。」弘時既是來了，自然要看個清楚明白。

「都說了沒什麼好看的。」那拉氏話音剛落，弘時已經一個箭步走到她跟前，在她反應過來之前一把捋起她的袖子。

即便是早有了心理準備，可看到那拉氏的手臂時，弘時仍然忍不住到吸一口涼氣。

只見那拉氏手臂上橫七豎八地滿是傷口，大部分已經結痂，唯有最上頭那道仍然在往外滲著鮮血，怵目驚心。若非親眼所見，誰會相信這是當朝皇后的手臂？

弘時怔在那裡，久久說不出話來，顫抖地伸手撫上去，手指過處，是一條條猙獰到極點的傷口，以及傷口處顯而易見的下陷。弘時明白，這是因為肉被剜去的緣故，所以傷口即便結痂，也會比原來下陷許多。

當手臂展露在弘時面前時，那拉氏眼中充斥著慌張與害怕，努力想要將手臂掩藏起來，可是弘時的手像是鐵箍一樣堅硬，根本掙扎不開，她只能無力地掩飾道：「是否嚇到你了，這些是皇額娘自己不小心弄到的傷口，皮肉之傷沒什麼大礙，養個幾日就好了。」

「這些也是皇額娘不小心弄傷的嗎？」弘時驟然抓住那拉氏另一隻手臂，隨著袖子的捋起，露出同樣驚人的傷疤，甚至於看起來比原先那隻手更可怕。

「我……我……」弘時的舉動令那拉氏慌亂不已，連該自稱「本宮」都忘了。良久，她顫抖著道：「你……知道了？」

「是，為什麼不告訴我，為什麼要瞞著我？還有，為什麼要用自己的肉來做藥引子，您難道不知道疼嗎？」弘時越說越激動，待到後來竟然哽咽起來。

那拉氏望著他，忽的露出溫柔笑意，抬手想要去撫弘時的臉，卻在半空中收了回去，帶著一絲落寞道：「不為什麼，只因為你是本宮的兒子。」

在說這句話時，她沒有一絲猶豫，那麼的理所當然。

「可是我……我之前那樣說您，您不在意嗎？」弘時鼻間有說不出的酸意。

第六百六十二章　相對

「本宮說過，你是本宮的兒子，既是母子，不論你說什麼，本宮都不會在意。何況……」那拉氏仰頭，將浮現在眼中的淚逼回去。「那件事確實是本宮的錯，你恨本宮是理所當然的事。」

靜默了一會兒後，那拉氏趁著弘時愣神的工夫，從他手中抽出手，放下袖子道：「好了，你回去吧，皇額娘沒事。還有，一定要記得吃藥，否則壞了身子可是後悔莫及。小寧子，你扶二阿哥出去，至於翡翠……」看著跟在弘時身後進來的翡翠，那拉氏眸光驟然一寒。「本宮與妳說過什麼？」

翡翠心中一慌，連忙跪下道：「奴婢知錯，可那是因為二阿哥執意不答應主子繼續送藥去府裡，奴婢迫於無奈之下才將實情說出來，求主子恕罪。」

那拉氏一掌拍在花梨木小几上，又恨又痛地道：「本宮早交代過你們，不論什麼樣的情況都不許將這件事告訴二阿哥，妳竟是將本宮的話當耳旁風不成？」袖子下有鮮血蜿蜒而下，是那拉氏用力過猛，崩裂了傷口。

翡翠聞言越發慌了神，不住磕頭道：「主子開恩，奴婢當真不是故意的。」

「既是犯了錯，便該罰！」

站在那拉氏身後的三福心下一急，大著膽子走到翡翠身邊跪下道：「求主子看在翡翠一片忠心的分上，饒過她這一回。」

「大膽，哪個許你替她求情的，難不成你也想跟著她受罰不成？」那拉氏喝斥一句，見三福還是跪在地上一動不動，氣怒難耐，迭聲道：「很好，看來真是本宮把你們幾個縱容壞了，來人，將他們兩個都拖下去杖責二十！」

「主子開恩！」翡翠與三福大聲求饒。

那拉氏別過頭不去看他們，顯然是怕看了會心軟。

外頭衝進來幾個身強力壯的粗使太監，沒等他們去抓三福與翡翠，一直站在殿中的弘時已是喝道：「退下！」

幾個粗使太監動作一滯，彼此左看右看，一時不知該如何是好。皇后娘娘是主子不假，可是二阿哥在坤寧宮中也是主子，究竟他們該聽哪個的才是？

「弘時，你這是做什麼？」那拉氏詫異地看過來。

站了許久，弘時感到體力不支，示意小寧子將自己扶到鋪了軟錦墊子的椅中坐下。「兒臣認為翡翠沒有犯錯，皇額娘不該責罰她。」

「翡翠不聽本宮吩咐，將藥引子的事告訴你，豈可說沒錯。」那拉氏瞪了低頭垂泣的翡翠一眼，神色間頗有不悅。

「就算是這樣，皇額娘向來都是慈悲為懷，責罰幾句也就是了，何必要動用宮規杖責，讓他們多受皮肉之苦。再說，翡翠與三福一直跟在皇額娘身邊，連兒臣都是他們看著長大的，即便沒有功勞也有苦勞。」弘時諄諄勸著，竟是極力為他們開脫。

「慈悲為懷……」那拉氏喃喃重複著這四個字，嘴角慢慢逸出一絲苦澀到極點的笑意。「你說錯了，本宮視人命如草芥，根本就是蛇蠍毒婦。」

弘時愣了一下，方才想起這是自己中毒醒轉後所說的話，神色一黯道：「皇額娘還在怪兒臣當時口不擇言？」

「沒有。」那拉氏深深吸了口氣道：「你說得沒錯，本宮確實心狠手辣，毒如蛇蠍。在害死佳陌後，本宮沒有一日睡得安穩過，只要一閉眼，就會看到佳陌與那未出世的孩子向本宮索命。孫子，那是本宮第一個孫子啊，就因為本宮的一念之差，他連看一眼這繁華盛世的機會都沒有。」

她抬起鮮血流過的手掌，似哭似笑地道：「瞧瞧這雙手，沾染的全都是血啊，不論本宮怎麼洗都洗不掉！弘時，不論你是否相信，本宮都可以告訴你，殺死佳陌與孩子，本宮承受的痛，絕對不比你輕。」

聽著她的話，弘時早已是雙眼通紅，身子輕輕地顫慄著，有難言的悲傷在身體裡蔓延成災。可是這一回與以往又有些不同，他感覺到那拉氏帶著濃濃悔恨的話語，看到她因自己而流下的鮮血，恨意在一點點地淡去，直到連自己都分不清是否還恨著、怨著。

在這樣的沉默中，小寧子輕聲說道：「二阿哥，娘娘沒有騙您，她真的很後悔，前段日子還讓奴才去萬壽寺給佳福晉與小世子做往生法事，希望他們可以早日投胎去個好人家。」

「住嘴，哪個讓你多話的！」那拉氏不悅地喝斥著，小寧子身子一縮，趕緊跪下不語。

「帶下去。」那拉氏衝那幾個粗使太監無力地揮揮手，然弘時的聲音卻是再一次響起。

「還請皇額娘慈悲為懷，恕了他們幾個！」

「弘時你……」那拉氏似有些震驚又似有些悲傷無奈。「你明知本宮不是那慈悲之人，又何必故意說這些話，是存心想讓本宮心裡更難受嗎？本宮知道，那一件事是本宮欠了你，不論如今本宮做什麼，都不能補償萬一。」

「皇額娘錯了。」那拉氏不曉得是否是自己的錯覺，弘時這一聲「皇額娘」與之前流於表面的冰冷不一樣，彷彿帶了幾分感情在裡面。

「我沒有想讓您難過。」弘時低頭，有些不知該從何說起，半晌卻是道：「讓翡翠與三福起來吧，不要責罰他們了。」

「好吧。」見弘時一意要為翡翠求情，那拉氏自不會拂他的意，揚臉示意翡翠與三福起來。

翡翠兩人大喜過望，連忙謝過那拉氏與弘時。

「去拿藥與紗布來。」弘時朝小寧子吩咐道。

小寧子稍稍一想便猜到他的用意，趕緊答應一聲，不一會兒就拿了乾淨的紗布與止血生肌的藥來，還有一盆乾淨的溫水。

弘時走到那拉氏身邊。「把手伸出來。」

第六百六十三章 釋懷

「本宮真的沒事，倒是你，趕緊回去，你身子沒好，不能這樣久站累神。」那拉氏關切地說著，手卻是往身後掩著，不想讓弘時看到那些猙獰嚇人的傷痕。

弘時一言不發地盯著她，那拉氏知道他意思，若是不依他，只怕他會一直這樣站下去，只得將手給他，同時吩咐道：「把椅子端過來給二阿哥坐。」

「是。」

三福答應一聲，剛要去端椅子，小寧子卻是比他更快，嘴裡道：「師父您歇著，這些事徒弟來就行了。」

三福不語，眼裡的冷意卻是越發深了。自從被允許在內殿伺候後，小寧子就事事搶著做，很明顯是想在主子面前表現，藉此爬得更高。

在弘時用溫水仔細拭去那拉氏臂上的血跡時，那拉氏終於忍不住小心地問：「你不恨皇額娘了嗎？」

弘時手上動作一滯，低了頭讓人看不清他臉上的表情，只沉沉道：「我不知道。」

聽到是這個答案，那拉氏神色微黯，不過很快的又道：「皇額娘知道你心裡苦，若恨可以讓你心裡舒服些的話就恨著吧。但是，相信本宮，不管怎樣，你在本宮心中都是這世間最好的兒子，本宮永遠以你為榮。」

「哪怕我恨您一輩子？」弘時抬起頭。

「是，哪怕你恨本宮一輩子。」那拉氏沒有任何猶豫，每一個字都是斬釘截鐵般的堅定。

聽著這個答案，弘時深吸了一口氣，抬頭想要將淚意逼回去，卻是於事無補；低頭時，那滴淚依然從眼角落下來，滴在水中激起層層漣漪。

「不要哭。」那拉氏這樣說著，可自己卻不斷落下淚，皆落在盆中。由銅盆承載的那方小世界就像是下起了雨，連綿不絕。「皇額娘答應你，只要你不願見，皇額娘就絕不去見你，只要你好好的就行，皇額娘怎樣都不要緊。」

「連做不成太后也不要緊嗎？」弘時突然說出這麼一句話，虧得此處沒有外人，否則傳揚出去，可是大為不妙。

那拉氏淚眼矇矓地道：「在皇額娘心中，你才是最要緊的，其他一切皆不過是過眼雲煙罷了。」

「皇額娘！」隨著這聲呼喚，弘時終於忍不住撲到那拉氏懷中哭泣起來，既是因為佳陌與孩子的死，也是因為那拉氏待他的那份深厚無言的愛。

望著懷中的弘時，那拉氏也是熱淚盈眶，她輕拍著弘時的背，道：「不哭了，皇額娘在，皇額娘會永遠在你身邊。」

聽著她的話，弘時哭得更大聲，這聲痛哭他已經壓抑在心中許久，今日終於宣洩出來。

足足過了半炷香，弘時才慢慢止住淚重新坐回椅中，也不說什麼，只是用銀棒挑出散發著淡淡香氣的藥膏擦在那拉氏雙臂上，然後用紗布裹緊，鄭重道：「兒臣以後不希望看到皇額娘再自殘身體。」

一聽這話，那拉氏頓時急了。「不行，柳太醫說了你還需要再服幾天的藥，若缺了藥，效果會差許多。」

「藥，兒臣會服，但是藥引子，兒臣不需要。」弘時堅定地說著。「兒臣相信，沒有人肉做的藥引子，不過是藥效差一些，恢復得慢一些，不會有什麼大礙。若皇額娘再這樣，那兒臣唯有不服藥了。」不等那拉氏開口，他已是道：「若皇額娘不想兒臣一輩子愧疚的話，就請不要再說了。」

那拉氏見他說得堅決，無奈地道：「好吧，便依你的話。待會兒等柳太醫替你診完脈，重新開過藥後再走。」

弘時想了一下道：「兒臣想等身子完全養好後再回府。」

「你說什麼？」那拉氏滿臉詫異地看著他，簡直不敢相信自己的耳朵。弘時竟然主動說要留下來，這……這怎麼可能？

弘時微微一笑，蒼白的臉頰浮現出些許潮紅，反問：「皇額娘不許嗎？」

「自然不是。」那拉氏連忙否認，神色激動地道：「弘時，你……你是不是原諒皇額娘了？」

弘時看到那拉氏雙手絞在一起，指節因為絞得太緊而泛起白色，曉得她是因為緊張之故，心下一軟道：「母子之間，談何原諒二字，不論怎樣，您都是我的皇額娘，這是永遠都改變不了的事實。」

雖然弘時沒有正面回答，但那拉氏知道，他已經徹底原諒自己，一時間激動地又哭又笑，半天說不出話來。

在激烈到失控的情緒逐漸平緩後，她拉著弘時的手哽咽道：「皇額娘以為一輩子都聽不到這句話，弘時，皇額娘對不起你，讓你如此痛苦，皇額娘多麼希望可以代你承受這些痛楚。」

「兒臣知道，過去的事不必再提了，以後我們還跟以前一樣好不好？」

「好！好！」那拉氏連連點頭，望著弘時的眼神滿是欣慰與歡喜。

弘時，終於如預料的那樣回到她身邊了，也算這些天沒有白受苦。

在命人將弘時扶回房中休息後，翡翠上前對坐在椅中閉目養神的那拉氏道：「主子，您昨夜沒睡好，不如奴婢扶您回後殿躺會兒養養精神？」

「也好。」那拉氏微微睜開眼，此時的她已經沒了剛才慈祥溫和的模樣，神色淡漠而冷凝。

在手臂搭上翡翠的手時，那拉氏倒抽一口涼氣，卻是碰到了臂上的傷口，雖說有衣裳和紗布隔著，但還是痛得讓人皺眉。

「主子當心。」翡翠小心地說了一句，又道：「就算主子要演一場戲給二阿哥看，好化解二阿哥與您的嫌隙，也不必當真傷害自己，且還一日兩刀。每次奴婢看著三福將刀劃在主子身上，就覺得渾身發疼。」

那拉氏撫著臂上的紗布，凝聲道：「戲不作得真一點，又如何讓他相信呢？本宮可不想再輸。不過總算一切都值得，沒有白劃這麼多道口子。」

「主子神機妙算，經此一事後，二阿哥心中應再無隔閡了，佳福晉的事也不會再提及。」翡翠不失時機地恭維著。

第六百六十四章　許利

那拉氏抬頭，迎著烈烈熾陽露出令人發冷的笑容。「弘時從來就是本宮的，誰都奪不走。索綽羅佳陌居然想跟本宮作對，活該她不得好死！」

翡翠敬畏地低著頭，沒有人比她更清楚這位主子的性子，論殺戮果決，絕對比男人有過之而無不及。索綽羅佳陌與主子相比，確實僅是一個跳梁小丑，她到死都不知道自己為何人所害。

「記著，這件事從此不許提起，更不許讓二阿哥知道，否則會有什麼樣的後果，妳心裡清楚。」那拉氏眸光冰冷地睨了翡翠一眼。雖然翡翠跟在她身邊多年，但此事關係重大，還是必須提醒一句。萬一洩了一點兒口風，她與弘時之間真的再沒有任何轉圜餘地了。

「奴婢知道，請主子放心。」翡翠趕緊答應。她很清楚，一旦自己說了什麼不該說的，主子絕不會因為自己幾十年盡心盡力伺候就饒過自己，在其心中，永遠只有權勢與后位。

二阿哥是棋子，自己與其他人也是棋子，只有曾經的世子弘暉不是，可惜他早早地逝了，也將那個善良無爭的主子拉入了不能回頭的深淵。

翡翠有些擔心地道：「主子，咱們宮中的人好說，就是柳太醫那邊……」所謂的人肉藥引子，自是少不得柳太醫的參與，所以翡翠擔心他那邊萬一不小心洩了風聲，那便不妙了。

「柳太醫那邊，本宮自有打算。」那拉氏緩聲說了一句後，示意翡翠扶自己走到殿門外。夏陽正當空，大片金色的陽光灑落在紫禁城層層疊疊的宮殿上，使得其越加華美莊嚴。

那拉氏伸出手，蒼白的手掌在陽光下慢慢握緊。明明她掌心是空的，翡翠卻有一種她將整個紫禁城握在手中的感覺。

錯覺嗎？不，應該說那是自己從主子身上感覺到的決心。皇后也許只能安居紫禁城一隅，但太后就一定可以握住整個紫禁城，握住所有一切，包括至高無上的權力。

二阿哥……翡翠無聲地嘆了口氣，他永遠都不可能鬥得過主子，將來即便為帝，也會被她牢牢控制在掌中，實在很可悲呢。然，二阿哥的可悲，早在他剛出生的時候就註定了，連生母都不記得，更不知生母因何而死，雖說李福晉害死弘暉，是自尋死路，可二阿哥卻是無辜的。

「為什麼嘆氣？」那拉氏頭也不回地問著。

若非翡翠看到她嘴唇動了一下，幾乎要以為是自己幻聽，她沒想到這樣微小的動作都被那拉氏注意到了，努力控制住心中的慌張與害怕，小心地說道：「奴婢是在想主子手上這麼多道傷口，若是皇上看到了，又該……」

「又該嫌棄本宮了嗎？」那拉氏沒有疑心其他，只是涼涼一笑道：「就算沒有這些傷口，皇上也早嫌棄本宮年老色衰了。妳數數，自本宮住進這坤寧宮後，皇上來過幾次？哪怕熹妃不在的時候，他也沒想到過本宮，就算偶爾來了，也很快就走。這張臉……」她抬手慢慢撫過自己的臉，手指可以清晰感覺到眼角、嘴角的皺紋，一道又一道，像是散開的魚尾。「風華正茂時他都不屑一看，何況現在人老珠黃。」

「主子千萬不要這麼說，皇上一向敬重您。」翡翠見那拉氏沒懷疑自己，在心裡暗吁了口氣，面上卻是一點兒也不敢露了。

「妳也說是敬重了，與情愛沒有一點兒關係。不過，也無關緊要，他要寵誰任他寵去，但是這后位永遠是本宮的，哪個也奪不去。」在說到最後一句時，那拉氏聲音中有著無比的狠厲。后位是她所剩不多的東西了，哪個敢覬覦，她絕不會輕饒，年氏如是，鈕祜祿氏亦如是。

繼年氏降為常在、禁足於翊坤宮，宮裡又出了一件不大不小的事。鄧太醫死後，空出來的副院正一職，那拉氏向胤禛建言由治弘時有功的柳太醫頂上，胤禛答允，提柳華為太醫院副院正。

正式接任副院正之後，柳太醫去了坤寧宮，朝那拉氏端正地行了一個大禮。

「微臣多謝皇后娘娘提攜之恩。」

「不必多禮。」那拉氏放下喝了幾口的杏仁茶，抬目隨意地道：「這是你應得的，本宮不過是隨口在皇上面前提一句罷了。再者，你將弘時救回來的這份恩情，本宮可是時刻記在心中，副院正一職就當是本宮還你的。」

柳太醫並未因為那拉氏這句話而露出自得之色，反而道：「娘娘言重了，治病救人乃是微臣的分內事，實不敢居功。」

對於柳太醫的謙卑與識相，那拉氏很是滿意。一個張狂的人，就算再有本事，也難入她的眼，更不要說引為心腹。「那往後就好好做你的分內事，本宮還有很多要倚重你的地方。」

「微臣蒙娘娘提攜，這份知遇之恩，微臣就算粉身碎骨也難報萬一。」在說到這句時，柳太醫話中有著難掩的激動。

「不必粉身碎骨，只要你好生替本宮辦差即可。」那拉氏深諳用人之道，一眼便看出柳太醫與自己是一類人，皆喜歡權勢，只要給予他一定的利益，就可以將他牢牢捆綁在自己這條船上。

果然，剛剛平靜下來的柳太醫再度湧起激動之色，深深揖了一禮道：「娘娘大恩，微臣以後定然唯娘娘之命是從。」

第六百六十五章　撲朔迷離

那拉氏笑而不語。在宮裡有兩類人不可或缺，一個是身邊的奴才，另一個就是太醫，唯有握緊這兩類人，才能安枕。

隔了一會兒，她意味深長地對一直畢恭畢敬站著的柳太醫道：「藥引子一事，本宮不希望有人胡言亂語，你明白嗎？」

柳太醫心中一震，旋即道：「娘娘心疼二阿哥，為使二阿哥身體早日康復，自願以人肉為藥引子，除此之外，微臣再不知道其他。」

那拉氏很滿意。柳太醫果然是一個聰明人，與這種人打交道最大的好處就是不需要說太多，稍稍一提，他便會明白什麼該做、什麼不該做。

在又說了幾句話後，柳太醫躬身離開坤寧宮，在回太醫院的途中，一個宮人攔住他的去路，說是他的家人等在宮門外，有事相見。

剛才還志得意滿的柳太醫聽得這話，神色一下子變得凝重起來，猶豫了一下就快步往宮門走去。

到了那裡，果見一個穿著布衣長袍的年輕男子等在柵欄外頭，看到他過來，臉上一喜，大聲喚道：「大哥。」

這人是柳太醫的弟弟柳越。柳太醫快走幾步，來到柵欄前道：「你怎麼這時候過來了，可是小妹那邊出了什麼事？還是那老鴇不守信用，逼著小妹接客？」

與出身杏林世家的鄧太醫還有容遠他們不同，柳太醫家境貧寒，兄弟姊妹共有六人。因為家裡窮，養活不了那麼多孩子，最小那個妹妹剛出生就被送人了。

至於柳太醫能習得一身醫術，還是虧得少年時遇到一個遊方郎中，那郎中與他甚是投緣，又怕自己年老後一身醫術會失傳，所以將他收為弟子，足足教了他五年，將自己一身精湛醫術盡傳給他。

柳太醫憑著這身醫術行醫救人，令家境大為好轉，之後更有幸入太醫院任職。在不需要為溫飽擔憂後，一家人便想起了送人的小妹，四處打聽，輾轉許久方才得知收養小妹的那戶人家數年前就死了，她為葬養父母被迫賣身青樓。

柳太醫知曉之後，當即與家人一道去了青樓，恰好那老鴇準備給小妹梳頭。這個梳頭可不是一般人以為的那樣，而是青樓要讓姑娘開苞接恩客的意思。

柳家好不容易尋回小妹，自然不願她淪落風塵，當即與老鴇說要替小妹贖身。豈料那老鴇見小妹姿色不錯，不願放過這棵將來的搖錢樹，獅子大開口，張嘴就要一千兩白銀。

柳家一聽頓時傻了眼，雖然他們因為柳太醫而不需要再挨餓受凍，甚至開起了一家小店鋪，可是也僅限於此。幾百兩銀子湊一湊還能夠拿出，可一千兩……就是全家砸鍋賣鐵也湊不起啊。

無奈之下，柳太醫請老鴇寬限幾天，他想辦法去湊銀子。按著當時的約定，應該還有兩天才是，所以看到柳越過來，柳太醫第一個反應就是老鴇毀約。若小妹因此毀了清白，他一輩子都會活在悔恨之中。這些天，他把身上能賣的東西都賣了，至於宮裡賞下來的東西卻是不便出手，一旦追查出來，後患無窮，非萬不得已，柳太醫是絕對不會走這條路的。

看到柳太醫一臉緊張的樣子，柳越咧嘴一笑，露出雪白整齊的牙齒。「大哥別擔心，小妹不僅沒事，而且以後都不會有事了。」

一聽這話，柳太醫頓時糊塗了。「到底是怎麼一回事，你快說清楚。」

柳越「嗯」了一聲道：「昨兒個有位貴人來咱們家，帶來一千兩銀子，說是給小妹贖身用的。我們覺得奇怪，就問他是什麼人，他說是奉宮裡娘娘之命，那銀子說什麼也不肯拿回去。我瞧他說話細聲細氣的，應該是位公公。」

「他有說是哪位娘娘嗎？」柳太醫第一個想到的就是皇后，可仔細一想又覺得不對，剛才去坤寧宮的時候，皇后絲毫沒有提及，全然是不知情的樣子。

「他說是熹妃娘娘派來的，還說自己姓楊。」柳越興奮地說著，隨即又感到有些奇怪。「咦，我與爹娘還以為是大哥求熹妃娘娘賞的銀子呢！」剛才他只顧著高興，到現在才發現大哥竟是毫不知情，可真是奇怪。那可是白花花的銀子，又不是隨處可撿的石頭，若不是有原因，哪個會巴巴地送來？

柳太醫搖搖頭，隨後又問了那位公公的體貌、特徵，一番比對下來，確定就是承乾宮的楊海。只是，他怎麼也想不明白熹妃為何會知道自己的家事，更想不明白她為何要拿出那一千兩。

「我昨日就拿了銀子去贖小妹，那老鴇起先還不肯，虧得楊公公同去，在那老鴇耳邊說了幾句後，老鴇才肯放人。因為昨日天色已晚，所以沒來告知大哥。」說到此處，柳越又有些擔心地道：「大哥，那銀子收了不會有事吧？」

他雖然不知道宮裡的事情，卻也知道銀子不是那麼好拿的，大哥事先又毫不知情，萬一替大哥惹來什麼麻煩，那可就壞事了。

「沒事的，熹妃娘娘為人極好，你不必擔心。」柳太醫安慰了一句又道：「行了，你先回去吧，我還有些事要辦。」

在目送柳越離開後，柳太醫腳步一轉，改而去了承乾宮。不論熹妃是出於何種目的，自己都必須要去一趟。

到了承乾宮，只見水秀正領著幾個宮女在那裡黏蟬。南秋被發配寧古塔後，她便接了南秋的位置，做了承乾宮的管事姑姑。在凌若身邊多年，水秀早已歷練出來，剛一上手便將宮裡大小事宜安排得妥妥當當。

「咦，柳太醫，你怎麼這時候過來了？」水秀將黏桿交給身邊的宮女，迎上來笑吟吟地道。

「是，我來見熹妃娘娘。」柳太醫左右看了一眼，並不見楊海蹤影。

水秀為難地道：「可是不巧了，主子這幾天身子有些倦怠，剛剛睡下呢，奴婢們也不敢驚擾。」

「既是這樣，那我在此處等熹妃娘娘醒來吧。」不將事情問個清楚明白，柳太醫心中總是難安。

「那請柳太醫去偏殿暫候。」水秀這說了一句，又吩咐道：「安兒，去沏杯雨前龍井來。」

第六百六十六章　菜戶

「不必麻煩。」看到安兒，柳太醫忽的想起一事，道：「不知莫兒姑娘怎麼樣了？」當初在坤寧宮中，莫兒被帶去慎刑司與他多多少少也有些關係。

「多謝柳太醫關心，莫兒一切皆好，再休養幾日就沒事了。」水秀話音剛落下一會兒，就聽得邊上有動靜，舉目望去，只見莫兒正不顧四喜的阻攔要出去。

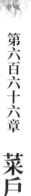

「莫兒，妳不好好躺著要去哪裡？」

見水秀過來，莫兒咬著尚有些蒼白的嘴唇不說話，倒是旁邊的四喜嘆著氣道：「她說要去翊坤宮尋芷蘭問個清楚，水秀姑娘，妳快勸勸她吧。」

四喜趁著今兒個有空，來看看莫兒的情況，哪曉得一過來就被莫兒拉著要去翊坤宮找芷蘭，怎麼勸都不聽。

水秀沉默了一會兒，說出令四喜意外的話來：「罷了，隨她去吧，她的性子我很清楚，倔強執著，不當面向芷蘭問個明白，她是不會甘休的。」說到這裡，她又拉起莫兒的手道：「不過妳記著，不論芷蘭怎樣，她與妳都沒有關係，妳的家人在這裡，在承乾宮。」

莫兒感動地道：「是，我知道了，謝謝姑姑。」

四喜搖搖頭道：「罷了，罷了，趁著沒事，咱家陪妳走一趟吧。」

莫兒點點頭，由四喜扶著她慢慢往翊坤宮走去。如今的翊坤宮再沒了以前門庭若市的情況，冷冷清清，只有負責看守的宮人站在陰影下。明明是盛夏，此地卻處處透著秋時才有的蕭瑟之意。

因為年氏被降為常在，不需要這麼多人伺候，所以翊坤宮的宮人大多被派到別處，僅留下少數幾人。

胤禛只是幽禁年氏，並沒有不允許他人來此，不過年氏失勢，以往對她百般迎奉的那些人如今都繞著此地走，這麼些天了，莫兒是第一個來這裡的人。

守在外頭的太監看到四喜到來，迎上來打了個千兒，殷勤地問：「公公要進去嗎？」

「嗯。」四喜隨口答應一聲，帶著莫兒入內。

在穿過因無人打理而透著殘敗氣息的院子後，他們找到了站在簷下發呆的芷蘭。看到四喜與莫兒，她目光頓時一亮，撲上來緊緊拉著四喜的衣裳道：「喜公公，求您在皇上跟前說句好話，讓奴婢去別的地方當差吧！」

四喜往旁邊退了一步道：「芷蘭姑娘說笑了，咱家不過是一個奴才，哪有這個本事。」

「不，公公是大內總管，又最得皇上信任，將奴婢調出翊坤宮不過是您一句話的事。」芷蘭苦苦哀求著。她受夠了這種暗無天日又沒有自由的日子，不想一輩子都這樣，所以突然出現的四喜就成了她的救命稻草。

「對不起，咱家無能為力。」四喜不帶感情地說著。他與芷蘭並無交情，沒有理由要為她做什麼，何況莫兒說過那日在坤寧宮，芷蘭故意說謊冤枉她，令得他更加反感。

芷蘭哪裡肯放棄，跪下道：「只要公公能帶奴婢離開這裡，奴婢必定一世記公公大恩。」見四喜還是一副無動於衷的樣子，她狠一狠心道：「奴婢願給公公做菜戶，一輩子服侍公公。」

聽得「菜戶」二字，本已打算不理會芷蘭的四喜不禁微微一怔，下意識地低頭去看芷蘭。

所謂菜戶是指太監與宮女自願結為夫婦，以慰深宮之寂寞。宦官淨身斷了子孫根，註定他們一輩子不能像正常男人一樣娶妻生子，可是漫漫數十年孑然一身又太過淒涼，而宮女在二十五歲出宮之前是不能有夫的。一邊無妻兒，一邊無夫，便有了菜戶，又稱之為對食；不過這樣的關係往往在宮女出宮後就會終止，除非那名宮女自願一輩子留在宮中。

這樣的心思，四喜不是沒動過，只是一來宮中不許私自對食，一旦查出往往要受嚴刑。自大清立國之後，唯有康熙朝時，曾有一對宦官與宮女被賜了對食，可惜結局卻不甚美好。花前月下、相約終身厮守的盟誓，在宮女二十五歲那年化為泡影，宮女毅然離去，留下宦官一人傷心絕望；且直至宦官身死，那名宮女都沒有來看過他一次，可憐那宦官重病纏身的那些日子還是堅持去宮門口等候。

而這，恰恰就是四喜另一重害怕所在。宦官因為身殘，所以往往比普通男子更專情，一旦交付了真心就是一生一世；若遭人背叛，四喜不知自己是否受得了那種撕心裂肺的痛。

芷蘭見四喜看過來便知他是意動了，而芷蘭對自己也有信心，她姿色與宮中那些主子雖不能相提並論，可在宮女當中也算是出挑了；最重要的是，她年輕，每一寸肌膚都洋溢著青春的氣息，沒有一絲暮意，相信四喜不會拒絕。

就在芷蘭滿懷信心的時候，四喜開口了，涼薄的聲音令她渾身一寒——

「芷蘭姑娘忘了，宮中是不許私自結為菜戶的，再說芷蘭姑娘青春年少，咱家又怎麼敢耽誤，這話還請以後都不要再提，否則咱家只有如實稟告皇上。」說罷，他對莫兒道：「妳有什麼話就趕緊問吧，此處不宜久待。」

莫兒點一點頭，看著失魂落魄的芷蘭道：「那日在坤寧宮中，妳為何要說謊害我？」

芷蘭尚沉浸在被四喜拒絕的震驚中，直至莫兒連著問了兩遍才回過神來，眼珠一轉，帶著滿臉的痛意道：「莫兒，對不起，我也不想害妳的，是年常在她逼我，說我要是不按她說的做，就打死我，我實在沒辦法才……莫兒，妳別怪我好不好？」

「當真是這樣嗎？」莫兒將信將疑地問道。

芷蘭趕緊點頭。「若有一句虛言就讓我不得好死。」不等莫兒說話，她又道：「莫兒，妳幫我求求喜公公，我真的不想再待下去了。妳可還記得咱們在辛者庫中相互扶持的日子，還有，妳能離開辛者庫也是因為我替妳跟徐公公求情，否則妳至今還在那裡受罪。莫兒，幫我！」

「這個……」莫兒為難不已。聽得芷蘭說是被迫時，她已經原諒了芷蘭，可離開翊坤宮這檔子事，她實在不好回答。

就在莫兒猶豫著是否要向四喜開口時，一個白瓷茶盞狠狠砸在芷蘭臉上，鼻血瞬間就流下來。還沒等弄明白是怎麼一回事，一個人影已然撲上來，對著芷蘭劈頭蓋臉就是一陣打，一邊打一邊罵著：「小賤蹄子，當本宮死了不成？居然敢背叛本宮，看本宮不打死妳！」

「主子饒命！主子饒命！」芷蘭嚇得魂飛魄散，迭聲求饒。她沒想到年氏會突然出現，並將自己的話聽了個正著。她頭髮被年氏死死握著，彷彿連頭皮也要被扯下來，痛得她掉下淚，臉上更不住地挨著巴掌，鼻子裡流出的血因為年氏的動作而糊了一臉。

第六百六十七章　芷蘭

「小賤蹄子，一看到本宮落魄了就想腳底抹油開溜，本宮告訴妳，這輩子都休想！妳生是本宮的人，死是本宮的鬼，就算挫骨揚灰，那灰都得撒在本宮的地裡，任本宮踐踏！」年氏一邊罵一邊打，如今的她再沒有了往日高貴雍容的模樣，反倒像是市井潑婦一般。

芷蘭痛得要命卻不敢還手。綠意還有徐福都木然站在一旁看著芷蘭被打，絲毫沒有要上來勸解的意思。最後還是莫兒於心不忍，小聲道：「年常在……」

剛說了三個字，就見得年氏一臉凶狠地望過來，淒厲如冤魂的聲音響徹在清冷無人的翊坤宮——

「妳叫本宮什麼？本宮是貴妃，是這大清朝的貴妃娘娘，妳居然敢叫本宮常在，活得不耐煩了嗎？」

年氏身為常在，不能再像以前一樣自稱本宮，可她卻一口一個本宮，根本沒有要改掉的意思，顯然並不接受如今在她看來無比低賤的「常在」身分。

莫兒被她這駭人的表情嚇了一跳，一時竟不知該如何接下去，倒是四喜上前一步道：「年常在，皇上已經廢了您貴妃的位分，如今您是常在，按例是不許用本宮這個自稱的。」

「你這是在教訓本宮嗎！」年氏陰戾地瞪著四喜，隨手將抽泣不止的芷蘭推倒在地，走到四喜跟前，無比厭恨又執著地道：「你們一個個看本宮落魄了就來欺凌本宮，哼，休想！本宮告訴你們，本宮永遠都是後宮裡的貴妃娘娘！」

「奴才不敢。」四喜沒有與神態瘋狂的年氏繼續爭論身分一事，只是面色平靜地低頭。年氏不肯接受被降為常在一事，但接不接受都是既成的事實。

看著他那一臉無關痛癢的表情，年氏恨得牙根癢癢，然隨之而來的還有無奈。四喜是胤禛身邊的人，又懂得審時度勢，甚得胤禛信任，她為貴妃時都奈何不了他，何況是現在。

她目光一轉，看到莫兒正扶著芷蘭起來，一絲冷笑攀上嘴角。「妳還真相信她是被本宮所迫才在坤寧宮冤枉妳的嗎？錯了，從頭到尾，她都不曾用真心待過妳，一切皆不過是場戲，一場讓妳信以為真的戲！」

「您說什麼？」莫兒覺得奇怪地問了一句，隨即感覺到芷蘭顫抖了一下。芷蘭蒼白的嘴脣無力地蠕動著，卻始終沒有聲音發出。

「本宮說妳傻，被人賣了還在替別人說好話。」年氏聲音極是尖利，鑽入耳中似要將耳膜割裂一般。

「妳以為當真是那麼巧與芷蘭在辛者庫遇見嗎？又那麼巧她認識本宮身邊的太監嗎？」在莫兒逐漸發白的臉色中，年氏脣邊的笑意漸漸加深，殘忍地說著真相：「不是啊，一切都是本宮設下的計。妳去辛者庫如是，芷蘭亦如是，她是本宮派去故意接近妳的，為的就是要妳以為欠了本宮的情，不得不為了還恩聽從本宮的話回到承乾宮。原先本宮倒是挺看重妳的，可惜，妳懷有二心，令本宮不得不從南秋身上下手。不過，妳既敢不聽本宮的話，那本宮自然沒有理由放過妳，所以本宮在妳手上塗下那層丹蔻，更讓芷蘭當著皇上的面誣陷妳。如何，是不是很傷心、很難過？哈哈哈！」年氏尖聲大笑。

莫兒有些難以接受，可理智又告訴她這一切都是真的。回想起來，她與芷蘭的相遇交好，確實有些太過順利與理所當然，倒像是芷蘭在刻意接近她。

「果真是這樣嗎？」她艱難地問著顫慄無言的芷蘭，想要聽芷蘭親口回答。

芷蘭嘴脣動了許久，終是擠出三個字來：「對不起。」

莫兒低頭，緩緩鬆開扶著芷蘭的手，腳步虛浮地往後退著，眼淚一滴接一滴地往下滴，落在因無人打掃而積了一層薄灰的地上，激起細小的灰塵在空中飛揚。以為自己不會傷心，可真到了這麼一刻，還是會心痛。她那麼相信芷蘭，可芷蘭卻是在騙她……

「怎麼，很難過嗎？誰教妳這麼笨，活該！」年氏一臉幸災樂禍的笑意。

「只是這樣一件小事就值得年常在如此高興嗎？還是說年常在已經沒有什麼值得高興的事了？」四喜神色漠然地說了一句。

「你說什麼？」年氏轉頭，面色凶狠猙獰。只可惜，此刻的她就像是沒了利爪的老虎，再凶也不過是徒有虛表。

四喜沒有理會她，轉而看著沉浸在難過中的莫兒道：「還記得來之前，水秀姑娘與妳說了什麼嗎？」

「不論芷蘭怎樣，她與妳都沒有關係，妳的家人在這裡，在承乾宮。」

想著芷蘭的話，莫兒似乎明白了什麼，抬起頭道：「你們……是不是早就猜到了？」

四喜點頭。「咱家猜到一些，水秀姑娘應該也是。重視妳的人從來只在承乾宮，所以芷蘭如何，與妳並沒有太大的關係，妳也不需要因她難過。」

這個時候，芷蘭囁囁地道：「莫兒，我……妳別怪我。」她很想求莫兒原諒，希望讓莫兒央四喜帶她離開這裡，無奈年氏在跟前，剛挨了一頓打的她不敢說出口，唯恐再受皮肉之苦，只能用渴望的眼神看著莫兒。

莫兒沒有去理會她，仰頭深深吸了一口氣，讓自己平靜下來。「我不會怪妳，因為妳與我並沒有關係。」不等芷蘭說話，她朝年氏行了一禮道：「擾了年常在的清淨，還請年常在恕罪，奴婢告退。」

年氏沒想到莫兒轉變如此之快，一時反應不過來，待得回神時，莫兒已經與四喜走到宮門外。
她不甘心他們竟視自己如無物地離開，可是她如今什麼都做不了，只能默默握緊拳頭，在泛白的指節間發誓，總有一日，她要四喜與莫兒為今日的囂張無禮付出代價。
而現在……她狠狠盯著芷蘭，剛才雖然打了對方一頓，但根本不能解她這些天來所累積的恨怨。
芷蘭嚇得渾身發抖，跪在地上不住磕頭。「求主子饒過奴婢這一次，奴婢以後再也不敢了！」

第六百六十八章
痛哭

莫兒在走出翊坤宮很久後，還能聽到芷蘭撕心裂肺的慘叫聲。她沒有回頭，一步步地走著，每走一步，淚就掉落一滴，帶著無聲的淒然。

「還在為芷蘭傷心嗎？她想背叛年常在，受罰是可想而知的事，何況她並不值得同情。」四喜在旁邊勸道。

莫兒停住腳步，黯然道：「我知道，我……我只是覺得自己好蠢，竟然會那麼相信她，還以為她是宮裡少有的好人。若非公公當時提醒，我如今已經上了她們主僕的當。」莫兒越說越難過，待到後面更是忍不住放聲大哭。

看莫兒哭得那麼傷心，四喜憐惜地攬了她到懷中，輕拍著她抽動不止的後背，道：「唉，別想太多了，至少妳還有咱家，還有熹妃娘娘他們，我們都會真心待妳好。」

他不說還好，一說莫兒哭得更凶了，埋首在四喜懷中放肆地大哭著，既是為了自己的錯信，也是為了宮中無處不在的算計與凶險。

四喜見勸不住，只得由著她哭，口中道：「罷了，妳要哭就痛痛快快地哭吧，不過只此一次，以後再也不要為芷蘭流一滴眼淚，因為她不值得。」他對芷蘭實在沒什麼好感，哄騙莫兒在先，背主棄義在後，這樣的人莫說有幾分姿色，就是貌若天仙他也不敢要，誰知道什麼時候她會在背後插自己一刀。

莫兒哭得說不出話來，但是四喜所說的每一個字她都聽在耳中。許久，哭聲終於漸漸小了下去，又一會兒後，莫兒抬起哭得通紅的雙眼，小聲道：「對不起，把公公的衣裳弄溼了。」

四喜低頭一看，只見自己胸口的衣衫上染了一大片溼意，卻是不在意。「沒事，晚些去換一件就是了，如何，哭好了，以後還哭不？」

「我聽公公的話，不哭了，她不值得。」莫兒的聲音還有些低沉，但神色卻比剛才多了一分堅定與沉靜。

四喜剛要說話，忽然看到莫兒微紅著臉道：「公公可以放開手了嗎？」

四喜一愣，隨後才想起他現在還摟著莫兒呢。雖說他是太監，不存在輕薄之意，但這樣的親密還是令彼此不太自在，趕緊鬆開手，尷尬地道：「妳要沒事的話，咱家送妳回承乾宮吧。」

莫兒低低地答應一聲，一張俏臉始終紅紅的。一路走來，兩人都沒有說話，直到能夠看到承乾宮時，莫兒方停下腳步道：「我自己進去就行了，今日的事多謝公公了。」

「要說謝，也該是咱家先說才是。」迎著莫兒不解的目光，四喜指著自己已經長出來的眉毛輕笑道：「之前若不是有妳天天替咱家畫眉，咱家可是要被人笑話好久。」

提到這個，莫兒「噗哧」一笑，跟著一路的尷尬在此刻煙消雲散，調皮地道：「公公下次再被燒了眉毛，我還替你畫。」

四喜哭笑不得地點了一下莫兒的額頭。「好妳個莫丫頭，這是在咒咱家被火燒吶。行了，快進去吧，莫要讓娘娘他們久等了。記著，往後啊，可都要開開心心的，不高興的事別去想它。」

「嗯。」莫兒用力點了下頭，在準備轉身的時候，她忽的想起一事來，好奇地問：「公公，什麼是菜戶啊，芷蘭之前那麼說是什麼意思？又說一輩子伺候公公？」

四喜一怔，隨後想起來，莫兒入宮不久，對太監與宮女之間的菜戶、對食並不了解，一下子倒有些不好解釋。可莫兒眼巴巴地盯著自己，不說她肯定不肯甘休，斟酌許久，他才道：「菜戶差不多就是……就是尋常百姓說的夫妻。」

「夫妻？」莫兒一下子睜大了眼，顯然沒想到太監與宮女竟可以配成夫妻。

四喜點頭之餘又補充：「不過這夫妻只是作為一個相互的依靠而已，生兒育女是絕對不可能的。」

「既然這樣，公公為什麼不答應芷蘭，她長得並不差啊，又肯主動給公公做菜戶。」儘管莫兒很不願承認，但芷蘭確實長得不錯，五官比她更秀氣。

「妳這丫頭。」四喜好笑地看著她道：「咱家在宮裡好歹也有些臉面，妳真以為會沒有人願意給咱家做菜戶嗎？只是一來，宮規不許，就算結為菜戶也是偷偷摸摸的；二來，咱家更看重稟性，芷蘭那丫頭，兩面三刀，莫說菜戶，就是留在身邊伺候，咱家都不要。若非要擇一個菜戶，咱家倒寧願是……」

「是什麼？」四喜突然收聲令莫兒大為不解，眨著長長的睫毛，一臉好奇地問著。

四喜定定地看了莫兒半晌，哂然一笑道：「沒什麼，好了，不說了，快進去吧。」

莫兒知道他後面肯定有話，可是四喜不願說她也沒辦法，只能帶著滿腹的疑問往宮裡走去，不時回頭看一眼四喜。

若非要擇一個菜戶，咱家倒寧願是妳。

四喜搖搖頭，回身往養心殿走去。這句話，不論現在、以後，他都不會說出口。

菜戶這種事情，宮裡是明令禁止的，一旦被查到就是死罪。再說他一個閹人，何必去連累好好的姑娘家。

莫兒並不曉得四喜這些心思，進到承乾宮後，意外發現柳太醫竟還在等著，也沒去偏殿。算算時間，差不多有一個多時辰了。這不對啊，換了往常，這個時辰主子早就起身了。

「姑姑，主子還未起嗎？」趁著柳太醫不注意，茛兒悄悄問著水秀。

水秀睨了一直不驕不躁靜候著的柳太醫，眼裡掠過一絲罕見的欣賞，她壓低聲道：「早起了，主子是故意不見柳太醫呢，想看看柳太醫的妹妹究竟在他心裡占了多少分量。」

第六百六十九章　柳太醫

莫兒似懂非懂地點點頭，還待要問，水月從裡面走出來，朝她們招了招手。水秀趕緊拉了莫兒過去。「如何？可是主子有話吩咐？」

「嗯，主子說差不多了，可以見柳太醫了，妳帶柳太醫去偏殿吧。話說回來，柳太醫莫不是就這麼站了一個多時辰吧？」水月頗為驚訝地問道。她因為一直在裡面伺候凌若，所以不曉得外面是什麼情形。

水秀努了努嘴，輕笑道：「可不是嗎？真不知該說他認真還是傻氣，讓他去偏殿也不願，非要這樣傻站著。」

「傻是傻了點兒，不過想來主子會很滿意。」水月這般接了一句後又道：「行了，我不與妳說了，妳快過去吧。」

水秀點頭，讓莫兒回去休養，安兒則被派去茶房沏茶，自己則過去福了一福道：「柳太醫，娘娘起身了，請你去偏殿等候。」

一個多時辰下來，柳太醫已渾身是汗，貼身衣物皆緊緊黏在身上，此刻聽得水秀的話，頓時鬆了一口氣，頷首隨她一道去往偏殿。剛一踏進偏殿，就感覺一陣涼爽迎面襲來。

這樣的涼意來自殿內的冰塊，鏤有精細花紋的冰塊慢慢往下滴著細小的水珠，每一顆水珠都帶著一絲涼意。

柳太醫剛坐下，就見得水月扶了一身緋紅灑繡的凌若進來，連忙起身行禮。「微臣見過熹妃娘娘，娘娘萬福。」

凌若走至上位坐下，輕笑著抬手道：「柳太醫無須多禮，今日難得沒了那些煩人的蟬叫，睡得踏實一些，卻是過了頭，倒教柳太醫好等，實在讓本宮不安。」

「娘娘言重了，再說微臣也沒有等太久。」柳太醫謙卑地說著。

在安兒沏了茶上來後，凌若溫聲道：「柳太醫試試這雨前龍井味道如何。」

柳太醫淺嘗一口，讚道：「清香可口，回味悠長，果真不愧為貢茶。」

「既是喜歡，待會兒走的時候帶些回去，左右本宮這裡還有不少。」

凌若隨意客套的話，卻令柳太醫受寵若驚。「無功不受祿，微臣實不敢受娘娘厚賜。」

凌若微微一笑，並不說話，只是低頭撥著浮在茶湯上的葉子，她在等柳太醫繼續說下去。

果然在短暫的沉默後，柳太醫起身朝凌若長長施了一禮。「微臣多謝娘娘救微臣小妹脫離風塵，令她可以做一個清清白白的人，娘娘大恩大德，微臣沒齒難忘。至於那一千兩銀子，微臣必會設法還給娘娘。」

剛才等在外頭的一個多時辰，柳太醫已經想得清楚明白，在這宮裡頭，沒有一個人是簡單的，更不會有人僅僅因為心善就去救一個毫不相干的人。熹妃的用意顯然是拉攏自己，而自己能讓熹妃看上眼的，也就是一身醫術與太醫的身分了。

原本熹妃是一個不錯的選擇，只是人不可貪心，他已經選擇依附皇后，對熹妃的好意就只能婉拒了。

「看樣子柳太醫已經知道那件事了。」凌若眼眸一抬，纖長濃密的睫毛彎成一個好看的弧度。「本宮既然已經出了銀子，就沒打算讓你還。倒是柳太醫不怪本宮暗中派人查你嗎？」

「娘娘看重微臣是微臣的榮幸，微臣高興尚來不及，怎敢怨怪。」柳太醫急忙說道。他心裡當然不是真這麼想，但一來不敢得罪皇上的寵妃，二來熹妃畢竟救了自己妹妹，與這份恩情比起來，其他的實不足為道。

「你倒是會說話。」凌若將茶盞一放，斂袖站了起來，徐徐道：「柳太醫是個聰明人，想來也猜到本宮這麼做的用意，可你卻說要還本宮銀子，看來是不準備接受本宮的好意了。」

「承蒙娘娘錯愛，微臣惶恐。只是微臣……」

「因為皇后？」凌若揚眉打斷了柳太醫的話，不等他言語，又道：「你這太醫院副院正一職是拜皇后所賜，你要忠心她也是理所當然的事。只是柳太醫就不怕招來殺身之禍嗎？」

柳太醫身子一震，旋即低頭道：「微臣不明白娘娘的意思。」

凌若繞著他走一圈，不疾不徐地道：「皇后是什麼樣的人，本宮比你更清楚，在她眼中你不過是一顆棋子，當這顆棋子無用或是變得有害時，隨時可以丟棄，然後重新布子。」

「皇后娘娘母儀天下，雍容和藹，娘娘實不該如此詆毀皇后娘娘。」柳太醫神色凝重地說道。宮裡勾心鬥角的事他是清楚的，卻沒想到熹妃敢當著自己的面流露出對皇后不滿。

凌若嗤笑道：「柳太醫說這話不覺得很可笑嗎？你既來見了本宮，本宮就希望你把臉上那張面具卸下來，別睜著眼睛說瞎話，本宮聽著都替你臊得慌。」

她這一連串的話，令得柳太醫一時不知該如何接口，而更令柳太醫震驚的還在後面。

「皇后娘娘若真像你說的那樣和藹心善的話，為何要用人肉藥引子的苦肉計去哄騙二阿哥？」

柳太醫心中充滿了震驚。利用人肉藥引子做苦肉計哄騙二阿哥一事，一直是他與皇后之間的祕密，從未說與任何人知曉，熹妃又怎會知道？

事實上，凌若也不知曉，不過是有一次楊海去御藥房，意外聽得一名在替弘時煎藥的小太監與別人說起每碗藥在放到爐上煎煮之前，皇后都會割肉滴血以做藥引子。

她想起古書上曾寫過人肉藥引子，懷疑那拉氏是用這個法子來哄弘時回心轉意，畢竟人肉可為藥引一事，正經醫書上並無記載。現在柳太醫的反應無疑證實了她的猜想。

「娘娘究竟想要微臣做什麼？」柳太醫抬頭，沒有再繞圈子。

凌若伸出在陽光下呈半透明的指甲，恰時冰塊上有水珠滑落至盤中，帶起清脆的聲響。「本宮只希望柳太醫可以幫本宮。」

柳太醫很清楚，自己若不表態，必然過不了眼前這關，當下咬一咬牙，道：

「請恕微臣不能。」

第六百七十章　收服

凌若聞言並不動氣，依然神色閒淡地道：「看不出柳太醫對皇后如此忠心，只是本宮還是覺得很奇怪，既如此忠心，為何柳太醫不將令妹的事告訴皇后，讓她助你度過難關？」

柳太醫垂頭不語。熹妃說的事他並不是沒想過，也曉得以皇后如今對自己的倚重，必定不會拒絕，只是不曉得為何，他並不願向皇后開這個口。也許，是心裡對這位手段高超，連身上的肉都可以狠心割下的皇后始終有所忌憚吧。雖然眼下他們因為利益關係而牽扯在一起，他卻不希望連家人也被扯進來。

「柳太醫是不知道怎麼回答還是不敢回答？要不要本宮幫你回答？」不等柳太醫說話，她已一字一句道：「因為你害怕，害怕有朝一日鳥盡弓藏、兔死狗烹！」

凌若的話像是一根針一樣扎進柳太醫耳中，令他坐立難安，同時也明白，論心思之細膩，眼前這位熹妃娘娘怕是一點兒也不輸給皇后。

笑意在淩若臉上擴大，她再一次道：「如何，柳太醫，本宮有說錯嗎？」

柳太醫無奈地苦笑，論心思，他是怎麼也鬥不過後宮中這些主子娘娘，只得拱手道：「娘娘究竟想要怎樣？」

淩若一斂臉上的笑意，正色道：「本宮只得一個要求，就是你忠心於本宮。」

「得娘娘看重是微臣的榮幸，只是娘娘該知道這是不可能的。」柳太醫搖首，倒不是他對皇后有多忠心，實在是這種背主棄義的事不敢做啊。皇后的手段與魄力，他可都是明明白白瞧在眼裡的，她對自己都這麼狠，更不要說是對背叛者了。所以，面對熹妃的招攬與好意，他只能婉言拒絕。至於是否會因此得罪熹妃，他已經顧不得許多了。在宮中，想要做到八面玲瓏，實在太難太難。

淩若在椅中坐下，漠然道：「本宮一直以為柳太醫是個識實務的聰明人，現下看來卻也不過如此。」

柳太醫壓下心裡的好奇，不去接她這個話，只道：「娘娘若無別的吩咐，微臣先行告退。至於那銀子，只要微臣一湊到，立刻來還給娘娘。」

淩若冷眼看他離去，在柳太醫一腳跨過門檻，她幽冷的聲音在這火熱的夏日中緩緩響起——

「從你們家收下那一千兩銀子開始，你與本宮就已經劃不清界限了，現在再說這些，柳太醫自己不覺得可笑嗎？」

柳太醫身子一僵，另一隻腳如同灌了鉛一樣，竟是怎麼也抬不起來。良久，他收回邁出去的腳步，回頭無力地道：「微臣說過，會盡量將銀子還給娘娘。」

凌若搖頭，在柳太醫漸趨蒼白的臉色中，亮出了藏鋒已久的利劍。「沒有用的，只要本宮將這件事告訴皇后，依著皇后的性子，必然會以為你背叛她，就算你現在將銀子還清也沒用，她絕對不會再信你。」

柳太醫面如死灰，渾身不住哆嗦。熹妃說得一點兒也不錯，一旦事情抖露出去，皇后對他，會立刻從現在的倚重變成惱恨。到了那一步，既得罪皇后又得罪熹妃，他是絕對不會有好日子過的。若只是他一人也就罷了，怕只怕到時候連他家人都逃不開這場災難。

「娘娘，您又何必將微臣往死裡逼，微臣不過是區區一個微不足道的太醫罷了。」柳太醫滿嘴苦澀。

「你錯了，本宮不是要往死裡逼你，恰恰相反，本宮是要救你。」

凌若的話在柳太醫聽來無比荒唐，然接下來的話，卻令他神色漸漸凝重了起來。

「你以為皇后如今信任、倚重你，今後就會一直厚待於你嗎？錯了，那不過是與虎謀皮。猛虎此刻因為還需要你，所以答應借那張虎皮給你，等到你無用之時，猛虎就會毫不猶豫地將你吞入腹中，永絕後患。」

「如果皇后是猛虎，那麼娘娘何嘗不是惡狼？」柳太醫作夢也沒想到，有朝一日，他竟會當著熹妃的面說她是惡狼。

「大膽，竟敢對娘娘如此不敬！」凌若沒說什麼，倒是水秀忍不住喝斥一句，隨後又道：「娘娘菩薩心腸，向來與人為善，你卻拿惡狼來比喻娘娘，簡直是大逆不道！」

「不礙事。」凌若擺手，含了一縷淡然的笑意道：「本宮從不認為自己是菩薩心腸，因為這樣的人註定不能在宮中生存下去；可同樣，本宮也從不認為自己是窮凶極惡之輩，凡是忠於本宮的，本宮一定會竭力護其周全。」

柳太醫很想反駁她的話，然想到莫兒與南秋，聲音卻是隱在口中。這兩個人原本是活不下來的，可是卻都奇蹟般的逃脫性命，毫無疑問，是熹妃在其中起到了關鍵作用。

在說完這些話後，凌若拍了拍手掌道：「好了，該說的、不該說的，本宮都已經說了，至於究竟要怎麼選擇，就看柳太醫自己了，本宮希望你的決定不會讓自己後悔。」

柳太醫站在門口，因為殿門剛才被他拉開，所以熱浪一波接一波地湧來，在吞噬著身上那點兒涼意的同時，也令他倍受煎熬。

凌若知道柳太醫此刻必然天人交戰，所以並不催促，抿著茶慢慢等。她相信，只要是稍微有些腦子的人，就該知道什麼樣的決定才是最好的。柳太醫之所以這麼難做出決定，是因為他害怕踏出那未知的一步。

不過，既然柳太醫那麼重視他那個妹妹，相信不會希望剛剛才團聚的家人因他而受到牽連。

如此，足足過了一盞茶的工夫，連地上的樹影都有了些許轉移，柳太醫方才無力地跪在地上，磕頭麻木地道：「微臣願意為娘娘效犬馬之勞。」

凌若起身，帶著盈盈笑意親自扶起柳太醫。「很好，總算本宮沒有白與你說這麼多。」

柳太醫剛直起身，便又跪了下去，沉聲道：「求娘娘庇護微臣周全。」他選擇投靠熹妃，那麼得罪皇后就是斬釘截鐵的事了。皇后若存心要報復，就算有十個自己也不夠死的，唯有熹妃才可以庇佑他逃過這個凶險的劫數。

第六百七十一章　異姓王

「放心，你既然是本宮的人，本宮就一定會保你無事。不過你也不必這麼快擔心，因為本宮並沒有想讓你現在就與皇后翻臉。」

柳太醫抬起頭，帶著些許驚意道：「娘娘的意思是……」

凌若淡淡地道：「本宮要你在表面上繼續忠於皇后，她讓你做什麼，你也照吩咐去做，只是所有事情都要先讓本宮知道。」

柳太醫明白了，熹妃這是要讓他做眼線，監視著皇后暗地裡的舉動。這樣做無疑是有風險的，一旦被發現，皇后是絕對不會放過他的，而到時，熹妃會不會救他，誰也不曉得。

只是，如今這個情況，他還有得選擇嗎？柳太醫無奈地道：「微臣明白，微臣會照娘娘的話去做。」

凌若知道他如今對自己並沒有什麼信心，所謂的效忠，只是被逼無奈；不過不要緊，只要現在能控制住他就好，至於往後，若柳太醫足夠忠心，她自不會虧待。至少，不會像那拉氏那樣過河拆橋。

凌若揮手道：「好了，水秀，送柳太醫出去吧，若有人問起，就說本宮身子不適，招柳太醫看診。」

「是。」水秀清脆地答應一聲，又轉向柳太醫道：「柳太醫請。」

「微臣告退。」在隨水秀踏出偏殿時，柳太醫竟有一種死裡逃生的感覺，然還來不及慶祝生的喜悅，已經因為身上被迫套上一層枷鎖而痛苦不堪。

在送至承乾宮門口時，水秀突然瞅著柳太醫道：「柳太醫，你應該慶幸主子對你另眼相看。」

「是嗎？」柳太醫只覺得無比諷刺，熹妃利用小妹的事來算計自己，令得自己不得不背叛皇后，卻還要感謝熹妃？這真是他聽過最可笑的笑話。

水秀跟在凌若身邊多年，早已學會了察言觀色的本領，一聽柳太醫的話就知道他心中不滿，輕聲道：「良禽擇木而棲，柳太醫，你相信奴婢，皇后……絕對不是那棵梧桐樹。至於我家主子是什麼樣的人，以後你一定會明白的。」

柳華咀嚼著她的話，忽的心中一動，脫口道：「妳有後悔過跟在熹妃身邊嗎？」

水秀一怔，旋即露出歡暢的笑意，翩然轉了個身往回走，臨走前她道：「這個問題還是留待柳太醫自己去慢慢發現吧。」

柳太醫離去了，並沒有其他人知道這一日發生在他身上的事，而他也永遠不會與人提及。

六月末，西北正式有奏摺送至京城，年羹堯打了一場漂亮的勝仗，叛亂平定不說，更將發起這場叛亂的羅布藏丹津押送回京，預計凱旋大軍七月可抵達京城。

這是胤禛聽到最好的消息，在年羹堯隨後遞上的摺子中，注了許多朱批，皆是讚賞之詞，之後更發上諭，命各省地方大員赴京集會，迎年羹堯得勝還京。

「皇上對年大將軍很是信任倚重呢！」胤禛批摺子的時候，凌若就在一旁伺候著，將胤禛注在朱批上的話一字不漏看在眼中。說實話，她覺得很驚奇，沒想到向來對官員嚴謹的胤禛，會毫不吝嗇地將這麼多讚美之詞給予一個人。

胤禛寫完最後一個字，放下朱筆道：「年羹堯確實是一個有才之人，尤其在帶兵打仗方面，就是朕與他交戰，也不見得能勝。」說到這裡，他又好一陣感嘆。「當年朕提拔年羹堯時，根本不曾想到會有今日，不過這是好事，他出息，朕臉上也有光。朕希望可與他做一個千古君臣知遇的榜樣，也好讓後來人瞧瞧。」

胤禛的話令凌若再一次確信，只要年羹堯一日不倒，年氏就一日不會受到應得的處罰。

「在想什麼？」見凌若不說話，胤禛握一握她的手問道。

凌若回過神來，微微一笑道：「沒什麼，臣妾只是在想，年大將軍如今已是四川陝西總督兼管理西路軍務，又是撫遠大將軍，位極人臣。這一次他得勝歸來，皇上又該如何獎賞呢？」

胤禛眉毛微微一皺，復又展開，說出令凌若意想不到的話來：「朕想封他一個異姓王。」

所謂異姓王，是指皇族以外，因功而受封王爵的人。自大清立國以來，只在初時封過四位異姓王，分別是定南王孔有德、靖南王耿仲明、平南王尚可喜、平西王吳三桂，至於追封的則不在此中。

這四位異姓王中，孔有德在順治九年，因被李定國圍困在桂林，兵敗自殺；至於後三位，就是發動三藩之亂的三位藩王，被年輕時的康熙平定，而自此之後，許是因為前車之鑑的關係，在康熙幾十年的統治下，再不曾封過異姓王。

想不到今日胤禛竟會破這個例，看來他對年羹堯的寵信真是到了無可復加的地步，連昔日年羹堯曾經向允禩一夥人示好的事都既往不咎。

有這樣一個哥哥，實在是年氏幾世修來的福氣。這樣想著，凌若心中的警惕更深了幾分。果然，隱忍是對的，如今的她或許可以將年氏踩在腳下，但還不足以與整個年家相抗衡，需得伺機而動，慢慢削弱年家的勢力。

「若兒，妳向來才思敏捷，倒不如趁此機會幫朕想想，該封年羹堯為何王才好。」胤禛興致勃勃地說著。

凌若一邊替胤禛打著扇一邊道：「此事皇上該與禮部商討才是，怎的來問臣妾這個婦道人家，說出去可是要讓人笑話。」

「朕不說，妳不說便行了。」胤禛話音剛落，就見得凌若朝站在下面的四喜努了努嘴，不由得微微一笑，揚聲道：「四喜，你聽到什麼了嗎？」

「啊？皇上是在叫奴才嗎？奴才最近耳朵進了水不太好使。」四喜將手放在耳邊，故意裝出一臉迷茫的樣子，不過眼底那絲狡黠的笑意卻是怎麼也掩不住。

凌若被他們逗得忍不住笑出聲來，隨後無奈地道：「那好吧，臣妾就想一個，只是若想得不好，皇上可是不許笑話臣妾。」

胤禛笑道：「儘管想就是，朕相信朕的熹妃一定能想出最貼合年羹堯的封號來。」

第六百七十二章　不宜

凌若放緩了搖扇的動作，凝思片刻，脫口道：「不如封為川西王如何？」

川西王……胤禛在心裡唸了幾遍，倒不覺得拗口，只是一時不解川西二字的意思。

凌若道：「臣妾觀之前的異姓王，封號皆與其戰功息息相關，譬如平南王、定南王等等。原本年將軍這一次平定西北叛亂，封為平西王是最恰當的，只是這一封號，順治朝時已經用過，再用顯然不恰當，平北王又聽著不太順耳。皇上之前已經封了年大將軍為四川陝西總督，所以臣妾便想著從這裡擬一個封號出來。皇上覺得可還能用？」

「甚好，川西王！」胤禛越聽越覺得順耳，喚過四喜道：「記下了嗎？待朕正式下旨時，就用這個封號。」

「奴才記下了。」剛才還裝聾作啞的四喜這一回倒是不聾了，回答得極是快。

定下了封號，胤禛心情大好，又覺得腹中有些飢餓，遂對凌若道：「想吃什麼，朕讓他們傳點心進來，若兒？若兒？」

胤禛連著叫了好幾聲，凌若才回過神來，茫然地道：「啊，皇上在叫臣妾嗎？」

「是啊，朕問妳想用些什麼點心，朕讓他們送進來。倒是妳，想什麼想得這麼入神，連朕叫妳都沒聽到。」

「臣妾……」凌若咬著嘴唇，欲言又止，好一會兒才鼓起勇氣道：「皇上，臣妾以為，川西王這個封號並不妥，還請皇上允許臣妾收回之後再另起一個。」

「這是為何？」胤禛滿臉奇怪，這名號他聽著極好，何來不妥。

凌若突然走下臺階，跪地道：「還請皇上先恕了臣妾的罪，否則臣妾萬萬不敢說下去。」

「若兒，妳究竟是何意？」胤禛越發覺得奇怪，見凌若咬著嘴唇不說話，只得道：「朕恕妳無罪，可以說了嗎？」

「謝皇上。」凌若磕了個頭，依然跪在地上，帶著些許顫抖道：「川西王，換而言就是四川與陝西的王，若皇上真這樣封了，只怕十幾、二十年後，四川與陝西的百姓，只知年將軍而不知皇上。」

這一點倒是提醒了胤禛，確實，一旦封了川西王，感覺上就彷彿將四川與陝西也一併封給年羹堯，實在不太妥當。

他剛才只顧著高興，並未想到這一點，虧得凌若細心，否則雖說鬧不出什麼事來，終歸是不好。「起來吧，這也不是什麼大事，重新再擬一個封號就是了。」

凌若聽到胤禛的話，卻沒有站起來，猶跪在地上道：「臣妾還有一句話要說。」

「有什麼話，起來說就是了。」

胤禛話音剛落，四喜已經識趣地過來扶凌若。「熹娘娘快起來吧。」

凌若搖搖頭，拒絕了他的好意，反而道：「請皇上許臣妾跪著說。」

胤禛拗不過她，只得道：「既是這樣，那妳就說吧，朕倒是想知道，究竟還有何事非要跪著才能講。」

凌若低一低頭，再抬起時，眼中有著旁人無法理解的凝重，逐字逐句道：「臣妾以為，年大將軍封異姓王一事並不合適，還請皇上收回成命。」

「這是為什麼？」胤禛正一正身子，眼中盡是不解。凌若與素言之間有嫌隙他是知道的，但以他對凌若的了解，應該不至於這麼直接地將素言與年羹堯混在一起。

雖說朝堂與後宮有著千絲萬縷的關係，但終歸還是分開的，不可混為一談，這點兒分寸，他相信凌若還是有的。

「臣妾身為後宮嬪妃，本不該干涉朝堂政事，只是這件事影響深遠，臣妾不得不說。」她聲音一頓，待再次響起時，已變得認真無比：「臣妾以為，年大將軍並不適合被封為異姓王。」

南書房中的氣氛一下子凝重了起來，胤禛身子往前傾了數分，眸光緊緊盯著凌若，試圖從她臉上找出些什麼來。「告訴朕，為什麼不合適？」

自剛才開始，凌若的心思就一直在不停歇地飛轉，在緊張地思索了片刻後，道：「恕臣妾直言，雖說自西漢開始，歷朝歷代都有異姓王出現，但他們大都是在定國之初或是皇帝勢弱時才立的，當中又以亂世時最多。想我大清定國已有數十年，根本不存在定國之初，那麼就只有後一種了，皇上此刻封年將軍為異姓王，豈不是說皇上還有我大清開始由盛轉……」後面那幾個字已是屬於大逆不道，凌若實不敢說出口。

「由盛轉衰，無法控制整個天下了是嗎？」胤禛說完這句話，狠狠一掌擊在案桌上，震得擱在架上的筆一下子跳起來。「荒謬，何曾有過這種事！」

凌若慌忙道：「皇上息怒，臣妾自不會如此想，怕只怕一些無知的百姓會因此出生惶恐不安的心思。還有……」

「還有什麼？把話說完。」胤禛咬著牙道，神情有些猙獰。

「我大清立國之初所封的四位異姓王，除第一位是戰敗自殺之外，其餘三位在先帝朝時形成了很大的勢力，並且不安於現狀，起兵發動叛亂，先帝歷時八年，方才徹底平定這場叛亂。臣妾怕一旦封了異姓王，昔日的戰亂會再次重現。」

胤禛心下甚為不悅，陰聲道：「年羹堯不是吳三桂，朕很清楚他的為人，雖有些張狂，卻對朕忠心耿耿，絕不會做這種叛主之事。」

聽得胤禛這般維護年羹堯，凌若暗自下了狠心，不管怎樣，今日一定要打消胤禛封年羹堯為異姓王的心思，否則一旦讓年氏藉助家族與兄長的力量再次起復，可是麻煩了。

自然，這些心思是絕不能在胤禛面前表露出來的。胤禛平素最恨有人在他眼皮子底下耍心思、使手段，一旦被發現絕不輕饒，鄧太醫便是一個極好的例子。

凌若迎著他審視的目光，強自鎮定道：「臣妾也相信年將軍，只是他身邊那麼多人，若有宵小趁機進言，只怕……年將軍會受其蠱惑。」

這句話一下子令胤禛沉默下來。他相信年羹堯，但對跟在年羹堯身邊的人卻不了解，說不定現在就已經有人鍥而不捨地在其身邊吹風。

若真因此重蹈覆轍，那他就是大清的罪人！

第六百七十三章　世襲罔替

「那依若兒的意思，年羹堯就不封了？」許是因為殿中放多了冰塊的關係，胤禛的聲音聽起來有些發冷。

凌若心中一凜，曉得胤禛對自己起了疑。年氏與年羹堯之間的關係誰都知道，自己如今突然這麼說，難免會讓胤禛懷疑，她必須要想一個既可打消胤禛懷疑又可制約年羹堯封王的說詞。其實剛才那一席話已經足夠完美了，無奈年羹堯此次立下赫赫戰功，若不加封，是無論如何都說不過去的。不過加封是一回事，封不封異姓王又是另一回事，只要不封異姓王，什麼都好說。

凌若仔細斟酌著道：「回皇上的話，臣妾以為年將軍為國家社稷立下不世之功，理當加封，只是異姓王於年將軍來說不免有些過重了，如今他平定西北叛亂得勝歸來，朝中哪雙眼睛不是盯著他，有那不懷好意的就盼著能挑出點兒刺來，好給年將軍與皇上難堪。若皇上當真想封，大可等以後年將軍再次立功時加封，臣妾相信以年將軍的才幹、能力，將來必定會再次立功。再多嘴說一句，若皇上現在就封了異姓王，以後年將軍再立奇功，豈非封無可封？」

異姓王不論在哪朝哪代都是到了頂，斷然不能加封了，否則便是與天子比肩。

「哦？」聽著她這番合情合理的話，胤禛神色微緩，旋即又饒有興趣地看著她。「那妳倒是說說，該怎麼封為好？」

聽著他緩和的語氣，凌若心下微定，道：「大清並非只有異姓王一個選擇，皇上大可以從九品爵位中擇一個合適的給年將軍。」

胤禛輕撫著下巴，沉吟不語。這個想法他不是沒有，只是怕委屈了年羹堯所立下的戰功，所以才想封為異姓王。如今仔細想來，確實有些不妥。而且就像凌若說的，異姓王背後所隱含的意頭實在不好，特別是本朝還出過三藩之亂，更需多加提防。

半晌，胤禛說道：「年羹堯如今是二等阿達哈哈番，這個爵位還是朕登基時封的。既然不封異姓王了，就封他一個……三等輔國公吧，再賜他世襲罔替。」所謂二等阿達哈哈番即是輕車都尉，這個爵位乃是正三品。

大清的異姓爵位共分九品，分別是公、侯、伯、子、男、輕車都尉、騎都尉、雲騎尉、恩騎尉；其中公、候、伯為超品，其餘分別是一至七品。

從正三品輕車都尉一下子躍為超品大員，不說前無古人、後無來者，卻也是極為罕見了，從中也可看出胤禛待年羹堯遠超別人的恩寵，而世襲罔替更是隆寵的極致體現。
所謂世襲罔替就是不論承襲多少代，只要大清還在，而他年家又生得出男丁，就世世代代是三等輔國公。
胤禛原本想封年羹堯一個到頂的一等公，可又想起凌若之前說的，一旦到頂，年羹堯將來再立戰功的話，那除了異姓王之外就封無可封了。不過三等輔國公再加「世襲罔替」四個字，也足以對得起年羹堯平叛的戰功。
聽得胤禛的話，凌若暗吁一口氣，總算沒有白費這番工夫，打消了胤禛封王的心思，一個三等輔國公的哥哥還不足以讓年氏起復。
在事情定下來後，胤禛望著尚跪在地上的凌若，道：「好了，妳起來吧。」
「謝皇上。」凌若謝恩起身，因跪得久了，雙腿有些痠麻，在地上撐了一把才艱難地站起來。
胤禛招手將她喚至身邊，目光複雜地打量她一番，方才意有所指地道：「若兒，妳是朕看重信任的人，朕不希望妳像後宮有些人那樣滿心算計。」
凌若知道他這是在警告自己。胤禛素來多疑，即便自己剛才那番話打消了他最初的疑心，可終歸還是有些殘餘。凌若蹲下身來，將頭擱在他腿上，像小貓一樣蹭著他衣上用金線繡成的五爪金龍圖案，緩緩道：「臣妾知道，臣妾此生定不辜負皇上這番信任。」
胤禛頷首，撫著她梳成髮髻的青絲不再說話，他並不曉得膝間的女子正在心底嘆氣。在這是非最多的後宮中，不時時刻刻心存算計，根本活不下來，即便有胤禛的恩寵也一樣，所以她只能選擇欺騙。

過了一會兒，凌若忽的抬起頭道：「皇上，此次平叛雖說年將軍厥功至偉，但其餘將士也功不可沒，尤其是那些戰死在沙場的將士。臣妾私以為，皇上該好生獎賞他們才是。」

「朕知道，所有將士朕都會論功行賞。」此次平叛，身為主帥的年羹堯固然該居首功，但也得底下將士肯賣命拚殺才行，否則戰術再精妙，指揮再得當也毫無用處。

「臣妾還想求皇上一個恩典。」在胤禛疑惑的目光中，她啟脣道：「之前臣妾被指控毒害二阿哥，囚禁在承乾宮時，曾向佛祖祈願，說若能證明臣妾清白，便親自去萬壽寺還願，並為佛祖重塑金身。」

「妳想去萬壽寺？」胤禛一下子明白她的意思。

「可以嗎？」凌若滿懷期待地看著胤禛。身為後宮嬪妃，想要出宮必須徵得胤禛的同意。

胤禛憐惜地撫著凌若的臉。「妳想去便去吧，讓內務府安排一下，輕車簡從，不要太過興師動眾了，另外朕再撥一隊大內侍衛隨行護衛妳安全。」

有了胤禛的應允，事情自然進行得極順利，待到七月初三時，一切已經安排妥當。巧的是，這一次劉虎也在其中。

這日一早，凌若在宮人與大內侍衛的拱衛下，踏上了停在宮門外的翟車，於車輪聲中緩緩往萬壽寺駛去。

一路上，央著凌若出來的莫兒最是好奇不過，不住張望著四周景物，眼裡充滿驚奇，若非水秀不時拉她一把，早已被落下。前次她隨凌若回宮的時候已是夜裡，根本看不清什麼，直至今日才有幸看到京城繁華。

在經過集市時，被御林軍攔在道路兩側的百姓好奇地打量著緩緩駛過的翟車以及跟在後面的侍從，不知道這是哪裡來的貴人。有幾個人認出這是宮裡的馬車，能坐在翟車裡頭的必然是皇上的妃子，至於是哪一個就不得而知了。

第六百七十四章　萬壽寺

在行駛了一個多時辰後，翟車停下，水秀掀了簾子道：「主子，萬壽寺到了。」

凌若輕「嗯」了一聲，搭著水秀的手下車，楊海早已端來腳踏。剛一離開放置有冰塊的翟車，凌若立時感到一陣熱浪撲面而來，片刻工夫就覺得身上熱出了汗，陽光更是刺目得令人睜不開眼。

莫兒見狀，連忙打開傘撐在凌若頂上，擋住炎炎烈日，雖說滅不了什麼熱意，但凌若總算能睜開眼睛了。

莫兒在旁邊埋怨：「這賊老天真是熱得讓人受不了，快半個月了，一直都是這樣熱的天，連滴雨也不肯下，否則好歹能涼快一些。」

凌若舉手在莫兒頭上輕拍了一下，斥道：「舉頭三尺有神明，別老是口無遮攔的。」

「奴婢知錯了。」莫兒挨了訓斥，吐著舌頭不敢再說話。

早已接到宮裡知會的萬壽寺住持領著一眾僧人等在外頭，此刻見到凌若出現，快步迎上來，合掌施禮。「阿彌陀佛，貧僧了塵帶同本寺僧人恭迎熹妃娘娘！」

凌若同樣合掌在胸前，還禮道：「方丈客氣了，勞累方丈與眾位大師等候，倒是本宮的不是。」

「娘娘鳳駕親臨，乃是本寺莫大的榮耀！」住持再次施禮後伸手道：「熹妃娘娘請入內。」

凌若頷首，扶著水秀往萬壽寺裡面走去，一干宮人與侍衛緊緊跟在後面。因為凌若要來上香還願，所以萬壽寺今日特意閉寺一天，以免閒雜人等驚擾。

凌若先至大雄寶殿，佛案上已擺滿了各色供品，凌若推開水秀的手，在蒲團上跪下，雙手合十，正色道：「信女鈕祜祿凌若蒙佛祖垂憐慈悲，得以洗刷不白之冤，今日特來上香還願，求佛祖繼續保佑信女。」

說完之後，她起身接過知客僧點燃的三炷清香，恭恭敬敬地插在香爐中，待得做完這一切後，方才轉過身，對站在後面的住持道：「本宮曾經許願說會為佛祖重塑金身，然本宮出宮不易，此事便只有拜託方丈替本宮辦了。水秀，把銀票交給方丈。」

「是。」水秀答應一聲，自袖中取出銀票遞給住持。「方丈，這裡是五千兩銀子，還請方丈多多費心。」

住持接過銀票，再次施禮道：「阿彌陀佛，貧僧一定辦好，金身塑成之日，還請娘娘鳳駕再臨。」

凌若微微一笑道：「若有機會，本宮一定會來。說起來，這還是本宮第一次來萬壽寺，想到處走走，方丈只管去忙自己的事就是，不必陪本宮。」

既是凌若開了口，住持自無不允之理，當下道：「是，貧僧下去準備素齋，娘娘若有事，儘管遣人來喚貧僧。」

在住持離開後，凌若對劉虎等人道：「你們也別亦步亦趨跟著了，左右都是在這萬壽寺裡，出不了事。」

在擺脫了眾人後，凌若目光一閃，側頭對水秀道：「去看看毛大他們兄弟進來了沒有。」

上香還願不過是一個藉口，凌若真正的目的是要見一見毛氏兄弟。自從上次得知六合齋被迫倒閉，毛二又落了殘疾後，她心裡就一直記掛著。所以這次胤禛一應允，她就讓水秀出宮知會墨玉，讓墨玉安排毛氏兄弟在萬壽寺與她見面。

墨玉猜到凌若去時，萬壽寺會封寺一天謝絕香客，扮成香客是絕對行不通的，所以買通了負責送素菜給萬壽寺的販子，讓毛氏兄弟代送。

水秀離開一會兒後，便領著兩個面色黝黑、身形粗壯的漢子進來，其中一個走起路來一瘸一拐，不是毛氏兄弟又是誰。

兩人看到凌若皆是激動不已，快步上前，雙雙哽咽著跪地道：「奴才給娘娘請安，娘娘吉祥！」

看著他們的樣子，凌若也是鼻尖發酸，抬手道：「地上跪著燙，快起來吧。」

毛大卻是搖頭不起，說道：「奴才們辜負了主子的信任，奴才們有罪，請主子責罰。」

「責罰什麼，整件事情阿意都與本宮說了，錯不在你們，相反的，你們已經盡了最大的努力，趕緊起來。」

任憑凌若怎麼說，他們兩個就是不肯起來，毛二更是雙目通紅地道：「主子不必安慰奴才，是奴才們無用，經營了十來年的六合齋就這麼輕易毀在奴才們的手裡，實在愧對主子，若不是想著來主子這裡領罪，奴才們早已無臉來見。」

「荒唐！」凌若不悅地喝斥一句道：「什麼有臉、無臉的，不過是一時輸贏罷了，這次輸了，下次再贏回來便是。再說坤寧宮那位要對付你們，你們以為憑著一己之力可以與她對抗嗎？」

毛氏兄弟一愣，相互看了一眼後，毛大小聲問：「主子，您是說那幾家脂粉鋪之所以聯手打壓奴才們，是奉了皇后娘娘的命令？可她為什麼要這麼做，咱們做咱們的生意，與她根本是井水不犯河水。」

「那只是你們以為而已。她知道你們還活著，必然會來趕盡殺絕，恰好本宮那個時候又出了些事，顧不得你們這邊，她哪會放過這個趁虛而入的大好機會。料想，整垮六合齋不過是第一步，第二步應該就是要你們的性命了。」

毛大臉頰微搐，他想起他們兄弟兩人奉主子的命令去怡親王府暫住後，曾回過一趟原來住的地方，發現附近有人監視，因為怕會出事所以沒進去。當時他還覺得奇怪，是誰在大費周章地監視他們，現在卻是明白了。

原以為過了這麼久，以前的事已經過去了，卻不想始終如影隨形籠罩在頭頂，揮之不去。

對於那拉氏的手段，毛氏兄弟再清楚不過，當年要不是主子施計，他們早已成了刀下亡魂，是以如今一想起那個女人來，都覺得心裡發怵。

「害怕嗎？」凌若彷彿看穿他們的心思，淡然的語氣中聽不出她在想些什麼。

毛大苦笑一聲道：「若說不怕，那定然是騙主子的。只是怕又如何，難不成還去跪地求她饒過奴才們嗎？莫說她不會肯，就是奴才們自己也丟不起這個人。奴才們雖說是粗人，但也曉得主子待奴才們好，六合齋經營那麼多年，主子從未查過奴才們的帳，更不曾質疑過一句，若這樣還做出背叛主子的事，那簡直就是畜生不如。」

第六百七十五章 安排

毛大說完，毛二接過話道：「大哥說得不錯，奴才們這輩子只有一個主子，那就是娘娘。」

「既然還認本宮這個主子，就趕緊起來，本宮還有事要問你們。」在太陽底下站了這麼許久，凌若早已渾身冒汗，走到一處樹蔭下。那裡擺著幾張石凳，想是供人休息歇腳的。

「姑姑，他們是什麼人，怎的好像和主子很熟一般？」莫兒小聲地問著水秀，眼中盡是好奇。

水秀做了個禁聲的手勢道：「忘了我與妳說的話嗎？少看多聽。」

「哦！」莫兒碰了個軟釘子，吐吐舌頭不再說話，不過眼睛卻一直在凌若與毛氏兄弟身上打轉。

瞧著毛二跛腳走過來的樣子，凌若心下難過，問：「毛二，你的腳有讓大夫瞧過嗎？可有機會治好？」

毛二神色一黯道：「福晉有替奴才延過醫，大夫說因為被打斷時候沒有請大夫，導致骨頭長歪了，現在就算把骨頭重新打斷也不見得能再接好。」

「唉，是本宮對不起你們，讓你們吃了這麼多苦頭。」

聽到凌若感嘆，毛二忙擺手道：「不關主子的事，是奴才們無用，對不起主子也對不起水月姑娘。」

水月吸一吸鼻子，哽咽道：「別傻了，你們已經盡力了，再說這六合齋也不是第一次倒閉，這次倒了，下次再想辦法開起來就是了。」

「是啊。」凌若淡然接了一句道：「除非你們不願。」

毛氏兄弟迫不及待地道：「奴才們願意。自六合齋倒了之後，奴才們還有阿意、傅先生的最大願望就是可以再次重開，可是……有人告到府尹大人那裡，說用了咱們店中的胭脂，整張臉都爛了，府尹大人下令封了咱們六合齋的名號，就算重開，也不許再用這三個字了。」

一說起這個，凌若倒是想起一事來。「上元節時，本宮曾讓墨玉去查這件事，無奈後來接連出了好幾件事，一時忘了問她，你們可知她查得怎麼樣了？」

說到這個，毛氏兄弟精神一振，毛大道：「回主子的話，福晉查了，倒是有些線索。那些人在告狀之後，不約而同地都搬離京城，福晉好不容易追蹤到其中一個，發現那人在外頭置了間宅子不說，還買了幾個使喚丫頭，日子比以前好過許多，剩下幾個還在追查當中。」

水月略思索，低頭在凌若耳邊道：「主子，突然手頭闊綽了許多，非奸即盜。」

凌若若有所思地點頭。「若本宮所料不錯的話，這件事根本就是別人設好的局，為的就是要六合齋身敗名裂。」

「主子，那咱們現在要怎麼辦？」凌若的出現令毛氏兄弟看到了希望，不像之前那樣，一直活在內疚、自責之中。

「先不急，等墨玉多查到幾個告你們的人再說，到時候再一道去順天府熱鬧熱鬧。本宮的人可沒那麼好欺負。」在說這句話時，凌若神情是說不出的冷凜。

「若能夠重開六合齋，就是要奴才們的性命也無妨。」毛大激動地說著。十年經營，為此他們甚至放棄了娶妻生子的機會，只一心一意打理六合齋，這六合齋就等於是他們的命根子。

「不要說這種話，本宮要你們好好活著，重振六合齋的名聲。」凌若歇一歇又道：「另外，趁著這段時間，你們也好生追查那名製香師的下落。」

「是，奴才們知道。」對那名製香師，毛氏兄弟深惡痛絕，若非他洩漏了店裡的配方，自己何至於被整得這麼慘。

交代完事情，凌若吩咐毛氏兄弟趕緊離開萬壽寺，而她則假意在寺中信步閒走，直至住持來請她去用素齋，凌若還對萬壽寺的素齋讚不絕口。

午後，在住持與一眾僧人的恭送下，凌若踏上翟車回宮。

在踏進宮門時，莫兒依依不捨地道：「可惜太短了些，若能多在宮外待一陣子就好了。」

水月笑道：「既是這麼喜歡宮外，當初又何必死賴著主子入宮呢？」

莫兒連連搖頭道：「那怎麼一樣，當初在宮外雖說自由無拘，可每天都要擔心餓肚子的問題，有時候慘起來，連睡覺的稻草堆都沒有，只能在天橋下隨便躺一夜。水月姊，妳是不知道醒來時看到野狗在妳身上亂舔的滋味，好像妳就是一塊香噴噴的肉骨頭。」

水月被她說得起了一身雞皮疙瘩，舉手道：「好了好了，不要再說，算我說錯話了。唉，也真難為妳在這種情況下，還能堅強地活下來。」

莫兒笑道：「所以啊，我就覺得現在更幸福，有得吃、有得穿，還有主子和水月姊妳們照顧我。」

「是啊、是啊，等妳二十五歲出宮後，我與水秀再備一份嫁妝給妳，讓妳更幸福。」水月打趣著道。

莫兒粉面一紅，絞著手指反駁道：「嫁人有什麼好，我才不嫁人呢，我要與姑姑還有水月姊一樣，一輩子伺候主子。」

看到她滿面紅雲的樣子，水月忍不住笑道：「瞧瞧，瞧瞧，我不過是隨便一說，妳倒是先臉紅了，還說沒這心思，騙誰吶。」

這下子莫兒的臉紅得更厲害了，像是熟透的柿子。還是水秀瞧不過去，替她解圍道：「好了，別再逗莫兒了，婚嫁是再正常不過的事，不必害羞。」

凌若聞言，在一旁微笑道：「水秀說得不錯，等以後有機會了，本宮幫妳留意著些，省得將來留成了老姑娘，之後來埋怨本宮。」

莫兒跺一跺腳，又羞又窘地道：「主子，怎麼連您也笑話奴婢，總之奴婢說什麼也不嫁。奴婢……奴婢先回宮去了。」

說罷也不等凌若同意，拔腿就跑，遠遠地還能聽到後面傳來的笑聲。跑了許久，確定已經瞧不見凌若等人後，莫兒才停下腳步，捂著自己滾燙的臉頰喘息。

真奇怪，剛才水月說到嫁人的時候，她腦海裡竟然出現了四喜的身影，甚至覺得嫁給四喜也不錯。

真是亂了套了，雖說四喜為人不錯，待自己更是極好，可他是太監啊，自己再怎麼樣也不能嫁給一個太監啊！這樣想著，她又想起四喜以前說起的菜戶，宮女與太監也是可以結為夫婦的，只是不能過正常的夫妻生活罷了。

菜戶……菜戶……

莫兒在心裡唸了幾遍，搖頭將這個不切實際的想法甩出腦海。宮中明令禁止菜戶，再說四喜也從沒有說過喜歡自己，現在想這些，倒顯得她自作多情一般。

「莫丫頭，在想什麼呢？」

四喜在莫兒身邊站了好一陣子，發現她一會兒皺眉、一會兒捂臉，整個人都怪怪的，連旁邊有人都沒注意到。

第六百七十六章　旱情

「啊！」聽到四喜的聲音，莫兒整個人差點跳起來。這可真是白天莫要說人，晚上莫要說鬼，她都還沒說出口呢，四喜就當真出現了。她結結巴巴地道：「您……您怎麼在這裡？」

「我為什麼不能在這裡？」四喜被她問得莫名其妙，這裡是供人行走的道路，又不是哪位娘娘的寢宮不能隨意進入。「倒是妳，怎麼回事，跟見鬼了一樣，咱家有長得這麼恐怖嗎？」

莫兒暗道自己太緊張，左右自己想什麼他又不知道，當下嚥了口唾沫，定一定神道：「我……我是問您為什麼會恰好出現在這裡？這可是去承乾宮的路。」

「這個啊！」四喜甩一甩手裡的拂塵，解釋：「咱家奉皇上之命來看熹妃娘娘回宮了沒有，若是回宮了，便著去一趟養心殿。」

「哦，原來是這樣啊。」莫兒點點頭，往來路上看了一眼。「主子她們還在後面呢，想來再過一會兒就該到了。」

「那咱家就在這裡等一會兒。」如此說完後，四喜又想起莫兒剛才的異常。

「哎，莫丫頭，妳還沒告訴咱家在想什麼呢？」

「沒，沒什麼！」一說到這個，莫兒臉頓時紅了，緊張地搖頭，一副此地無銀三百兩的模樣。

她這副樣子，令得四喜越發好奇。「妳這丫頭，當著咱家的面撒謊，快說來聽聽，咱家也好幫著妳出主意。」

莫兒被他問急了，有些惱羞成怒地道：「都說了沒事，喜公公您雖說不是個男人，可也別跟個女人一樣刨根問柢好不好？」

話剛出口，莫兒便知不對，她這樣不是明著諷刺四喜嗎？果然，四喜臉色一變，一下子變得沉默起來，也令兩個人之間原本和諧的氣氛古怪起來。

莫兒咬著嘴脣，輕輕拉了拉四喜的袖子，小聲道：「喜公公，對不起，我……我不是那個意思，您別生氣。」見四喜還是不說話，她有些急了。「要不，要不您罵我一頓好了，我保證不還嘴！」不曉得為什麼，四喜不說話，莫兒就覺得特別心慌。

「咱家沒事。」四喜勉強笑一笑道：「咱家心裡比誰都清楚，本來就不是個男人，妳不過是說實話罷了，有什麼好生氣的。沒事，別往心裡去。」

他越說沒事，莫兒就越覺得有事，還待再解釋安慰幾句，凌若已經到了。

瞧見四喜在，凌若訝然道：「喜公公來見本宮嗎？」

四喜趕緊上前打了個千兒，擺脫了那份尷尬，道：「回娘娘的話，奴才奉皇上之命，請娘娘回宮之後即刻前去養心殿。」

自己剛回宮，胤禛便讓四喜過來請自己，難道是有什麼急事？凌若心下奇怪，口中卻道：「本宮知道了，這就隨你過去吧。水秀，妳陪本宮過去，水月妳們幾個就回承乾宮吧。」

莫兒瞅著四喜強顏歡笑的模樣，心中一急，脫口道：「奴婢也想跟主子過去。」

「妳？」凌若對莫兒的自動請纓有些奇怪，卻沒細問。只要底下人不越了本分，她便由著，畢竟這宮裡的規矩夠多了，她不願再人為地去束縛他們。

如此，莫兒與水秀一道陪著凌若去養心殿，到了那邊，只見蘇培盛守在外頭。看到凌若過來，蘇培盛守上前打千行禮，凌若示意其進去通報，蘇培盛卻含笑道：「皇上吩咐過，娘娘過來直接進去即可，不須另行通報。只是娘娘的兩位侍女卻是不便進去了。」

「本宮知道，有勞蘇公公了。」凌若頷首，對於蘇培盛與四喜，她向來是客氣優待的，從不擺後宮寵妃的架子，因為誰也不曉得有朝一日，她是否會有求到他們這裡的時候。宮裡，什麼樣的事都有可能發生，就像年氏，誰又能想到她會突然失寵被降為常在呢？

凌若正要入內，恰好看到兩個小太監頂著大太陽抬了一個木桶進來。凌若曉得這樣的木桶是用來盛冰的，裡面至少放了六、七塊大冰。

果然，那兩個小太監過來後，衝凌若等人施禮，對蘇培盛道：「蘇公公，奴才們送冰來了。」

蘇培盛眉頭微微一皺道：「皇上吩咐了，從今日起，養心殿不需要再送冰過來了，拿回去吧。」

「啊！」兩個小太監聞言頓時有些傻眼。他們抬冰出了一身汗，好不容易到養心殿，卻被告知要原樣抬回去。

看到他們站著不動，蘇培盛不高興了。「啊什麼啊，還不快回去，否則桶裡的冰化了，你們兩個可擔待不起。晚些時候，咱家自會過去知會工部都水司管事，還有你們內務府的全總管。」

「嗻，奴才們遵命！」兩個小太監不敢與蘇培盛爭，只能在心裡嘆了口氣，咬牙用發痠的手臂抬著數十斤重的木桶回去。

凌若冷眼看著蘇培盛喝斥那兩個小太監。他與四喜都是胤禛面前當差的，能力相差無幾，然說起待事、待人來，卻是四喜溫和許多。

不過這些話凌若是不會說的，蘇培盛對別人怎樣與她無關，只要別不開眼地犯到她頭上即可。

在這樣的心思中，她帶著幾分奇怪道：「蘇公公，皇上為何不讓人送冰？這麼熱的天，不用冰塊降溫解暑如何受得了？」

蘇培盛無奈地嘆了口氣，道：「哪個說不是呢，只是皇上吩咐了，奴才們哪敢不聽。」

這件事四喜並不知情，想是剛剛才吩咐下來的，問：「你可知道是為什麼？」

蘇培盛指了指烈日當空的天，鬱悶地道：「要怪就怪這賊老天吧，這麼多天一直是大太陽，都沒好好下場雨，弄得京城及附近一帶的江河水量銳減。已經有大臣上摺子，說轄下無可飲之水，得從數十里外的地方運水，然後讓百姓來取，一人最多只能要一壺水，僅夠減渴之用；而運水的地方也蓄水不多，堅持不了幾天。若再不下雨，只能去更遠的地方運水了，這一來一回，不說時間，就是車馬行走也得耗費許多銀子。」

「皇上剛才看到這份摺子，動了惻隱之心，把我喚了進去，讓我傳口諭給工部都水司和內務府，免去養心殿每日的用冰，將冰塊化水送去給無水可用的州府，以解燃眉之急。如今宮裡的用水也是從外頭運進來的，只是沒人知曉罷了。」

第六百七十七章　目的

被蘇培盛這麼一說，凌若才想起來，自入夏以後確實很久沒好好下過雨了。偶爾下一場，也不過是零星短暫的小雨，地還沒溼就已經停了。只是因為宮裡用水向來不缺，所以她也沒往心裡去。如今想來，旱情應該很嚴重了，否則胤禛不會忍著酷熱下令停止供冰。

可是莫小看養心殿的用冰量，一日三次冰塊，每一次都是數十、上百斤，這一日下來便是兩百餘斤的水，數量頗為可觀。當然，整個紫禁城的用冰就更可觀了，少不得有上千斤。為此，每年冬天，分設四處的十八座冰窖都由工部都水司儲冰二十多萬塊。

在進到養心殿後，凌若果然感覺裡面與外頭溫度差不多，無處不在的熱意從毛孔中鑽進來，令人渾身難受。因胤禛尚在批摺子，凌若便安靜地等在一旁，待到胤禛抬起頭時，她額角、鼻尖已經掛滿細細的汗珠。

「很熱嗎？」

待得胤禛起身，凌若才發現角落裡放著一盆水與乾淨的面巾。胤禛絞了面巾一把後，走到凌若面前，替她仔細拭去臉上的汗。在這樣大熱的天裡，胤禛依然一絲不苟地穿著兩層衣衫，剛才絞水的時候，凌若看到他背後溼了一大塊，顯然是出了一身的汗。

「如今京中乾旱，用水地方許多，所以朕讓他們免了養心殿的用冰，好用在更需要的地方。」

「皇上如此體念蒼生疾苦是百姓的福氣，臣妾就算受點兒熱也是應該的。」被浸了涼水的面巾拭臉，凌若原本因為熱意而覺得有些發暈的頭腦為之一清醒。「臣妾只是擔心皇上的身子，這樣悶在屋裡又不開窗，萬一中暑了可怎生是好？」

「朕沒事，剛才是怕風會吹亂了摺子，不好批閱，如今沒事了，自然可以開窗。」胤禛一邊說著一邊將窗子打開，很快有風吹進來，不過這風也帶著熱意。「再說這百萬里疆域的大清又不是人人都用得起冰，那些人不也好好活著嗎？」

「其實皇上可以等冰化了再讓人送出宮去，左右這冰水也不礙到使用，不過是耽誤幾個時辰罷了。」

胤禛唏噓道：「這個朕何嘗不知，只是這幾個時辰對於那些飽受旱情折磨的人來說，比幾年都要漫長。這大熱的天裡，就盼著能多喝幾口水。還有宮裡為使化冰快些、涼爽些，都喜歡在裡面加許多鹽，如何還能再用。」

凌若聽著他的話，思忖了一下道：「皇上受此酷熱，臣妾實不忍心獨貪涼快，還請皇上將臣妾分例的冰塊也減去，以作救災之用。」

胤禛欣慰地看了她一眼道：「妳能這樣想，朕很歡喜，只是妳不像朕這般耐得住熱，一旦沒了冰塊，怕是連覺都睡不安枕了，還是算了。」

凌若卻神色堅決地道：「皇上既可忍耐，臣妾又為何不行？還請皇上允臣妾所求。」

她這番話令得胤禛越加憐惜，拉著她在椅中坐下，道：「朕明白妳的意思，只是就算削減了妳的用度也不過是杯水車薪，頂不得大用。朕準備過幾日登天壇求雨，希望上天垂憐，一應苦難皆降於朕一人身上即可，千萬莫要再讓蒼生百姓受苦了。」說到此處，胤禛顯得心事重重。

登壇求雨，已是最後一步了，若不能求到，除卻耗費人力、物力去遠方取水之外，再無他法。京城不比其他地方，逃難一事是絕對不允許發生的。

凌若低頭轉著手中的宮扇，沉思片刻道：「皇上宅心仁厚，愛民如子，上天一定會垂下甘霖，解救黎民百姓。不過在此之前，臣妾倒是有一個想法，不知皇上可願一聽？」

胤禛微微起了幾分興趣，道：「是什麼，但說無妨。」

「一人之力固然微薄，但若能集眾人之力，那便是一股極可觀的力量。」她微微一頓又道：「如今京中用水緊缺，臣妾等人自當該盡一份心力，所以臣妾以為，除卻皇太后與皇后宮中之外，自臣妾以下，所有宮嬪皆削減用冰，由供冰三次改為一次，數量也相應減少，如此就可以有更多的冰塊用於救災，想來應該可以撐一段時間。」

胤禛認真想了一下，微微點頭道：「妳說得也有道理，宮中每日用冰多達千塊，確實可以省出許多。朕待會兒就讓蘇培盛傳旨，除了慈寧宮外，削減所有宮中用度，不過這樣一來，怕是有不少人要來朕這裡哭訴了。」這樣說著，胤禛卻沒有太過在意，他一旦決定了，就斷然不會輕易更改，哪怕無數人反對。

「臣妾相信諸位姊姊與妹妹都是明白事理之人，斷然不會無理取鬧。」當真不會嗎？凌若可不敢肯定。宮裡不少人享受慣了，如今突然要削減用冰，又是在這麼熱的天，怨言是斷然少不了的。不過她們若來胤禛這裡訴苦，只會是自討沒趣。

胤禛不是只懂享受的帝王，他更在意的是百姓疾苦，有人若因一己之私而置百姓於不顧，在胤禛面前定然討不得好。

在此事之後，胤禛又問了她幾句在萬壽寺上香還願的事，隨後終於說出他叫凌若過來的目的：「若兒，皇后近日頭疼病犯得厲害，昨夜朕去看她的時候，她連床都下不了，而弘晟又一直不服皇后管教，嚷嚷著要回翊坤宮去，朕看著不成樣子，所以打算讓弘晟去妳那裡待一段時間，等皇后病好了再做打算，妳意下如何？」

頭疼病犯了？凌若在心裡一陣冷笑。哪個曉得她是真病還是假病，指不定是嫌弘晟麻煩，想要推出去呢。畢竟弘晟已經十四歲，不是當初未滿週歲的弘時，可以由著她調教。

只是胤禛開了這個口，她卻不好拒絕，只能婉轉道：「臣妾自是沒什麼意見，不過皇后娘娘那邊意下如何？」

「這個妳大可放心，讓妳帶弘晟也是皇后的意思。」

聽得胤禛這麼說，凌若只得依從，接過這個燙手山芋。

胤禛嘆了口氣道：「弘晟驟離了額娘，難免心中不快，妳是長輩，多包容著他一些就是了。唉，若非他額娘實在錯得離譜，又怕她教壞了弘晟，朕又何曾想他們母子分離，只可惜弘晟不明白朕這番苦心，幾番哀求無果後，不論朕說什麼，他都一副置若罔聞的樣子。」

第六百七十八章　太監

凌若開解道：「三阿哥還小，等他大一點自然會明白，皇上莫要太過擔心了。」

「但願如此。」在一陣暖風拂到臉上時，胤禛忽的轉過話題道：「若兒，妳可知今日早朝時，誰來上朝了？」

凌若很快便有了猜想，試探道：「可是八阿哥他們？」

「雖不中亦不遠矣，是老九、老十。他們撂了這麼久的擔子終於忍不住了，主動上朝向朕認錯，希望可以得回原來的差事。」胤禛眸中閃爍著陰寒之意。當初他卸了允禩的差事，允禟與允䄉兩人聯手一起撂擔子，將一大堆事情扔給他，想逼著他低頭，恢復允禩的差事。

可他們作夢也想不到，憑著胤禛與允祥兩人竟然真的撐了下來，雖然很苦，但與向幾十年對手的允禩黨低頭比起來，根本算不得什麼。

到了現在，一應事情已經理順，允禮與其他幾人更是可以獨當一面。允禟心裡明白，大勢已去，今時今日，憑著他們已經難以對胤禛造成什麼威脅了；相反的，他們主動交出手中的差事，使得權力被架空，除了乾領俸銀之外，就什麼事都沒有了，再這樣下去，形勢只會越來越不利，所以他們厚著臉皮想來求回差事。

「皇上沒有答應？」凌若繼續猜測著，手裡的團扇一下接一下地搖著，帶起幾乎可以不計的些許涼意。

胤禛搖頭道：「明知蛇有毒，還與蛇共眠，那是蠢人才做的事。再說允禮等人正幹得起勁，朕突然又把差事收回來，豈非讓他們心寒？為了兩個靠不住的兄弟去趕走一幫忠臣，太過得不償失。不過朕讓他們去負責迎接年羹堯凱旋回京一事，省得他們太過清閒。」

「皇上英明。」凌若一點兒也不感到意外，她太清楚胤禛，對於敵人向來刻薄寡恩，根本不存在以德抱怨的事。

靜默了一陣子後，胤禛緩緩道：「看到老九、老十那兩張失望的臉，朕突然覺得很痛快。若兒，妳說朕是不是一個不念兄弟之情的人？」

「想要報之以李，必得先投之以桃才行。九阿哥等人圖謀不軌，皇上不予追究已經是法外開恩，念足了兄弟情，先帝若泉下有知，也必會欣慰。再說，皇上待怡親王一直極好。」

說到允祥，胤禛神色一緩，道：「朕登基以來，一直諸事不斷，也虧得有允祥幫朕一道分擔，只是他的身子頗為讓朕擔心。」

凌若心下微沉，嘴上卻道：「怡親王吉人自有天相，皇上莫要胡亂擔心。」

凌若與胤禛在裡面說話的時候，候在外頭的莫兒趁機將四喜拉到一邊，小聲道：「喜公公，您相信我，我真不是故意說那話的，求您不要再生氣了好不好？」

四喜睨了她一眼，淡淡地道：「咱家都說了沒生氣。」

他話音剛落，莫兒就肯定地道：「騙人，明明就是在生氣，否則怎麼連笑容也沒一個。」

四喜被她說得哭笑不得，擠了一個笑容道：「現在可以了嗎？」

「真的沒生氣了？」莫兒將信將疑，在四喜的一再保證下，她才徹底放了心，拍著胸口道：「那就好，我真怕喜公公一氣之下不再理我了。這宮裡除了承乾宮的人之外，就只有公公待我最好了。」

看著莫兒那個樣子，四喜嘆了口氣，放下心裡最後一絲不快，捏著莫兒的鼻子道：「妳這小丫頭，這麼單純、容易相信人，小心有一天咱家把妳賣了。」

莫兒對四喜這個略顯親密的動作並不反感，反而帶著幾分撒嬌的語氣道：「公公心地那麼善良，才不會呢！」

「真是拿妳沒辦法。」四喜無奈地搖著頭，眼裡卻透著幾分寵溺。幾十年沒動過的心湖，在此刻泛起了幾絲微不可見的波瀾。

在莫兒隨凌若離開後，蘇培盛碰了碰四喜，道：「你待莫兒那小丫頭很好嗎？」

剛才四喜與莫兒說話的那一幕，他可是都看到了。

「說不上好，就是覺得那丫頭怪可憐的，人又單純，怕她吃虧，所以有時候遇見了會提點她幾句。」四喜回答了一句，又有些奇怪地看著蘇培盛。「倒是你，無端端的問這些做什麼？」

蘇培盛看了一眼跟著凌若走出極遠的莫兒，意味深長地道：「我是怕你動了不該動的心思，所以好心提醒你一句。咱們這位主子可不像先帝那麼寬厚，萬一行差踏錯，可是誰都救不了你。」他雖然不怎麼服四喜任大內總管一事，但兩人好歹是跟著一個師父的，又一起做事多年，不想眼睜睜地看著四喜出事。

四喜心中一凜，瞬間明白蘇培盛的意思，他是擔心自己看上了莫兒，想私下與她結成菜戶，當下搖頭道：「放心吧，我還沒那麼糊塗。」

「那就好。」蘇培盛目光一閃道：「其實你想有人伺候有什麼難的，根本不必在宮中尋找。說實話，那些宮女整日跟著後宮的主子娘娘，心思皆多得很，信不過，倒不若在宮外尋幾個老實可靠又有姿色的，保證她們把你伺候得舒舒服服的。要是想孩子了，就外頭抱養一個，有妻有子，生活何其樂哉。」

四喜詫異地看了他一眼，旋即笑了起來。「瞧你這話說的，倒像是有經驗了一般。其實我對這種事根本沒想頭，自家事自家曉得，像咱們這樣淨了身的太監，如何還能奢望娶妻生子？就算真去抱養了一個，也不過是自欺欺人罷了，沒意思，沒意思。」四喜在那裡連連搖頭，並沒有注意到蘇培盛漸漸難看的臉色。

四喜還想說什麼，蘇培盛已尖著嗓子打斷他的話：「好了好了，你既是不願就算了，權當我白費口舌，真是無趣。」

「培盛，我知道你是為我好，不過從淨身入宮那一天起，我就再沒想過這個。我現在唯一想的就是跟師父一樣，平平安安到老，然後尋個山清水秀的地方頤養天年。」唯有這份嚮往，是四喜敢於說出口的，其他皆被死死壓在了心底，不在任何人面前表露。

「隨你吧，我懶得管你。」蘇培盛揮揮手，不過臉色倒是好看了些，頓一頓又道：「你在這裡候著，我去工部都水司還有內務府那裡傳旨。唉，看著這麼大的太陽就心煩，真不知這賊老天還讓不讓人活了。」

一陣抱怨後，蘇培盛無奈地頂著似火驕陽走了出去，過高的溫度似乎烤得空氣都扭曲了。

第六百七十九章　大鬧

夜間，宮人剛將晚膳擺好，就見那拉氏身邊的翡翠帶了弘晟過來，說了幾句客套話便離開了，留下一臉不滿的弘晟。

在此之前，凌若已經吩咐過弘曆，是以弘曆對他的到來並沒不感到意外，招呼道：「三哥還沒用過膳吧，快過來坐。水秀，再擺一副碗筷上來。」

「不必了，我也不想與你同桌用膳。」弘晟冷冷回了一句，毫不掩飾對弘曆的討厭，隨即走到凌若面前，一字一句道：「送我回翊坤宮。」

凌若並未因他的話而動氣，淡淡道：「年常在如今不宜撫養三阿哥，皇后又病著，三阿哥就在本宮這裡安心待著吧，等什麼時候皇上同意你回翊坤宮了再說。」她睨了還站在原地的水秀，道：「去拿碗筷來。」

弘晟如今身高已與成年男子相差彷彿，往那裡一站頗有幾分架勢，帶著怒意道：「妳沒耳朵嗎？我說我要回翊坤宮！」

「不可能。」凌若示意弘曆不要說話，獨自站起來迎著面色鐵青的弘晟，道：「本宮奉皇上之命，暫時照顧三阿哥，至於翊坤宮那邊，只要皇上點頭，本宮絕不阻攔，否則還請三阿哥好生待在這裡，莫要無理取鬧。」

「我偏生要無理取鬧，妳待怎樣！」弘晟挑釁地看著她。因為年氏的言傳身教，再加上弘曆在課業上經常壓自己一頭，他對凌若母子早就不滿至極。

「我額娘已對你一忍再忍，你不要太過分了！」見他對凌若不敬，弘曆哪裡還忍得住，當即跳起來。

弘晟冷然一笑，瞪著雙目道：「那你又是怎樣與兄長說話的？」說完這句，弘晟猶不解恨，竟又吐出兩個字來：「野種！」

這句話就像是火藥一樣，立時將弘曆激怒了，指了他厲喝：「你罵誰野種？」

「罵的就是你，怎麼樣，野種！」弘晟將積攢了好些天的怒氣皆發洩出來。他不明白，為什麼同樣是皇阿瑪的兒子，自己卻要被迫與生母分離，上次說是一個月，這次皇阿碼直接連期限也不說了，只是讓自己好生聽熹妃的話。

皇阿瑪的態度令他很害怕，怕以後都見不到額娘，也怕自己被熹妃母子欺負，所以他像一頭鬥牛一樣，攻擊著所有試圖接近他的人。

聽得罵弘曆野種的話，凌若臉色一下子變得難看起來。

「你！」弘曆一拍桌子，橫眉就要走上去，卻被凌若拉住，他不由得有些急了。「額娘，他這樣罵您與兒臣，兒臣……」

「額娘知道，可是你答應過你皇阿瑪，以後都不會主動打架。」凌若聲音一如剛才的淡漠，然清楚她的人，卻從她眼底看到了前所未有的冷意。

「可是——」

弘曆還想要再說，卻被凌若打斷：「沒有可是，這件事額娘自會處理，你退下。」

弘曆握緊雙手，終於還是沒有違背凌若的話，退到一邊，然眼中那抹憤慨卻是未曾削減分毫。

「三阿哥，本宮知道你心裡不願，但這是皇上的旨意，誰也違抗不得。至於野種二字，本宮希望以後都不要聽到，否則休怪本宮不客氣。」凌若克制著自己的怒氣，盡量平靜地說著。

豈料她的忍讓在弘晟看來卻是軟弱好欺，越加放肆不堪，連著叫了好幾聲「野種」，梗著脖子道：「我就叫了，妳能拿我怎麼樣，熹妃，哼！」言語間充滿了不屑之意。

凌若目光一沉，隨即又若無其事地道：「既然三阿哥這般頑劣，那本宮唯有代年常在好生管教你了，楊海，帶三阿哥去佛堂中待著，等他什麼時候知錯了再將他放出來。」

「妳敢囚禁我？妳算什麼東西！」弘晟一臉猙獰地盯著凌若，不敢相信凌若敢這麼做。

「本宮是你的長輩，你該稱本宮一聲姨娘。」凌若冷眼看著他，聲音並沒有太多的起伏。「水秀，盛一份飯菜端去佛堂，省得三阿哥餓著。」

沒等水秀答應，弘晟已經一臉不屑地道：「憑妳也配！」若站在這裡的是那拉氏，他還會懼幾分，畢竟他得叫一聲皇額娘；但眼前這個不是，他就不信這個女人當真敢關他。

「三阿哥息怒，您與娘娘這樣吵鬧，可是不太——」楊海見勢頭越發不對，趕緊勸了一句。豈料話音還沒落下，就被人狠狠踹了一腳，瞬間的劇痛令得他連話都說不出。

「哪裡來的狗奴才，居然敢教訓本阿哥，活得不耐煩了！」弘晟這般說著，猶不解恨，又衝楊海踹了幾腳，對於凌若喝止的聲音置若罔聞。

「來人！」弘晟的過分令得凌若難以再忍耐，對聽命進來的兩個小太監道：「把三阿哥帶到佛堂去，沒本宮的命令不許出來！」

「我不去！」見小太監當真來抓自己，弘晟略有些驚慌，用力揮開他們的手，可是這一次凌若鐵了心要給他一點教訓，任憑弘晟怎麼反抗都不鬆口。

「妳不能囚禁我！」弘晟一邊躲避一邊氣急敗壞地叫著，見凌若始終不理他，惡從膽邊生，竟然用力掀翻桌子，只聽得劈里啪啦一通亂響，所有碗碟均摔在地上，菜更是弄得一地都是。水秀躲閃不及，被一碗三鮮菇筍湯潑了個正著，整個前襟都溼了。

凌若看著亂成一團的大殿，臉色越發難看，弘晟當真太過分了。她一揚臉，對楊海道：「你去門口守著，別讓三阿哥逃出去。」

弘晟在幾次差點被小太監抓到後，果然動了逃出去的念頭，不料被楊海逮了個正著，帶到佛堂裡關起來。

見弘晟終於消停了，凌若連連搖頭，撫著不住作痛的額頭坐在倚中。要是弘晟天天這樣鬧騰，她很快也要犯病臥床了。皇后可真是甩了個大包袱過來，偏她一時半會兒的還沒法扔。

「額娘，三哥要在咱們這裡待多久？」弘曆挨著凌若問道。他沒想到三哥發起瘋來這麼可怕，連桌子都掀了。

凌若撫著他腦袋，無力地道：「不知道，也許要很久吧。」

第六百八十章　觸動

「那以後豈不是會很……熱鬧？」弘曆本欲說「很煩」，想想又覺得不妥，硬生生改成了言不由衷的「熱鬧」二字。

「別擔心，他不過是一時鬧脾氣罷了，等在佛堂中關個幾天，磨磨他的脾氣就好了。」凌若這般安慰著，心裡卻是一點把握也沒有。弘晟性子沒那麼容易轉過來，而她又不能一輩子把他關起來。

見弘曆還是一副心事重重的樣子，她道：「好了，船到橋頭自然直，別多想了。」

不管凌若怎麼勸，這一頓飯弘曆都吃得心不在焉。陪著凌若說了一會兒話後，弘曆恰好看到水秀要送飯給弘晟，便道：「把籃子給我，我給三哥送去吧。」

「還是奴婢送去好了。」弘曆與弘晟之間的矛盾，水秀心裡再清楚不過，生怕兩人一見面又鬧得不可收拾。

「放心，我不會與他起衝突的。」弘曆瞧出她的擔心，一再保證才讓水秀勉強答應。

到了佛堂，弘曆示意守在外頭的小太監將鎖打開，這個時候裡面倒是安生得緊，沒什麼聲響。

進去後，他意外看到弘晟縮在角落裡掉眼淚。看到弘曆進來，弘晟連忙把淚抹掉，站起來惡狠狠地道：「你來做什麼，看我笑話嗎？」

不曉得為什麼，望著他通紅的雙眼以及殘留在臉頰上的淚痕，弘曆竟動了幾分惻隱之心。說到底，弘晟今夜之所以這麼衝動、過分，也是因為與生母分開之故，換了是自己，指不定也會這樣。

這樣想著，他心裡沒有絲毫動氣之意，一揚手上籃子道：「我來給你送飯。」

「哼，拿走，我不吃！」弘晟其實早已餓得肚鳴不已，這些天他思念額娘，沒有一頓吃得好過，之前還不覺得，一旦靜下來便覺飢餓感陣陣襲來。可是對著弘曆，他就算餓死也不想低頭。

「隨你，反正我放在這裡。」弘曆聳聳肩，滿不在乎地說著，見弘晟過來，他又補充道：「你若是砸了可不會有人來收拾，到時候餿了、臭了也沒人管。」

這句話令本想砸了這籃子東西的弘晟停住了手，若真時時刻刻聞著臭氣，可比要他命還難受，嘴裡卻不肯示弱。「你們等著，等我出去，一定要告訴皇阿瑪，說你們囚禁我！」

「那還是要等出去後再說。」弘曆並不在意，這件事是弘晟有錯在先，就算真告到皇阿碼面前他也不怕。

在準備出去時，他忽的嘆了口氣，道：「三哥，我知道你心裡不痛快，可是事已至此，你再不痛快也無用，還是好生在這裡待著吧。」

弘晟哪裡聽得進去，立時罵道：「不用你在這裡假好心！滾，立刻給我滾！」

弘曆搖搖頭，三哥這性子實在沒幾個人能受得了。「東西我放著，吃不吃隨你，要是在回翊坤宮之前把自己餓死了，可別怪到我與額娘頭上來。」

在又剩下自己一人後，弘晟幾次三番想要去掀那食盒都忍住了，不願去吃弘曆碰過的東西。他摸著肚子縮在牆角，努力不去看食盒，可是真的好餓。

又忍了一會兒，他終還是沒忍住，上去將裡面的菜跟飯端出來，大口大口地吃著，這也是他這陣子吃過最好吃的一頓飯，他實在太餓了。

弘晟並不曉得弘曆一直站在窗外，看到他把東西端出來吃掉，才滿意地離去。

此後幾天，一直是弘曆代水秀送飯給弘晟，偶爾還會與他說幾句話，大多是朱師傅課堂上講了什麼新課。

至於胤禛那邊，凌若在第二日就將這件事說了，胤禛也認為弘晟最近不像樣子，是該略施懲戒。

當削減用冰的消息在宮中傳開後，一個個都坐不住了，不過在武氏去養心殿訴苦，被胤禛毫不留情地訓斥一頓後，哪個也不敢再去自討沒趣。罵一頓事小，失寵可是事大。

不過這並不代表她們就妥協了，先是跑到皇后宮中，得知皇后犯了病躺在床上見不了人，又跑來承乾宮。凌若耐著性子聽她們一個個說完，無非就是繞著彎子想讓凌若去胤禛面前說情，別削減用冰額度，哪怕非要削，也莫削得太厲害，如今幾可說是十削七八了。更有那心思靈巧的陳貴人，說是大可以等冰化之後再拿出去救濟災民。

陳貴人便是以前的陳格格，胤禛登基時她被封為常在，今年入夏時剛晉了貴人。想來陳貴人作夢也想不到，有朝一日，她會凌駕於年氏之上。

「娘娘，如今宮裡就您管事了，您可得替咱們姊妹在皇上面前說上幾句，天氣這麼熱，削減了用冰可怎麼受得了。就算災民沒水喝，也大可像陳貴人說的那樣，等送到咱們宮裡的冰化了之後再拿出去啊，做什麼非得要削減用冰呢？」戴佳氏愁容滿面。她原本是較為安分的，待在宮中少有出來之時，可這一次她也坐不住了。

「成嬪，本宮明白妳的意思，只是妳也該明白救人如救火的道理，妳這裡是舒坦了，可百姓卻得多受幾個時辰的苦；再者，宮裡為了讓冰塊融化時釋放出該有的涼氣，在上面撒了諸多鹽，這樣一來，冰水就成了鹽水，哪裡還能用。」

「那頂多……頂多不放就是了。」戴佳氏有些底氣不足地說了一句。

「不放鹽，諸位妹妹就該嫌化冰時不夠涼快了。」凌若搖著團扇徐徐說著，隨後又道：「再說了，這是皇上的意思，本宮哪裡能讓皇上改變心意，妹妹不是已經去試過了嗎？」

這句話說得武氏面紅耳赤，用力搧著六稜團扇，覺得凌若是故意要讓她難堪。

凌若掃了底下坐著的眾人一眼，道：「好了，這事也只是暫時的，等什麼時候下了雨，緩了旱情，宮裡就會照常用冰。在此之前，各位妹妹先體諒一番吧，莫要讓本宮難做。」

「是。」戴佳氏等人心不甘、情不願地答應一聲。

在出了承乾宮後，武氏氣呼呼地對戴佳氏道：「姊姊，妳聽到熹妃剛才的話了沒，什麼等下雨之後就會照常用冰了，真是站著說話不腰疼。老天爺什麼時候下雨，哪個說得準過？要是一輩子不下雨，咱們就一輩子用不得冰了啊！」

戴佳氏連忙比了個禁聲的手勢道：「別口沒遮攔的，小心被人聽了去，她終歸是宮裡正三品的娘娘。」

第六百八十一章　懲戒

「哼，娘娘，她也配！」武氏猶自說著，不過聲音卻是小了許多，想來心裡也是怕的。「明面上說除了皇太后外，所有人都削減用冰，可誰知道內務府是不是悄悄往她宮裡送冰，真是想著都生氣。」

凌若得寵，宮裡早已是一堆人不滿，只是礙於其權勢不敢說罷了。「就算真這樣也沒辦法，誰讓皇上如今盛寵她一人呢。」戴佳氏的聲音裡帶著幾分酸意。她在府中二十餘個年頭，從來沒受過這樣的盛寵。

武氏惡毒地說道：「哼，我倒要看看她還能受寵多久，到底是三十多歲的人了，又不是十七、八歲正值青春年少時。」

一直沒怎麼說話的陳貴人開口：「依臣妾看，說不定這個削減用冰的主意就是熹妃出的。」

「此話怎講？」戴佳氏與武氏皆將目光對準了陳貴人，透著滿心的好奇。

陳貴人猶豫了一下，對戴佳氏道：「臣妾聽說皇上最初只是削減養心殿用冰罷了，可是熹妃去了養心殿回來，皇上就命人傳旨，說削減東西十二宮的用冰，臣妾覺得其中定然有關聯。」

「好一個熹妃，虧得她剛才還說得那麼無可奈何又大義凜然，差點讓她騙過去了，真是可惡！」武氏第一個忍不住，聲音不自覺拔高幾分。

她話音落下不久，便聽得對面傳來一個清越的聲音——

「唷，寧貴人這是在說誰可惡呢？」

武氏臉色一變。真是撞鬼了，怎麼偏就讓她聽見了，哪個不曉得她與熹妃最是要好。武氏抬起頭來，果見瓜爾佳氏正施施然朝這邊走來。

「臣妾見過謹嬪娘娘。」武氏勉強擠出一絲笑容來。在她之後，陳貴人亦跟著見禮，至於戴佳氏則執平禮相見。

「起來吧。」瓜爾佳氏笑吟吟地看著她。「寧貴人還沒回答本宮剛才的問題呢，究竟是何人可惡，該不會是……」她故意拖長了音道：「熹妃娘娘吧？」

「娘娘說笑了，熹妃娘娘寬仁隨和，處處與人為善，臣妾怎會說她呢，臣妾是在說……」武氏使勁絞著腦汁，終是給她想出一個答案來：「蚊子！」

「蚊子？」瓜爾佳氏側了頭，頗有幾分不解。

武氏則是繼續胡謅道：「是啊，娘娘不知道，剛才有隻蚊子一直在臣妾耳邊嗡嗡不止，臣妾被牠擾得不勝其煩，就隨口罵了一句，沒想竟讓娘娘誤會了，倒是臣妾的不是。」

「是嗎？」瓜爾佳氏笑意不減地看著她，忽的重重一掌拍在武氏左頰上，在所有人都愕然驚詫時，她已是望著自己的手掌，一臉可惜地道：「可惜了，沒打到那蚊子，剛才明明看到牠停在妹妹臉上。」

「妳……妳分明是故意的！」武氏捂著自己火辣辣的臉頰，又氣又怒。蚊子是她胡謅出來的，怎麼可能會有。瓜爾佳氏根本就是拿蚊子當藉口，故意打她。

「咦？妹妹這話可是好奇怪，明明是妳自己說有蚊子，本宮只是好心想替妳打死牠罷了，竟說本宮是故意的，可真讓本宮傷心。」瓜爾佳氏捂著胸口，一副難過不已的樣子。

見瓜爾佳氏惡人先告狀，武氏氣得快要暈過去了，指著瓜爾佳氏的手指不住顫抖。

面對著幾乎快碰到自己鼻尖的手指，瓜爾佳氏緩緩放下手，面色也沉了下來，側頭道：「從祥，寧貴人這樣以下犯上，放肆地指著本宮，該當何罪？」

從祥抿一抿嘴，恭敬地道：「回主子的話，按規矩，寧貴人該掌嘴十下才是。」

「那還站在這裡做什麼，給本宮上去掌她的嘴。」瓜爾佳氏冷聲說著。

當與她目光接觸時，武氏竟不自覺打了個寒顫，手伸在那裡，收也不是，不收也不是。

瓜爾佳氏就是故意的，剛才武氏的話她一字不漏都聽在耳中，假裝不知就是要藉機整一整武氏。

她自與凌若交好後，性子便收斂許多，但深藏在骨子裡的那份狠意卻從未真正磨滅過。

人不犯我，我不犯人；人若犯我，我必犯人。

關於這句話，瓜爾佳氏比凌若做得更好，否則當初她也不會被那拉氏看中，用做對付凌若的棋子。

「是，奴婢這就去取木尺。」宮裡所謂的掌嘴可不是用手摑，而是用厚達一寸的木板用力打受刑者的嘴。一頓掌嘴下來，受刑者往往滿嘴是血，若再用力一點兒，甚至連牙齒都會脫落。

一聽得這話，武氏頓時慌了神，連忙將求救的目光望向戴佳氏。後者上前一步攔下欲離開的從祥，打圓場道：「好了，寧貴人也不是故意的，妹妹何必動這麼大的氣，沒得傷了姊妹間的情分。」

瓜爾佳氏攏一攏袖子，曼聲道：「妹妹何曾想這樣，只是有些人忘了自己的身分，非要以下犯上，妹妹這才小懲大戒，也免得她以後再犯同樣的錯。」

戴佳氏也惱武氏沉不住氣，拉下武氏猶伸在半空中的手，道：「愣著做什麼，還不趕緊跟謹嬪認錯。」

武氏心裡那叫一個委屈，明明自己挨了打卻還要跟瓜爾佳氏認錯；可若是不認，接下來還得有罪受，誰教她只是個貴人，被瓜爾佳氏死死壓著一頭。她只得屈膝，心不甘、情不願地道：「臣妾一時莽撞，得罪了娘娘，請娘娘大人大量，饒恕臣妾這一回。」

「要真知錯才好。」瓜爾佳氏瞥了她一眼，又道：「罷了，這次瞧在姊姊的面子上就算了。好生管牢自己的嘴，別再什麼話都往外說，記住了嗎？」

「臣妾記住了。」武氏低聲應著，帕子已經快被她絞爛了。

「嗯。」瓜爾佳氏看到她的小動作，卻未說什麼。若非她比武氏高了一級，彼此恩寵又差不多，武氏怎肯服這個軟，心裡不服是再正常不過的事。

她朝戴佳氏頷首道：「姊姊，我先去給熹妃娘娘請安了，改明兒再去姊姊宮裡坐坐。」

「嗯，快去吧。」戴佳氏也巴不得瓜爾佳氏早點離去，在她走遠後，指了武氏沒好氣地道：「妳啊，真該改改這口無遮攔的毛病。」

武氏恨恨地將絞得不成樣子的錦帕一扔，道：「姊姊，妳也看到了，謹嬪她分明就是故意的。」

戴佳氏別過頭不理會她，倒是陳貴人軟聲道：「姊姊別氣了，誰都看得出她故意，可誰讓她是六嬪之一呢，這次已是瞧在娘娘的面上不予計較了。」

「哼，六嬪？還不是仗著承乾宮那位的勢，我就不信她一輩子都能這麼得意！」扔下這麼一句話，武氏道了聲告退便先行回去了。

「姊姊……」

陳貴人想叫住武氏，卻聽得戴佳氏嘆了一聲道：「隨她去吧，妳現在叫她，不過是聽她發牢騷罷了。妹妹若無事的話，不如隨本宮去慈寧宮請安吧，現在整個紫禁城，也就那裡還涼快點兒。」

第六百八十二章　求雨

且說承乾宮那頭，凌若看到瓜爾佳氏進來，忙命宮人絞了面巾。如今宮裡冰量銳減，承乾宮更是堅決一塊都不取用，所以這個時候，宮裡著實熱得不行。莫兒與安兒輪流替凌若搧著扇子，無奈這搧出來的風也是熱的。

待瓜爾佳氏拭過臉後，凌若輕聲問：「剛才我在裡面似乎聽到姊姊在與什麼人說話？」

瓜爾佳氏笑道：「妳耳朵倒是好使。不就是那個武氏嗎？小小一個貴人，居然口出狂言，妄議比她位分高的嬪妃，當真是不知好歹。正好被我撞見了，便小小地教訓她一番，讓她以後長長記性，別亂嚼舌根子。」

在聽瓜爾佳氏將整件事說了一遍後，凌若淡然一笑道：「她們願意說就由著她們說去，宮裡上千張嘴，哪裡管得過來。」

「我沒聽到便罷，聽到了便沒有不理會之理。再說了，她們好歹還有幾塊冰用，妳這裡卻是與養心殿一樣，一塊也無，她們還有什麼好不滿的。」瓜爾佳氏搖著團扇，頗為氣憤地說著。

「都說了由她們去，偏姊姊非要跟那些人置氣，何苦來哉呢。」見瓜爾佳氏說得來氣，凌若心下感動，嘴上卻是不住勸慰。

瓜爾佳氏盯了她半晌，直把凌若盯得莫名其妙，撫著臉道：「姊姊這樣看著我做什麼，難不成是哪裡髒了？」

瓜爾佳氏「噗哧」一笑，連連搖頭道：「我也不知道為什麼，總之啊，聽得人家說妳就很不高興，真是皇帝不急太監急，想想都覺得好笑。」

「我知道姊姊是因為關心我。」凌若心裡充滿感動，卻沒有說什麼客套的話，以她與瓜爾佳氏之間的關係，這些實不需要。

「妳別嫌我多事就好。」瓜爾佳氏正自莞爾之時，水秀端了西瓜上來，只可惜盛的是普通瓷碗，而非慣用的冰碗，這滋味想著都覺得減了許多。

見凌若果真一點兒冰都不用，瓜爾佳氏心疼地道：「不若將我那邊的用冰分妳一半，否則這漫漫長夏，可怎麼熬啊！」

凌若不在意地笑笑，接過瓷碗道：「瞧姊姊說的，好像我很可憐一般，其實這日子還是照樣可過，不過是辛苦一些罷了。沒事的，姊姊不必擔心我，還是趕緊吃西瓜吧。」

「可是……」瓜爾佳氏還待要說，水秀已經遞了碗給她。

「謹嬪娘娘，這西瓜在切之前放在井水中鎮過，雖比不得冰鎮涼快，卻也是脆爽涼快，不信您嘗嘗看。」

瓜爾佳氏依言嘗了一口，確實是有幾分涼氣，消了不少暑意。在吃了幾塊後，她有些感慨地道：「不管怎樣，妳向皇上提這個建議確實是造福了不少百姓。」

不想凌若聽了她這話反而嘆氣道：「與這事相比，我更頭痛弘晟那邊。唉，真不知該拿他怎麼辦才好，關久了不好，可不關又容易鬧事。」

一說到這個，瓜爾佳氏也沉默了。弘晟是皇子，不比那些太監、宮女好處置，稍一不慎就會帶來無窮禍患。

她想一想，出著主意道：「皇后如今雖然稱病不能照顧弘晟，但她總不能一直裝下去，等她『病』一好，妳就立刻稟告皇上將弘晟送回去，早點把這個燙手山芋扔回給她，省得她這般自在。」

「也只能這樣了。」凌若無奈地點點頭。

隔了一會兒，又聽得瓜爾佳氏道：「聽說欽天監那邊已經擬好了皇上明日求雨的時辰與方位？」

凌若振一振精神道：「是啊，說是最有利於求雨。希望皇上可以求得甘霖，緩解京城的旱情。」

「是啊，再由得這老天爺旱下去，怕是連宮裡都喝不到水了。」瓜爾佳氏看著似火的天氣，有說不出的擔心。

七月初九，胤禛著明黃五彩金龍吉服，戴金絲棉紮赤色纓朝冠，冠前綴鏤空金佛，頂鑲東珠十五顆，領文武百官前往位於紫禁城東南方的天壇求雨。胤禛頂著足以把人晒昏過去的驕陽，一步步登上數百級臺階，群臣分列兩邊尾隨在後。列於百官之首的分別是允祥與張廷玉，兩人同樣是最接近帝權中心的股肱之臣。

天壇上，早有宮人擺滿了求雨的祭品，更有用金銀朱丹畫成的龍像，下畫水波，有龜左顧，吐黑氣如線。待胤禛跨上最後一階時，時任欽天監的東方閔遞過淨瓶中的柳枝，胤禛以柳枝灑水在龍上，隨後雙手合於胸前，誠心向上天祈禱。

「皇天在上，后土在下，下界皇帝愛新覺羅．胤禛誠心祈求上蒼憐憫眾生，降雨解旱，避免百姓受旱災之苦。若是下界有不敬上蒼之處，還請上蒼降責於胤禛一人身上，莫要讓百姓多受苦難。」

如此一番禱告後，胤禛又持香敬上，行三跪九叩大禮。他起身後，一直滿懷期待地看著天空，無奈一直等到三炷香都燒完了，天上依然驕陽似火，根本沒有半點陰意，更不要說有下雨的意思。

汗，一滴滴落下，鹹澀的汗水落入眼中，令眼睛難以睜開；身上的衣服溼了又乾，乾了又溼，汗一身接一身的出，與之相對的是喉嚨火燒火燎的乾渴。

東方閔擦了擦額頭的汗，道：「皇上，這雨一時半會兒沒這麼快下來，要不微臣扶您下了天壇去陰涼處歇一會兒？」

胤禛搖搖頭，對他的勸說不加以理會。東方閔無奈之下，只得將目光轉向了隨同胤禛上來的兩人，希望他們可以幫著勸幾句，否則一直這樣等下去，非得中暑不可。

「皇上，求雨一事急不得，您還是先回去歇著吧，萬一傷了龍體或是中暑，可怎生是好。」張廷玉上前勸著，允祥也跟著他一道勸。

「朕在這裡等著就是。」胤禛執意不肯，聲音已經乾得不成樣子，臉上帶著不正常的紅意，連呼吸也有些急促。

「皇上！」允祥有些急切地喚了一聲。

沒等他繼續說下去，胤禛已是抬手道：「朕說了要在這裡等，你們要是嫌熱就先回去。」

第六百八十三章　憂心忡忡

見胤禛已把話說到這分上，允祥便知道不論自己再說什麼，他都是不會聽了，唯一能做的就是陪他繼續在這裡等雨。

允祥看了一眼站在後面的一干大臣，有些年長的因為受不得炎熱，已經搖搖欲墜，暗自搖頭，對張廷玉道：「張大人，麻煩您先帶幾位老大人下去，再這樣晒下去，我怕他們熬不住。」

張廷玉點一點頭，又有些不放心地道：「那皇上與王爺您……」

允祥揮手道：「放心吧，這裡有我看著，不會有事的。」

「唉，那好吧。」張廷玉也沒什麼好辦法，只得先行離開。那些老大人一聽得可以走，皆點頭不已，互相攙扶離去，留下一臉豔羡的朝官。

如此又等了一個時辰，所有人都開始頭暈眼花，連胤禛也不例外，但他還在那裡堅持，想要用誠心打動上天，降雨解救百姓苦難。

然這一次，上天卻像蒙蔽了所有感官，對於胤禛的苦求視若無睹，只是冷漠無情地俯視著天下蒼生，任他們哭、任他們笑，任他們悲聲遍地。

「四哥，先回去吧。」允祥再一次勸道，這一次用上了許久沒用的稱呼，他感覺自己渾身都像是著火了一樣。

胤禛緩緩收回目光，因為看久了明亮耀眼的天空，雙眼有些模糊，他苦笑道：「十三弟，這老天爺是否打定了主意不肯下雨？」

「哪有這回事，指不定晚上就下了，是四哥太過著急了，龍體要緊，先回去吧！」允祥苦口婆心地勸著。

胤禛待要再說話，眼前突然一陣陣發黑，身子更是驟然發沉，往一邊倒去，意識瞬間模糊。

「四哥！」允祥驚呼一聲，眼疾手快地扶住胤禛的身子。

原本已經昏昏沉沉的東方閔看到這一幕，腦袋頓時為之一清，趕緊過來幫忙。只見胤禛雙目緊閉，面色極是難看，允祥心裡清楚，這必定是久晒中暑了。

正在這個時候，後面又傳來「撲通、撲通」的聲音，卻是有大臣接連暈倒了，天壇上瞬間亂了起來。虧得允祥還算冷靜，命人趕緊將昏倒的人背下去，至於他自己則背了胤禛上御輦，允禮怕允祥一人照顧不過來，翻身上馬，護著御輦同往紫禁城而去。

與之相反的是允禩等人，從頭到尾都冷眼旁觀，連問候都帶著幾分不情願，可見他們與胤禛的矛盾已經到了不可調節的地步。

經太醫看過後，胤禛確是中了暑，體內積了太多熱氣無法排出才會暈倒，服過藥後，歇幾天就沒事了。但太醫也悄悄說了，胤禛因為經常熬夜批閱奏摺，身體底子不好，以後要盡量避免勞累。

這一場求雨，終以無效告終，天依舊無比晴好，連一絲雲彩也沒有，如火的驕陽似要把大地烤乾一樣。

允禟更是將胤禛在天壇求雨暈倒的事情宣揚出去，想要讓胤禛成為天下人的笑柄。可是這一次，他卻算漏了，沒有一個百姓因此笑話胤禛，反而感激胤禛為他們所做的一切。京中百姓最近能領到的水從一壺變成了兩壺，他們從來派水的官吏口中，知曉是因為皇帝下令宮中削減用冰，將多出來的冰化水供他們飲用。

帝以心待臣民，臣民又怎會不懂感恩，所以儘管這一次沒有求到雨，他們也依舊對那位關心民間疾苦的皇帝充滿感激之情。

而這也造就了史冊記載以來極為少見的一幕，儘管京中旱災日趨嚴重，逃災者卻屈指可數，大部分百姓依舊做著自己該做的事。他們相信紫禁城中的皇帝一定不會讓他們渴死，也相信老天爺總有一天會下雨。

相比於百姓的樂觀，胤禛心中卻沉甸甸的。附近的水源已經幾近乾涸，井水也不斷下降，如今大部分是靠十八座冰窖在支撐，可是冰窖每日的支出已經遠超過平常時候，存冰量正在急劇下降，連皇宮用水都開始出現短缺。

去更遠的地方取水，已經成了必然之勢。只是有水之地，不是路途遙遠就是道路崎嶇，運送不易。

對著描繪詳細的地圖許久，胤禛終於有了決定，伸手一指道：「就去平州，雖然遠了一點，但相對道路較寬，又有剛修的官道，水車運送方便，不易出問題，爭取在五日內來回。」因為水車過於龐大，不能疾馳，否則還能再快些。

見胤禛有了決定，一直等候在底下的張廷玉拱手道：「嗻，微臣這就去辦。」

待其出去後，胤禛往後一傾，眉宇間是揮不去的愁意。與此同時，屏風後面有環珮聲傳來，卻是凌若。她原陪著胤禛在批摺子，適逢張廷玉進來，便去屏風後避了一會兒。

凌若伸手輕輕撫著胤禛緊皺的眉宇，柔聲道：「皇上別太擔心了，一切都會好起來的。」

胤禛握了她的手，閉目道：「上天一日不降雨，朕就要擔心一日。用水尚且可去外頭運，可是今年附近一帶的糧食卻是救不活了，等到冬時，怕是市面上會出現哄搶糧食的情況。一旦被奸商囤積起來，百姓便要餓肚子了。」

「糧食可從江南那邊運進來，之前囤在糧倉裡的糧食也可以用，雖說是陳年的，但總好過無糧可吃。」

凌若的話引來胤禛一陣苦笑。「年羹堯領兵在外頭打了半年多的仗，糧倉裡囤的糧食早已用得七七八八，剩下那些，有等於無，根本起不了大用。至於說運糧，也要等江南這一季的糧食收下來後再做定論。」

世人皆以為皇帝要風得風、要雨得雨，豈知皇帝要操心勞神的事更多，更別說這些年各地頻發災難，連京城也又是地震又是旱災。

「前些日子，李維鈞上摺說想實行丁銀攤入田賦一併徵收，不再像以前那樣按人丁、地畝雙重徵收，減輕無地和少地的百姓。朕瞧著挺好，本想漸行推廣，可這旱災一出，江南及湖廣一帶的糧食就必不可少，為免有人趁此鬧事，只能先緩緩再議。」說到這裡，胤禛又是一嘆。「這麼大一個國家，朕一人管著實在是說不出的累，偏還有人從中搗亂，真不知他們的心是不是鐵做的。」胤禛手中密探暗布，對於允禟故意將自己在天壇上祈雨暈倒的事傳揚出去，知之甚清。

第六百八十四章　對聯

「還有怡親王、張大人、鄂大人他們一道幫著皇上呢，至於那些宵小早已失盡民心，根本蹦躂不出什麼花樣來，皇上大可不必理會。倒是皇上自己要當心龍體，莫要太累了，太醫可是都說了。」凌若一邊替胤禛揉著太陽穴，一邊不無擔心地說著。雖現在還看不出什麼，但她能感覺到，自登基後，胤禛的身子就明顯不如從前。

胤禛不在意地揮揮手，睜開眼道：「朕沒事，那些太醫妳又不是不知道，平常沒事都能給妳說出一堆事來，不必管他們。倒是弘晟怎麼樣了，還是老樣子？」

凌若輕聲道：「嗯，他還是很想年常在。臣妾，畢竟不是他額娘，不如——」

「朕不會讓他回去的！」胤禛驟然打斷她的話，涼聲道：「沒得讓她教壞了朕的兒子，何況祖宗有訓，六嬪以下不得撫育阿哥、格格。既然弘晟這般不知長進，就再關他幾日。」

凌若答應一聲，又道：「皇上，過幾日年將軍就要班師回京了，他若知道年常在如今的情況，會不會心懷芥蒂？」

胤禛聲音一沉，道：「不會的，年羹堯是朕一手提拔起來的人，最是明辨是非，何況朕如此待他妹妹，已是格外開恩。」

凌若目光一閃，聲音卻一如剛才的柔緩：「如此，臣妾就放心了。否則若因此影響皇上與年將軍的關係，臣妾可真不知該如何自處了。說到底，那件事也是因臣妾而起。」

胤禛拉過她，溫柔地睇視一眼道：「妳啊，別什麼事都往身上攬，聽說為著削減用冰的事，成嬪她們曾去找妳訴過苦？」

凌若笑笑，不以為意地道：「也沒什麼，不過是來臣妾這裡坐著聊聊天罷了。」

胤禛是何等的人，哪有不明白的理，略有些不悅地道：「成嬪也是宮裡的老人了，卻不想竟也這般不懂事，她若再多言，妳就知會內務府，叫全忠一塊也不用給她送過去，就說是朕的意思。眼下皇后病著，宮裡頭的事妳就多擔待一些，該嚴時就嚴，別鬆過了頭。」

「臣妾知道了，後宮的事皇上放心就是了。」這般應了一句後，凌若陪著胤禛用過晚膳方才回宮。若不陪著，就怕胤禛一忙起來又忘了用膳這事。

凌若到了宮中，沒看到弘曆人影，一問之下方知是送飯去給弘晟了，搖頭不語。此事她早就知道了，只不明白弘曆為何這麼喜歡去送飯，他們兩個不是向來互不對眼嗎？

卻說弘曆到了佛堂，對於弘晟難聽的謾罵充耳不聞，只將飯菜一碗碗端出放到桌上，又將中午剩下的空碗收進籃中。

「今兒個課間，朱師傅講了論語還有對聯，臨下課時還給我們布置了一道上聯，要求明日再去時對出下聯。這聯子卻也古怪，我想了好久都沒有頭緒。」弘曆一邊說一邊偷偷打量弘晟。

弘晟被他說得起了好奇心，雖然不服，但弘曆的學問他是知道的，在幾個皇子中那是頭一份的拔尖，即便自己一味刻苦，也不過與他不相伯仲而已，眼下竟有聯子難過他，究竟是什麼樣的怪對聯？

他這般想著，面上卻不肯露了分毫，冷笑道：「哼，這聯都是一樣的，哪有什麼怪不怪的，分明是你自己笨。」

弘曆等的就是這句話，臉上一喜，又強行壓了下去，故作生氣地道：「才不是呢，就算是你也肯定對不出來。」

弘晟一聽越加不服，大聲道：「光說這個做什麼，只管把上聯說出來就是，難不成你怕我對出來掃了你的臉？」

「哼，既然你不聽勸告，那就儘管試去，聽清楚了。」弘曆負手在背後，學著朱師傅那樣輕咳了一聲，故作深沉地道：「海水朝朝朝朝朝朝朝落。」

一聽到這個對子，弘晟的眉頭立刻皺了起來。弘曆在唸對聯時，數個朝字讀音各不相同，朝又同潮，是以，這個聯子其實應該是：海水潮，朝朝潮，朝潮朝落。

這是一個同字異音聯，就像弘曆說的，很怪，要想工整地對著絕對不容易，怕是連朱師傅也是搜腸刮肚想出來的。只是他怎麼會出這麼難的一個聯子給弘曆他們對，不太合情理啊。

弘晟接連想了幾個，都覺得不好，可是大話已經說出口，要是現在對不上來，豈非讓弘曆笑話，是以他一言不發地在佛堂中來回走著，絞盡腦汁想要對出一個工整的下聯來，好在弘曆面前揚眉吐氣一番。

弘曆也不催促，好整以暇地尋了一個椅子坐下，待得等了一盞茶工夫還不見弘晟作答，便道：「三哥，想不出來就別硬想，飯菜可都要涼了，不然等吃完飯之後再想。」

「你別說話！」弘晟頭也不回地說了一句，猶在那裡苦思冥想，口中更是唸唸有詞，不時仰天思索，心思都沉浸在對聯之中。

弘曆自討了個沒趣，聳一聳肩不再說話，唯有手指有節奏地叩著雞翅木雕花椅的扶手。若仔細看，就會發現他嘴角微微上揚，心情看起來竟是不錯。

又過了一刻鐘，弘晟眼睛一亮，如夜空中驟然亮起的星子，閃耀著璀璨的光芒，激動地道：「我想到，想到了！」

弘曆剛剛打了一個哈欠，早晨起得太早，午後又不曾休息，使得天還沒暗就開始有些犯睏，不過弘晟的話瞬間趕走他的睡意，從椅中跳起來，急切地問：「果真嗎？是什麼？」

弘晟得意地瞥了他一眼，抬了下巴道：「聽仔細了：浮雲長長長長長長消。」

弘曆跟著默唸一遍，明白了這個對聯的唸法，長同漲，所以，此聯為：浮雲漲，長長漲，長漲長消。

想明白了聯子，弘曆立時一臉佩服地道：「三哥好智謀，竟然在這麼短的時間內想出如此工整絕妙的對聯，實在讓我自嘆不如。」

弘晟沒想到弘曆這麼輕易就認輸，頗有些意外，不過仍是難掩得意之色，發洩一般地笑道：「那是自然，我早說過你不如我，偏你還非不信！」

自被迫離開翊坤宮後，弘晟尚是第一次這般高興，不只是因為對出了下聯，還因為十幾年來，他終於穩穩壓過弘曆一頭。

第六百八十五章　示好

看著弘晟笑，弘曆也輕笑起來，歡暢自然，絲毫沒有氣餒、不悅的意思。當這樣的笑容落入弘晟眼中，他緩緩停下笑聲，神色亦冷了下來。「你是故意的對嗎？」

弘曆一愣，隨即苦笑道：「被三哥看出來了嗎？這聯子確實不是朱師傅出的，是我自己想出來的。」說到此處，生怕弘晟不高興，他急著補充：「不過下聯真的是想了一整天都沒結果，還被三哥看出來了，可見弘曆不及三哥良多。」

看著朝自己拱手的弘曆，弘晟沒什麼好臉色。「不用在這裡給我戴高帽討好我，說吧，你做這麼許多到底有什麼目的，若是想讓我與熹妃好生相處，你想都不要想。」

「三哥誤會了，我並不曾想過這些，只想讓三哥高興些。」弘曆語氣誠摯地道：「我知道三哥對我有成見，說實話，我也一樣，可是咱們終歸是兄弟。原本宮裡頭兄弟就少，二哥又已成家，只剩下我與三哥還有弘晝三人，我是真心希望咱們兄弟間可以好好相處。」

「說的比唱的好聽。」弘晟對他的話嗤之以鼻，根本不相信弘曆會想要與自己親近，他們兩人像仇人更甚過兄弟。

「不論三哥信不信，我說的都是真的。」弘成神色微黯，這個念頭是在第一次來佛堂看到弘晟躲在角落裡暗自垂淚時出現的，連他自己都覺得奇怪，難怪弘晟會不信。

「好了，我先回去了，三哥吃飯吧。」弘曆提了籃子準備離開，卻被弘晟叫住了。

只見弘晟用力咬著下唇，把那裡咬得發白，慢慢走到弘曆面前，用他這輩子最鄭重的語氣，一字一句道：「老四，你如果能幫我重新回到額娘身邊，我這一輩子都會感激你。」

而這，也是他第一次這樣喚弘曆。

「你……」弘曆一驚，隨即意識到弘晟不是在開玩笑，一直到現在他都想著回翊坤宮，神情慢慢嚴肅起來，沉聲道：「你明知道這不可能……」

弘晟立即接口：「你不試怎麼知道不可能。」停了片刻，他又道：「老四，我真的很想額娘，只要能回到翊坤宮，往後你讓我做什麼都行，哪怕以後要唯你之命是從也可以，只求你幫我！」

「可是……」弘曆一臉為難，沒想到弘晟給自己出了這麼大一個難題，答應不是，不答應也不是，實在左右為難。

「老四，求你幫我，眼下除了你，我已經不知道還能求誰了。」弘晟拱手揖到底，臉上盡是哀戚之色。一出身就為王府阿哥，隨後又成為身分更尊貴的三阿哥，還有一個貴為貴妃的額娘，予取予求，何曾有過這樣低聲下氣的時候，然現在他已顧不得這些了。

「我……」弘曆猶豫許久，終是不忍心看他這樣，彎腰扶起弘晟。「也罷，我盡力一試吧，但能否說動皇阿瑪，我並沒有把握，三哥當知道你額娘現在這個身分並不能撫育皇子。」

弘晟激動不已，用力點頭道：「我知道，不論成與不成，我都不會怨你。老四，以前的事是三哥錯了，三哥犯渾，你別怪三哥好嗎？」

弘曆微微一笑道：「我若是見怪，就不會連著幾日來這裡了。不管怎樣，你都是我三哥，誰也改變不了的事實。」

弘晟激動得說不出話來，這一刻，他對弘曆再沒有了原來的仇視。當他如明月當空之時，身邊盡是阿諛奉承之人；但他落魄後，那些原本三阿哥長、三阿哥短的人都不見蹤影，把他像個球一樣推來推去，反倒是弘曆變著法子讓自己開心，甚至答應幫自己去跟皇阿瑪求情。

即便弘曆只是為了安慰自己而信口一說，也好過那些人，更何況他清楚弘曆的性子，要嘛不說，說了就一定要做到。

「你……用過膳了嗎？」弘晟突然問了一句，神色有些扭捏。

弘曆感到奇怪地道：「沒有，三哥有事嗎？」

「如果你沒用過，在這裡一道用點兒如何？」弘晟不自然地說著，活了十四年，他還從沒跟什麼人這般示好過，實在不習慣。

弘曆愣了一下，旋即一抹明亮的笑容出現在臉上，重重地點頭道：「好啊，除了中秋還有除夕夜宴之外，我還從沒與三哥一道用過膳呢！」他心裡也知道這是弘晟的示好。

「可是這裡只有一副碗筷、一碗米飯。」弘晟有些為難地說道。

「這有什麼，讓他們再送一副來就是了。」弘曆到門口交代一聲，立時有小太監拿了乾淨的碗筷來。那小太監倒是機靈，連米飯也盛好了。

這頓飯不論對弘曆還是對弘晟而言，都是意義重大。在今日之前，他們從未想過，有朝一日竟能靜下來一道吃飯，還有說有笑，弘晟甚至夾了一塊雞肉放到弘曆碗中。

世事，真是奇妙得讓人難以置信。

而這，也讓弘曆下定決心要幫弘晟一把。他知道額娘肯定是不會同意的，所以此事他連額娘都沒有說，翌日下課後，連承乾宮也沒回，直接去了養心殿，令伺候他的小太監感到奇怪，卻也不敢多問。

胤禛見弘曆過來，甚是歡喜，問了他幾句功課。最近國事繁忙，他對子女的關注少了許多。

弘曆在一一回答了胤禛的提問後，見胤禛神色頗為滿意，趁機道：「皇阿瑪，朱師傅剛教了一段話，兒臣不是很明白，能否請皇阿瑪給兒臣解釋一番。」

「是什麼，說來聽聽？」胤禛頗為喜歡這個聰敏慧黠的兒子，聽得他這麼說，合上奏本，饒有興趣地問著。

弘曆趕緊答：「老吾老，以及人之老；幼吾幼，以及人之幼。」

胤禛微微點頭，道：「這是孟子說的，與那孔子說過的話是一個道理。故人不獨親其親、不獨子其子，使老有所終，壯有所用，幼有所長、鰥寡孤獨廢疾者皆有所養。」說到這裡，他話音一頓，若有所思地看著弘曆。「這個道理你當真不懂嗎？還是另外有話與朕說？」

弘曆垂下頭來道：「兒臣懂書上所說，卻不懂人所做，所以才想向皇阿瑪問個明白。」

第六百八十六章　班師還朝

「是什麼？」

胤禛的聲音帶上幾分無法抗拒的威嚴，令弘曆身子一顫，但還是堅持道：「年常在雖犯下大錯，但其終歸是三哥生母，她與三哥互相惦念對方，皇阿瑪何必非要將他們分開呢？既然連別人的孩子都可以當成自己的孩子看待，為何對親生兒子卻要這般嚴苛。」

胤禛臉色陰沉了一下，盯著弘曆道：「這番話都是誰教你說的？」他不相信弘曆會無緣無故跑來說這些，必定是有人指使，凌若嗎？

「沒有人指使兒臣，是兒臣的意思。」弘曆努力讓自己迎著胤禛審視的目光不躲閃。「皇阿瑪，兒臣這些天親眼看到三哥的難過，他真的很思念年常在。」

「思念與否是他的事，宮規擺在那裡。何況你別忘了，當初年常在要陷害的可是你額娘，你不恨她嗎？還有弘晟，他以前這樣欺負你。」

弘曆沉默不語，好一會兒才道：「兒臣恨她，可恨不是所有，額娘教過兒臣一句話，『可恨之人必有可憐之處』，所以兒臣也可憐她。至於三哥……」弘曆低一低頭，說了一句話：「不管他做什麼，始終都是兒臣的兄弟，既是兄弟，便不該恨。記得皇阿瑪曾教導過兒臣，兄弟之間一定要和睦友愛。」

弘曆這番略有些直白，卻處處透著自己想法的話，令胤禛大為驚奇，同時也肯定了確實沒有人教弘曆，否則他不會說得這麼直白。

「皇阿瑪，求您開恩，讓三哥回翊坤宮吧。」弘曆再一次請求。

胤禛沒有責罵他，也沒有生氣，只是淡淡地道：「讓弘晟回翊坤宮只需要朕一句話即可，但你有沒有想過，今日朕為弘晟破了規矩，那下次別人是否也可以這樣來求朕？到時候，每一個人皆將宮規還有朕說過的話當成空氣，那朕還有何威信可言，又該如何去治理國家？」

這句話說得弘曆啞口無言，半晌才擠出一句話來。「可也有句話叫：法律不外乎人情。」

他話音還沒落，胤禛就立刻接上來：「那朕也提醒你一句，天子犯法與庶民同罪。你今日同情一個弘晟，明日是否該去同情死囚，讓朕也放了他們，甚至一併取消死罪？到時候，這大清還成樣子嗎？惡人燒殺擄拐、姦淫婦女，官兵卻坐視不理！」

「兒臣不是這個意思，兒臣只是想——」弘曆被胤禛一番猶如疾風暴雨的話嚇慌了神，連忙想要辯解，胤禛卻不給他這個機會，打斷了他的話。

「就是這個意思，朕並不是嚇你。沒有規矩不成方圓，治理好這個國家，不是你以為的這麼容易。」

聽到此處，弘曆明白，三哥一點兒機會也沒有了，當下低頭道：「兒臣知錯了，請皇阿瑪責罰。」

胤禛冷哼一聲道：「念在你年紀尚小，朕姑且饒過，下一次再想說什麼事，先思慮周全了再說。」其實弘曆小小年紀能有這份仁心，實在是難能可貴的事，然胤禛對弘曆寄予了不同於其他幾個兒子的厚望，是以對他特別嚴格，不允許他犯一點兒小錯。寬仁固然好，但婦人之仁卻易壞事。

「好了，你出去吧。至於弘晟……」胤禛聲音一頓，隨即道：「讓他好生在承乾宮待著，一切等將來再說。」

胤禛最後那句意思隱晦的話令弘曆燃起一點希望。皇阿瑪說「等將來再說」，興許會有轉圜的餘地。

「是，兒臣告退。」弘曆磕了個頭後退出養心殿。

看著重新關起的朱紅宮門，胤禛卻突然有些想笑。看來，以後在對待手足的問題上，弘曆會比他這個阿瑪做得更好。

當弘曆將胤禛的話原封不動轉告弘晟時，弘晟失望不已，但總算沒有絕望。而在弘曆的努力下，弘晟對承乾宮的抗拒心理也在慢慢消退，雖然還不待見凌若，但至少不會像以前那樣頑劣，有時還會回答幾句。

七月十七，凌若將弘晟放出佛堂，並且允他繼續去上書房聽朱師傅講課。每次下了課，他都要去翊坤宮看一下，弘曆會陪著他一道去，看他與年氏隔著一道宮門說話。

七月二十六日，年羹堯抵京，命軍隊駐紮在京郊。在本朝，沒有聖旨，軍隊絕對不允許入京城九門，否則等同於造反，步兵營、驍騎營、豐臺大營，隨時可勤王護駕，將其格殺。

得知年羹堯抵京，胤禛很是高興，命百官迎接，當中包括奉旨赴京集會、迎年羹堯得勝歸來的各省大員。這些官員在各省之中都是數一數二的大員，平常跺一腳，省府的地都會抖三抖，卻被勒令來迎接一個武將，心中的不滿可想而知。

當中又以負責這次迎接的允禟和允䄉最為窩火，他們可是皇子龍孫，居然來幹這種事，胤禛擺明了是故意埋汰他們，偏還不能不辦，實在可恨。

恨歸恨，該做的事情還是得做。為了給予年羹堯最隆重的歸迎，在這樣水貴如油的日子裡，胤禛命人灑水淨街。

負責灑掃的小吏，每一杓水潑下去都覺得一陣肉痛，他們雖比尋常百姓好一點兒，但同樣要算計著用水。

在奏響的迎樂聲中，意氣風發的年羹堯騎著神駿的高頭大馬自九門而入，在他後面跟著岳鍾琪及其他將領，最後面還跟著一輛囚車，一個人被關在裡面，除了羅布藏丹津還會有誰。

今日是難得的陰天，偶爾還有幾絲涼風，是以平常在家避熱的百姓都走了出來，爭相觀望打了勝仗的軍將。在騎馬入內後，面對拱手相賀的百官，年羹堯絲毫沒有下馬的意思，倒是岳鍾琪走下來朝各人還禮。

允禟心裡不快，面上卻帶著笑容，拱手道：「年將軍，恭喜你這次立下不世大功，實在可喜可賀。」

「九爺客氣了。」年羹堯在馬背上拱拱手，面對允禟依然神色倨傲。

是啊，允禟不過是一個不得信任的阿哥，他卻是皇帝寵臣，兩者孰輕孰重，相信是個人都分得出來。

第六百八十七章 狂妄

狗眼看人低的奴才！允禟在心裡罵了句，臉上的笑意絲毫不減，待得凱旋樂曲奏完後，方才再度道：「皇上特賜年將軍紫禁城騎馬之榮耀，請年將軍與眾位將軍即刻入養心殿參見聖駕。」

「不錯，我是要立刻去見皇上。」在說這話時，年羹堯面色有些陰沉，不知在想些什麼。他回頭看了還在朝眾位大臣一一施禮的岳鍾琪一眼，喝道：「上馬，隨本將軍入宮。」

「是。」岳鍾琪無奈地答應一聲，歉疚地看了眾官一眼，翻身上馬，隨年羹堯揚鞭策馬往皇宮而去。

剛行了一小段路，他便看到年羹堯急急勒住韁繩，他一時收勢不住險些撞了上去，趕緊穩住馬，道：「將軍，出什麼事了？」

年羹堯一言不發，順著他的目光望去，只見一個小吏正顫顫地跪在地上，旁邊還放著小半桶水。卻是他剛才灑水淨街時，忘了將桶子收回去，恰好擋了年羹堯的路。

「你怎麼做事的？還不趕緊將桶子拿下去。」允禟也看到這一幕，急急奔上來指著那小吏一通喝罵。

「小人該死！小人這就拿下去。」

小吏剛要去端桶，就聽得年羹堯道：「不必了，就放在那裡。」

小吏茫然地看著他，這桶子不拿下去，馬要怎麼過？雖說街道還算寬敞，但兩邊設了護欄，又有百姓夾道相看，還有文武百官擁擠在此處，這剩下的路便只能供一匹馬通過。

年羹堯冷眼看著小吏，道：「本將軍奉皇上之命奉守西北，如今更平定叛亂，奉命班師回京，你這個小吏卻故意擋本將軍的道，若在邊關，以你的罪行，便該殺頭。」

一聽這話，小吏頓時被嚇壞了，連忙道：「將軍饒命，小人只是一時疏忽，並非有意。」怕年羹堯不信，他又道：「小人見淨街後，這水還有剩下，便想待會兒回去的時候拿回家去用，所以才忘了搬下去。」

年羹堯聞言立時皺起眉頭，對他的話很是不解。年羹堯是名儒將，精通文章詩詞，所以他的面貌並沒有尋常將領、武夫的凶悍，唯有那雙眼睛較尋常人銳利許多，教人望之生畏。「水有什麼好拿回家的，又不是金銀珠寶。」

允禟忙解釋：「年將軍初初回京尚且不知，京城已經有數月未下雨，水源緊缺，如今所用的水都是從百里之外運回來的。若非為了迎接年將軍凱旋回京，皇上哪裡肯捨得灑水淨街，也難怪這小吏會起貪心。年將軍放心，本王待會兒自會處置他。」

年羹堯不屑地一笑，盯著小吏道：「好個沒出息的東西。水，哼！」

沒等眾人明白這哼聲的意思，就見年羹堯揚起馬鞭在馬屁股上用力抽了一下，馬兒吃痛，揚起前蹄就要奔，卻被年羹堯死死拉住韁繩，雙腳更像是鐵鉗子一樣夾在腹上，不許牠跑動。牠難受地嘶鳴一聲，前蹄胡亂地揚著，恰好踢在水桶上，將那小半桶水踢翻在地，在無數人炙熱又惋惜的眼光中將地面慢慢染溼。

「要水自己去運，這裡沒有給你的水！」扔下這句話後，年羹堯冷笑而去，餘下將士亦隨之策馬奔去，留下一眾臉色鐵青的大臣。

「狂妄！實在太狂妄了！」終於，有人第一個發話了，是一位巡撫。他在眾人當中，官職雖不算頂高，資歷卻極老，還是康熙二十一年的進士，那些總督見了，都客氣地稱一聲「老大人」，可現在卻被年羹堯視若無睹。他們在這裡等了小半天，可年羹堯從到來後就沒與他們說過半句，這等狂傲，實在是從未見過。

老大人的話起了個頭，後面跟著一連串的指責之聲，有人憤然道：「何止是狂妄，簡直是目中無人，自以為打了個勝仗就了不起了，哼，說到底還不是一介武夫。」

「還有那水，明明曉得京中水源稀缺，偏還要故意打翻。」有人連連搖頭。

「若不是事先淨過街，他奔得這般快，非要揚咱們一頭一臉的灰塵不可！」又有一人抱怨。對於胤禛召集他們來京城迎接年羹堯一事不滿至極。

圍觀的百姓也因為年羹堯踢翻了那桶水而對他印象極差，當今皇上尚且減冰供水，這位剛到京城的將軍卻比皇上的架子還要大。

允禟冷眼看著眾人在那裡抱怨，絲毫沒有勸解的意思。事實上，年羹堯做得越過分他就越高興，現在已經開始期待明日早朝的熱鬧場面了。

因為胤禛有旨，賜年羹堯紫禁城騎馬，是以到了宮門口，年羹堯並沒有下馬，逕自驅馬入內。

大內禁苑之中，揚鞭策馬，是何等威風得意，而年羹堯也成為雍正朝中第一個享有此等殊榮的官員。

至於隨年羹堯同來的岳鍾琪等將士只有豔羨的分了，一個個老老實實地在離宮門還有數十丈的地方下馬，徒步入內；至於羅布藏丹津亦被解下囚車，改以繩索縛住雙手，押了往裡走。

「奴才給年將軍請安，年將軍吉祥！」在進了宮門後，一個面生的太監斜刺裡衝出來，小步跑到年羹堯馬前，諂媚地打了個千兒。

「你是哪裡來的小太監？」年羹堯一扯韁繩，略有些不悅地問。今兒個剛入京就連著遇到兩個攔路的，看樣子這京裡的人倒比西北那邊還要不遵禮節，連宮裡的太監也如是。想他在西北多年，哪個不開眼的敢攔他的路？除非是活得不耐煩了。

小太監臉上的諂媚之意越發濃重，討好地道：「回年將軍的話，奴才奉皇上之命來給年將軍牽馬。」

「原來如此，那你起來吧。」聽得小太監這麼說，年羹堯臉色好轉了許多。他就說這宮裡頭怎麼會有這樣不開眼的奴才，原來是奉皇命而來，看來皇上對自己確實很重視，賜紫禁城騎馬不說，還專門讓人來替自己牽馬，不過……若牽馬的是四喜或蘇培盛就更體面了。

第六百八十八章　小太監

小太監答應一聲，上前牽了轡繩往養心殿而去。一路上，宮人遇之皆低頭退至兩邊，不敢有所衝撞，這樣的恭謹令年羹堯得意不已。

「你在瞧什麼？」見那小太監每每走幾步就往後看一眼，年羹堯奇怪地問。

「將軍恕罪。」小太監急忙回過頭來告罪一聲，又掩不住好奇，小聲地問：「將軍，那就是羅布藏丹津嗎？長得跟咱們也沒什麼兩樣，只是沒辮子罷了，不過瞧著倒是很凶悍。」

羅布藏丹津是藩邦異人，服飾與中原地區大不相同，也未曾梳辮子，想那小太監從未出過京城，所以一見之下起了好奇心。

年羹堯看了一眼遠遠落在後面的羅布藏丹津，冷然一笑道：「凶悍有什麼用，還不照樣成了本將軍的階下囚！」

小太監低垂的目光一閃，旋即已是一臉奉迎之色。「那是當然，任他如何凶悍狡詐，又怎及得上將軍英明神武？與將軍作對，簡直就是自尋死路。奴才雖然一直在宮裡，卻也常聞將軍威名，知道將軍乃我大清第一勇將，且能文能武，遠非那些只懂得拿刀拿槍的武人可比。」

「這是自然！」小太監的奉迎令年羹堯頗為受用，語氣比剛才好了許多，不過也沒有絲毫客氣的意思。

「將軍，您既然抓了他，為什麼不直接處置了，還要千里迢迢帶回京來？」小太監一臉不解地問著。

年羹堯低頭看了他一眼，淡淡道：「你這小太監問題倒是多得很。」

小太監嘿嘿一笑，撓著腦袋似有些不好意思地道：「奴才一直敬仰將軍，今日好不容易有機會見了，難免激動多話，還請將軍恕罪。」

「你一個太監敬仰本將軍？」年羹堯面色有些古怪又似有些不屑，對這些閹人，他從來都是看不起的，自然也看不起他們的敬仰；不過瞧在小太監對自己態度還算恭謹的分上，只是道：「你懂什麼，他犯的是謀逆造反之罪，若是在交戰中被殺了也罷，既是生擒，自然要交給皇上處置，本將軍豈能越權。」

小太監用空著的一隻手輕輕打了一下自己臉頰，道：「將軍說得對，是奴才糊塗愚笨，問這種不該問的問題。」停了一會兒，他又討好地笑道：「奴才可是聽到一件事，與將軍有關，不知將軍是否有興趣一聽？」

「哦？是什麼事？」聽聞與自己有關，年羹堯不禁來了興趣。

小太監臉上的笑意越發濃了，盈滿了他臉上的每一處笑紋，令那張頗為清秀的臉有些變形，他神祕兮兮地道：「奴才聽養心殿的蘇公公說，皇上打算封將軍為異姓王呢！」

即便位及人臣，手握數十萬兵權的年羹堯，聽得「異姓王」三字，也不由得狠狠吃了一驚，隨即難以言喻的狂喜在心底快速蔓延。他太清楚「異姓王」這三個字的分量了，除卻開國之初的四位異姓王之外，大清就再沒有封過，竟要破例在自己身上。

皇上，皇上果然如此看重、厚待於他！這樣的認知令年羹堯激動不已，騎在馬背上的身子微微顫抖。

這樣的顫抖透過韁繩傳到小太監手上，令他臉上閃過一抹異色，但很快的又被笑容掩了下去；再加上年羹堯一心一意想像著自己封王後的風光榮耀，根本沒有注意到這個在他眼中猶如螻蟻一般的閹人。

之後小太監又說了些話，只是年羹堯沒有任何心情搭理，只盼著快些到養心殿，接受胤禛的封賞，然後將家宅門匾上「年府」兩個字改成「王府」，只是想想便覺得無比暢快。

當然，除此之外，他還要做另外一件事，那就是關於他妹妹素言的。他在西北的時候，家中已經寄信給他，說是妹妹在宮中出了事，被皇上貶斥為常在，連弘晟也不能撫養在膝下。

素言是姓年的，不論犯了什麼樣的錯，都不該貶為低賤的常在，這樣的名分不只是在羞辱素言，也是在羞辱整個年家，所以他一定要設法求皇上重新加封素言。

在這樣的心思中，養心殿近在咫尺，小太監已經能夠看到守在外頭的四喜與蘇培盛。他低頭一轉身子，背對兩人，對年羹堯再次打千，奉迎道：「前面就是養心殿了，奴才該告退了，奴才先在這裡恭喜王爺千歲，千歲千歲千千歲！」

小太監的聲音不大，不過已經足夠岳鍾琪等人聽到了。岳鍾琪深深看了一眼小太監離去的背影，道：「將軍，末將總覺得這個小太監有些怪怪的，而且將軍受封一事，連朝中大臣都不知道，他一個小太監怎可能那麼湊巧地聽說了？」

年羹堯不以為意地道：「有什麼好奇怪的，世間事本來就是無巧不成書，你這個人旁的都好，就是小心過了頭，隨便遇到個人都要揣測半天，打仗也一樣。兩軍交戰，最重要的就是抓住時機，像你這樣猜來猜去，早被人一鍋端了。」

岳鍾琪也是好心提醒，不承想卻換來這一樣頓斥罵，實在讓人不知該說什麼好。岳鍾琪也不好與他爭辯，尤其是在皇宮內苑中，只得道：「將軍教訓的是，是屬下多心了。」

「好了，隨本將軍進去覲見皇上吧。」年羹堯下了馬，大步往養心殿走去。

他剛到近前，蘇培盛與四喜就一道打了千兒行禮，笑容滿面地道：「恭喜將軍得勝歸來！」

「起來吧。」因為知道自己將要被封為異姓王，年羹堯心情極好，連帶著臉上也有了笑容。

以前與他有過幾次接觸的四喜受寵若驚，倒是蘇培盛沒什麼感覺。他是胤禛登基後才調來養心殿伺候的，與年羹堯尚是頭一次接觸，自然無從比較。

「皇上與怡親王還有張大人都在裡頭呢，將軍與眾位快些進去吧。」四喜恭謹地說著，對於剛才替年羹堯牽馬的小太監倒是沒有多問。如今哪個不知道年羹堯是皇上面前的大紅人，多的是想巴結他的人。

年羹堯依言入內，待得養心殿大門重新關閉後，站在暗處的凌若方收回目光，之前替年羹堯牽馬的小太監正一臉恭敬地站在她身後。

第六百八十九章 算計

「楊海。」凌若側目對扶著自己的楊海道：「你這個徒弟很機靈，那一席話既將本宮要讓他傳的話說了出去，又講得滴水不漏，令年羹堯絲毫未起疑。」

「主子謬讚了，這小子不過是有幾分小聰明罷了。」楊海這般說了一句，又對後頭的小太監道：「愣著做什麼，還不趕緊謝主子。」

小太監聞言，趕緊走到凌若面前跪下，恭聲道：「奴才小鄭子謝主子獎賞。」

凌若微微頷首。「嗯，跟著你師父好生做事，往後本宮還有倚仗你的地方。」

待小鄭子退下後，楊海扶著凌若慢慢往承乾宮走去。途中，凌若見他一副欲言又止的樣子，遂道：「可是奇怪本宮為何要讓小鄭子去說這些？」

楊海老實地道：「是，奴才確實不解。上次聽得主子說起，皇上明明已經聽從主子的勸告，改封年將軍為三等輔國公，不封異姓王了啊。」

凌若隨手折了一朵不知名的紫藍色小花把玩，徐徐道：「就因為皇上不封，本宮才要借小鄭子的嘴傳這個話。楊海，你覺得年羹堯是一個什麼樣的人？在本宮面前不必忌諱，但說無妨。」

楊海答應一聲，仔細想過後方道：「年將軍既能平定西北就表示他確實能力出眾，有驚世之才；但聽著小鄭子剛才的話，又覺得年將軍有些居功自傲。」

「年羹堯是一個非常以自我為中心的人，且對自己有極強的信心，這樣的性格註定了他在尋常人之中的突出，但也註定了他一個致命的缺點——自以為是。」凌若低頭嗅了一下散發著淡淡清香的花朵，續道：「以他平定羅布藏丹津的戰功，封一個三等公並不算委屈，若無小鄭子那番話，想來年羹堯也會很開心。只可惜……」

聽到這裡，楊海已經反應過來，在凌若有意放慢語速時，接過了話道：「只可惜主子事先讓他以為皇上會封他為異姓王。」

「不錯。」凌若手指一彈，花朵墜在地上，隨即被花盆底鞋毫不留情地踩過。「如此一來，當皇上告訴他僅封為三等輔國公時，就會造成一個巨大的落差，令年羹堯心理不平衡，更會認為皇上薄待了他出生入死的戰功。只有在這種情況下，才可以令他與皇上產生嫌隙。」

在漸趨冰冷的語調中，凌若緩緩說出自己的打算。自胤禛接受自己建議，封年羹堯為輔國公時，她就已經有了這個打算。

年氏幾次三番鑄成大錯，胤禛卻一直容忍，處罰僅是降位分與禁足，無非就是因為年羹堯。只有先除了年羹堯，才能徹底除了年氏，否則在朝堂與後宮關係緊密的情況下，胤禛永遠不會對她下狠手。

「年將軍會中計嗎？」楊海小聲問了一句。

凌若望一望絹傘外無比晴好的天空，淡淡道：「本宮之前還有所擔心，但現在卻不會了。年羹堯此人比以前更加居功自傲，目中無人，且風頭太盛，豈不知『木秀於林，風必摧之』的道理。」

「可他有皇上的寵信傍身。」楊海還是有所擔心。皇上對於年年將軍的寵信除卻十三爺之外，再無人可及。

「那也是以前的事，瞧著吧，年羹堯早晚會自尋死路。」如此說了一句後，她又道：「好了，此事到此為止，不要再說起了。另外，記得要好生照顧三阿哥，不管怎樣，他如今在本宮宮中，就絕不允許出任何事。」

「主子放心吧，奴才一直讓人盯著三阿哥呢，出不了事。」楊海知道她的擔心。三阿哥是年常在的兒子，而年常在與自家主子又向來不合，一旦三阿哥在承乾宮裡出了什麼事，必然會被人以為是主子有意加害他，到時縱有一百張嘴也說不清了，更不要說還有一個皇后在那邊虎視眈眈。

年羹堯進了養心殿後，果見胤禛端坐在御座上，允祥與張廷玉分立兩旁。

他剛一進殿，眉頭便微不可見地皺了一下，因為他發現養心殿中竟然沒有放冰，令得空氣中透著一股難言的悶熱。

堂堂天家，竟然連冰都吝嗇放一塊，真是令人意想不到。然這些話卻不便當著胤禛的面說，年羹堯壓下心中的不滿，拍袖屈膝行跪拜大禮。「奴才年羹堯叩見皇上，皇上萬歲萬歲萬萬歲！」

隨同他進來的眾將士也一併行禮，一時之間，山呼之聲響徹養心殿。

胤禛心情極好，在示意眾人平身後，命跟隨進來的四喜與蘇培盛給他們看座，眾將又是一陣謝恩後，方才紛紛落座。

他們都是知道的，皇上這次召見將會對他們論功行賞，雖知年羹堯必是頭一份的獎賞，但也是滿心期待。他們身為武將，在戰場上出生入死，為的不就是那一份份可以換取祿位榮華的軍功嗎？

「亮工，你我君臣，有一年多沒見了吧？」面對這位自己一手提拔起來又屢屢立下戰功的愛將，胤禛滿臉笑意，他已經很久沒有這樣高興過了。

「是啊，亮工，皇上自知道你打了勝仗要還京，便一直盼著這一天了。」允祥在一旁笑著說道。亮工是年羹堯的表字。

「蒙皇上看重，奴才實在惶恐。」年羹堯在椅中稍稍欠身，話雖如此，神情間卻頗為自得。確實，軍功給了他足夠自傲的本錢。

胤禛微一點頭，又含笑望著餘下的將士道：「自然，你們與亮工一樣，皆是大清的功臣，既然有功就該賞。四喜，宣旨！」

「嗻！」四喜躬身答應，取過胤禛一早擬好的聖旨唸了起來。

胤禛依照奏報上所羅列的功勞，封賞了他們所有人，岳鍾琪在諸人之中封賞最高，為正三品二等輕車都尉，最低者未封爵，僅賜銀五百兩。但這樣的賞賜於他們而言已是極為豐厚了，所以並沒有任何不滿，唯有岳鍾琪跪在那裡微微苦笑。不過還有一點令人奇怪，這封賞中竟然沒有年羹堯的名字，不過年羹堯並不著急，異姓王，自然是要專門擬一份聖旨，怎會與這些雜七雜八的封賞混在一起。

果然，在四喜唸完一長串的封賞，眾人謝恩起身後，胤禛揮手道：「再唸另一份。」

四喜聞言，鄭重地捧過另一份聖旨道：「年羹堯聽旨！」

「年羹堯聽旨！」隨著這句話，年羹堯撩袍跪地，靜靜等待著自己此生最榮耀的一刻，雙手因為興奮已經緊緊握在一起。

「奉天承運皇帝，詔曰：年羹堯平定西北叛亂，立下有功，理應封賞，封為三等輔國公，世襲罔替，欽此！」

第六百九十章　落差

聽到這份旨意，年羹堯整個人都愣住了。怎麼只是一個三等輔國公，不是異姓王嗎？

雖然輔國公已經是超品，但與異姓王如何可以相提並論，讓一直以為自己將被封王的年羹堯無法接受。其實年家在朝中的勢力已經足夠大了，連皇后的娘家也略遜一籌，但沒有人會嫌權勢太大，都盼著能多一些再多一些，年羹堯亦如此。王府與輔國公府之間，當然是希望前者了。

岳鍾琪等人也有些發愣，剛才他們幾個跟得緊的人都聽到小太監的話，說皇上準備封年羹堯為異姓王，為何如今又不封了？果然那個小太監有古怪嗎？

允祥他們卻不曉得這些，見年羹堯神色發愣，跪在那裡遲遲未領旨謝恩，只道他驟然獲此榮封，激動得過了頭，遂笑道：「亮工怎麼了，可是高興得不知如何是好了？」

允祥的話驚醒了年羹堯，下意識地脫口道：「為什麼不是……」剛說了半句，他便意識到不好，趕緊收住話。身為臣子，豈能在君王面前說這種話。

「不是什麼？」見他話說一半，允祥好奇地問著，胤禛也露出同樣的疑問。

年羹堯縱然再不滿，也不敢將心裡話說出口，他自大不假，卻不笨，當下不自在地笑了笑，掩飾道：「沒什麼，奴才過於激動，所以有些語無倫次。」隨即，他磕頭伸出雙手接過聖旨。「奴才謝吾皇隆恩。」

原本這句話後面，還應該山呼萬歲，可是年羹堯心中不滿，竟是有意無意地將這句省略了；不過這原本就不是什麼要緊的事，胤禛也未挑他的理。

待年羹堯落座後，岳鍾琪拱手道：「皇上，羅布藏丹津已被生擒，如今正在殿外，等候皇上處決。」

「把他帶進來，朕想親眼看一看這個膽敢叛亂造反的人。」胤禛陰陰說道，唇邊是令人不寒而慄的笑意。

隨著胤禛的話，立刻有人將渾身綁得跟個粽子一樣的羅布藏丹津帶了進來。此人進來後，嘰哩咕嚕說著沒人聽懂的話，應該是他們那邊的土語。

「年將軍，他不會說漢文嗎？」張廷玉皺眉問著年羹堯。

年羹堯猶自沉浸在失去異姓王爵的失落情緒中，哪有心情理會張廷玉，還是岳鍾琪代為答：「回張大人的話，這羅布藏丹津精通漢文，他是故意在這裡說著咱們聽不懂的話，微臣有辦法讓他說漢文。」他走到羅布藏丹津跟前，衝著對方小腹就是一拳。岳鍾琪是武將，這一拳力道極大，直把羅布藏丹津打得說不出話來，而岳鍾琪猶冷笑道：「你要是再說一句鳥話，我就再打你一拳，再說十句就打你十拳，你盡可試試。」

待得痛意稍緩後，羅布藏丹津吐出一句純熟的漢文來：「你好卑鄙！」「不及你，最好老實點兒，雖說死罪是免不了的，但至少可以少受點痛苦。」岳鍾琪雙目冷意閃爍，意有所指地說了一句，隨後退了開去。

胤禛仔細打量了羅布藏丹津一眼，冷笑道：「朕一直在想，有膽子敢造朕反的會是一個什麼樣的人，現在看了也不外如是。」

「哼，我不過是一時大意，上了姓岳的當罷了，否則，哼，就憑你們幾個根本奈何不了我！」到了這個時候，羅布藏丹津竟還一臉桀驁不馴。

允祥第一個聽不下去，喝斥道：「好一個狂妄自大之徒！我大清人才濟濟，戰士驍勇善戰，憑你一個藩邦小部落也想造反，簡直就是痴心妄想！」

「是不是痴心妄想，你問問你們的年大將軍就知道了，他可是差點……」羅布藏丹津剛說到這裡，小腹上就再次挨了一拳，而且這次比剛才重了數倍，直接把他打飛出去。

不等羅布藏丹津緩過神來，他耳邊已經傳來幽森如從地獄而來的聲音——

「我已與你說過，此事不准再說，作為交換條件，我保你在來京的路上不受任何折磨。如今我做到了，你卻想要毀約嗎？這我可不喜歡。羅布藏丹津，再敢胡說一個字，我保證會讓你在臨死前受盡所有酷刑，求生不得，求死不能！」

羅布藏丹津心驚膽顫，他自然聽出這個聲音是誰，也知道這個男人說得出做得到，所以，在被粗魯地從地上拉起來後，他知趣地閉上嘴巴。

「亮工，他剛才那話是什麼意思？」胤禛有些莫名地問。剛只看到年羹堯突然將羅布藏丹津揍飛，隨後又將他從地上拎起來。

年羹堯眼珠子一轉道：「回皇上的話，奴才在與他交戰時，他曾使詐想誆奴才，虧得奴才及時識破，才沒有上了他的當。」

在聽到年羹堯的話時，岳鍾琪臉上的苦笑更甚，他旁邊一個將士嘴脣動了一下，似想站起來說話，卻被岳鍾琪死死按住手，同時衝他微微搖頭。

胤禛沒注意到這些小動作，允祥卻看在眼裡，再聯想到剛才年羹堯明顯不想讓羅布藏丹津把話說下去的舉動，不由得對他們在西北的戰事起了點疑心。打勝仗是肯定的，但這勝仗是如何得來，就有待斟酌了。

這個時候，胤禛已經想好了如何處置羅布藏丹津。「來人，羅布藏丹津謀逆叛亂，著即受五馬分屍之刑。」

這是一個比砍頭更痛苦的刑罰，將犯人頭頸與雙手雙足分別綁在五匹馬上，然後騎馬者策馬往前奔，得用巨大的拉力將犯人生生撕裂，場面極是血腥恐怖，一般只有犯下十惡不赦或是造反重罪時才會用此刑。

就在侍衛帶了面如死灰的羅布藏丹津下去時，允祥突然主動請纓：「皇上，不如由微臣去監刑吧。」

胤禛雖奇怪他的要求，卻也沒有多問，頷首道：「你願意去就去吧，記得早些回來，今日亮工他們凱旋歸來，朕在宮中設宴慶賀。」

「微臣知道。」允祥答應一聲，跟著押羅布藏丹津的侍衛而去。

在允祥離開後，胤禛又問一些關於西北戰事的情況，年羹堯一直顯得有些意興索然，泰半是由岳鍾琪在回答。這樣怪異的情況，胤禛也看出來了，是以在讓眾將去往乾清宮赴宴時，單獨將年羹堯留下來。

第六百九十一章　請求

胤禛走下御座，和顏悅色地道：「亮工，你我君臣相識多年，如今此處沒有旁人，你若有事盡可與朕說。」

年羹堯沒有事，只是有一肚子無法說出口的不滿罷了。想他鎮守西關邊陲之地，又拚死拚活，平定了羅布藏丹津之亂，臨到頭卻僅掙到一個三等輔國公的爵位，異姓王一事胤禛連提都不提，心裡著實不是滋味。

在勉強平息了幾分怨氣後，他垂首道：「回皇上的話，奴才並沒有什麼事。」

「既如此，為何剛才少見你說話？還是說趕了月餘的路，身子疲累？」

胤禛的話，給了年羹堯一個不錯的藉口，當下接口：「正如皇上所言，許是因為打了半年多的仗，得勝後又急著回京，當中不曾有休息，所以奴才這幾日總覺得身子不太對勁，提不起勁來。」

「朕知道你辛苦。」胤禛用力拍著年羹堯的肩膀道：「現在叛亂已平定，你不需要急著回西北，在京中好生休養，一切等身子好了再說。西北苦寒辛苦，朕是知道的，朕也在考慮是否乾脆讓你回京任職。」

年羹堯心下倏然一驚，回京？他根本想都沒想過。如今在西北一地，他簡直就與那土皇帝無異，說一不二，想怎樣便怎樣，不知多逍遙自在。一旦回了京城，便要時時處在皇帝的眼皮子底下，還有言官盯著，處處都得小心謹慎，哪裡有在西北那麼逍遙自在。

這般想著，年羹堯嘴上卻是說得冠冕堂皇：「奴才也想時時刻刻伺候皇上左右，可是現在西北甫定，奴才恐有餘黨作亂，與其再換一個人去守著，還不如奴才在那裡多待幾年，等到西北確實安定下來後，再回京伺候皇上。」

年羹堯這番一心一意為國家社稷著想的說詞，讓胤禛頗為歡喜，根本未曾疑心這位心腹愛將的真正心思，頷首道：「也罷，就再委屈你幾年，等你下次回京時，朕封你個一等公！」

這對別人來說已經算是無以復加的榮耀，在年羹堯看來卻遠遠不足，他要的是封王！異姓王！

恐怕連始作俑者的凌若都沒想到，異姓王竟然會成為年羹堯的心魔，讓他發了瘋一樣地想要得到！

「奴才謝皇上隆恩！」年羹堯扯出一抹難看的笑容，隨後又道：「奴才還有一事想求皇上。」

「何事?」胤禛不在意地問著,然隨著年羹堯後面的話,他的臉色卻是漸漸沉了下來。

「啟稟皇上,奴才聽聞貴妃因故犯錯,被貶為了常在,連三阿哥也交給了其他娘娘撫養。貴妃是奴才最疼愛的妹妹,得知此事後,奴才甚是不安;貴妃是奴才看著長大的,雖說性子驕縱些,本性卻是極好的。奴才斗膽想著,當中是否有什麼誤會?」

在片刻的靜默後,只聽得胤禛緩緩道:「時移世易,素言早已不是亮工你認識的那個人了。錯,她已經承認,沒有任何誤會,她下毒謀害二阿哥並妄圖將下毒一事栽贓嫁禍於熹妃,朕只降她為常在,已是法外開恩了。」

此事年羹堯早就知道,絲毫沒有意外,繼續說道:「貴妃這麼多年來一直盡心盡力伺候皇上,又先後生下兩位皇子。就算她真有什麼不對的地方,也請皇上看在這二十年的情分上,饒過她一回吧。」

年氏早已被降為常在,可年羹堯卻依然一口一個貴妃,令胤禛聽著十分刺耳,更有一種權威被無視的感覺。若非面前站著的是他一直倚重信任的年羹堯,早已發怒,饒是如此,心中也生起極大的不喜,扯一扯嘴角道:「功歸功,過歸過,功過豈能相抵。亮工,今日是你凱旋回京的好日子,這些事不提也罷。」

「皇上!」年羹堯從來就是一個護短的人,他又一直疼愛幼妹,哪裡肯就此甘休,何況還有另一個不可告人的目的,跪下道:「貴妃縱有千般不是,也是您的枕邊人，再說還有三阿哥，不看僧面看佛面，您……」

「亮工！」胤禛的聲音比剛才還要低沉，面色更是猶如罩了一層寒霜，拂袖轉身道：「後宮不議朝堂之事，朝堂也不該過多地議論後宮一事。此事到此為止，不要再提了。」

年羹堯爬到胤禛面前，磕頭垂淚道：「皇上，奴才這些年來在西北吃沙喝風，身先士卒，從未抱怨過一句，唯一盼望的就是家人平安喜樂啊！」

「放心，年常在平安得很。」胤禛說話時刻意咬重了「年常在」這三個字。

「可是貴妃與三阿哥母子分離，心如刀割，又怎會有喜色？」年羹堯再度磕頭，哀聲道：「求皇上念在奴才這些年盡心盡力為皇上、為大清效忠的分上，再給貴妃一個機會。」

年羹堯自然不僅僅是因為護短，而是為了更大的目標。想讓弘晟繼承大位，一個身為常在的額娘是絕對不行的。這樣的出身，不管她生的兒子再怎麼出色，都是不可能登上那個位置的，康熙帝時的八阿哥就是一個活生生的例子。

所以，他一定要再扶素言坐上貴妃的位置，唯有如此，弘晟才有機會登基為帝。至於胤禛這邊，他相信憑著自己與胤禛多年的君臣之情，又剛立下不世之功，定然可以說服對方。

然，年羹堯想得太過理所當然，同時他也忘了自己的身分，不管怎樣得寵信任，他都只是一個奴才，豈有奴才逼主子的理。

而他更低估了胤禛對權力的絕對掌握之心，與君王相處，共患難易，同富貴難。何況事情發展到這個地步，年氏的復位與否，已變成了君權與臣權的碰撞。

胤禛一言不發地走上臺階，端起放在小几上的茶，剛抿了一口，便將茶盞砸向了戰戰兢兢站在一旁的四喜。「狗奴才，怎麼沏的茶，竟然這般燙！」

四喜嚇得連忙跪地請罪。「奴才該死，奴才這就去重沏。」他一邊說著一邊收起砸在腳邊的碎瓷盞，快步退出養心殿。

在等茶水重新沏來的過程中，胤禛未說過一句話，令殿中本就悶熱的空氣越發難受。尚跪在地上的年羹堯有些後悔自己剛才過於急進，萬一真惹怒了胤禛，該如何是好？

第六百九十二章　宴席

就在年羹堯忐忑不安的時候，四喜重新沏了茶進來，小心翼翼地端到胤禛面前。「皇上請喝茶。」

四喜已經做好了再被罵乃至被潑一身的準備，豈料胤禛出人意料的平靜，什麼也沒說，只是接過茶水一口接一口地抿了起來。

面對胤禛如此大的反差，四喜詫異地抬了下眼，但很快的他就惶恐地低下頭。根本、根本、根本沒有什麼平靜。只是一瞬間，便讓他深深感覺到那雙眼底裡蘊藏的怒火。四喜覺得再多看一會兒，自己整個人就會被焚燒殆盡，連一絲灰燼都不會留下。

皇上……這次真的很生氣。

有了這個認知，四喜越發垂低了頭，連眼皮子都不敢抬。

年羹堯並不曉得剛才那一席話已經令他在胤禛心裡的印象大打折扣，還僅僅是覺得自己有些過於急進，逼得太緊了些，應該緩緩再說。

直至將一盞茶全部喝完，胤禛方才壓下心中的怒火。在放下茶盞時，那張臉忽的浮現出一絲笑容來，並且不斷擴大，而且變得越來越真摯。

他走到年羹堯身前，親自扶起對方，和聲道：「亮工起來。」

胤禛驟然改變的態度令年羹堯愕然不已，站起身，好半天才找到舌頭。「皇上，您……您不生奴才的氣了？」

胤禛握了他的手，和顏道：「朕與你多年君臣，你什麼性子，朕還會不知道嗎？性子耿直，說話直接，不過對朕卻是極忠心的，這一點朕從未懷疑過。」

聽得胤禛這麼說，年羹堯心下一激動，挺直了身子道：「是，奴才對皇上一片忠心，日月可鑒。」

「所以，朕又怎麼會生你的氣。坐下吧，雖說朕現在是皇帝了，但也不想與你生分了去。」胤禛語氣越發溫和，待年羹堯坐下後，又道：「剛才你與朕頂了幾句，朕一時動氣也是難免的，不過靜下來後，發現你說得也有幾分道理。素言陪了朕二十年，這份情意著實難能可貴，縱不能相抵，也該著情斟酌才是。」

年羹堯心下一喜，忙道：「那皇上的意思是……」

「復位一事，朕會鄭重考慮，斷不會委屈了素言。」從始至終，胤禛臉上都掛著親切的笑意。

年羹堯聽得此話，大喜過望，連忙跪下道：「奴才謝皇上隆恩，皇上萬歲萬歲萬萬歲。」

再次扶起年羹堯，胤禛感慨地道：「不必如此多禮，你我既是君臣，也是知己，朕盼著與你做一個千古君臣知遇的榜樣。」

胤禛的話令年羹堯心頭一熱，動容地道：「奴才不過一介庸愚之身，能得皇上看重，實是奴才三世之福，奴才無以為報，唯有以此身、此命，報皇上的知遇之恩。」

胤禛深深地看了他一眼。「你的功績朕心裡清楚，不只朕一人記著，世世代代都要記著，若稍有負心，便不是朕的子孫臣民。」

「皇上如此厚待，奴才……奴才……」年羹堯激動得說不出話來。

胤禛笑笑道：「好了，時辰不早了，隨朕去乾清宮吧，莫要讓他們久等了。這次你平定西北歸來，立下大功，朕心中也極是高興，所以早早將各省的總督、巡撫傳到了京城，共同慶賀此次叛亂的平安。」

「是，皇上請。」雖然心裡還有未封異姓王的怨氣，但胤禛言語間一再的重視厚待，還是令年羹堯頗為歡喜，連帶著神色也比剛才恭謹許多。

胤禛從年羹堯身邊走過，在無人看到時，笑意瞬間消失無蹤，取而代之的是與夏日格格不入的冷意。

當他們來到乾清宮中時，眾位大臣已經齊聚在裡頭，在他們面前是兩人一張的宴席，上面擺著一應時令水果與香茗，以做正式宴席開始前的開胃。

看到胤禛進來，眾臣連忙起身拍袖行跪拜禮。「臣等叩見皇上，皇上萬歲萬歲萬萬歲！」

胤禛越過眾人，至正中的椅子坐下，隨後才揮手示意眾人平身，含笑道：「平素裡，可是難得人這麼齊。四喜，讓御膳房開席吧。」

「奴才遵旨！」四喜走到殿門口，揚聲道：「傳皇上旨意，開席！」

聽得胤禛旨意，宮人立刻如流水一樣自御膳房端了各式各樣的山珍海味進乾清宮。胤禛向來厲行節約，但這一次宴席卻是極為豐盛。

宴席進行到一半，允祥回來了，一番告罪後入席，至於羅布藏丹津已經被五馬分屍以正刑罰。

這場宴席中，除了胤禛之外，就只有年羹堯與允祥獨享一席，可見他們身上的隆寵。只是有一點不同，十年圈禁，令允祥變得沉穩內斂，與張揚自大的年羹堯截然相反。

席間頻頻舉杯，君臣之間觥籌交錯，氣氛極是融洽，直至之前負責去迎接年羹堯的老大人朝他舉杯，口中道：「恭喜年將軍被封為三等輔國公，我雖痴長你幾歲，論功績卻遠遜許多，連威風也是遠遠不及年將軍。」

老大人這是不滿年羹堯之前的張狂無禮，所以在此時暗暗嘲諷，出一口當時所受的惡氣。

年羹堯哪裡會聽不懂，在心裡暗罵一句，皮笑肉不笑地道：「老大人說笑了，年某資歷淺薄，又是晚輩，以後還有許多地方要向老大人請教，至於威風二字更是萬萬不敢受。」

「輔國公謙虛了，適才接迎之時，您的威風咱們可是都領教了。」他話音剛落，立時有另一人接上來，卻是浙江的按察使錢晉松。他也去迎了年羹堯，對其印象極差，又見他以一介包衣奴才之身，位列在他們所有人前面，早已心懷不滿，既是聽老大人起了頭，自然想要趁機說道說道，也好落一落年羹堯的面子。

再說，自京城出現旱情後，胤禛連冰都不用了，全部拿去救濟災民，年羹堯卻肆意地踢翻半桶水，一旦捅到胤禛面前，絕對討不得什麼好處。

第六百九十三章　找死

年羹堯臉色陰沉地盯著錢晉松，他知道自己此次進宮封賞，必然有一些人心懷不滿，伺機進讒，卻沒想到事情來得這樣快，倒令他有些猝不及防。

胤禛聽著苗頭有些不對，停下筷子問：「怎麼了，迎接的時候出什麼事了，說出來與朕聽聽。」

錢晉松起身拱手道：「回皇上的話，也不是什麼大事，就是剛才迎輔國公時，有一小吏在淨街後忘記將水桶拿走，衝撞了輔國公，輔國公一怒之下將那桶水給踢翻了。」

允禩在席中慢慢抿著酒，雖然沒有看過來，但耳朵卻一直仔細聽著。他倒是沒想到有人今日便沉不住氣地將事情捅出來，而不是等到明日早朝上再說，由此也可看出他們對年羹堯的意見有多大。

胤禛目光微微一沉，看向年羹堯道：「果真有這麼一回事嗎？」

年羹堯恨恨地看了一眼面帶得意的錢晉松，起身一臉委屈地道：「回皇上的話，確有這麼一回事，只是錢大人有些誤會了。奴才知道如今京中乾旱，運水不易，皇上更是為此減去了養心殿乃至後宮的用冰，奴才又怎會如此不懂事，實在是當時馬勢收不住，這才不慎踢翻了水。」

錢晉松一聽這話，立時指了年羹堯道：「皇上面前，你休要顛倒黑白，當時情況我與眾位大人看得清清楚楚，分明就是故意，你還惡聲罵了那小吏一句。」

不等其他人附和，年羹堯已是攤手，滿臉無辜地道：「年某所言句句屬實，反倒是錢大人為何要在皇上面前如此詆毀年某？是否年某哪裡得罪了錢大人？」

錢晉松原意是想讓年羹堯難堪，卻不想他這般無恥，不僅將自己做過的事推得一乾二淨，還惡人先告狀，指稱自己故意誣衊，一時氣得說不出話來。

待得他緩過神來，想要讓其他幾位大人為自己作證的時候，允祥已是笑著打圓場。「好了，此事想來是一場誤會，錢大人不必太過在意，來來來，繼續喝酒。」

在說這話時，允祥暗暗朝胤禛使了一個眼色，令本想問個清楚的胤禛打消念頭。他知道，這個十三弟定是有什麼話要與自己單獨說。

果然，在宴席散去，百官一一告退離宮後，允祥留了下來。胤禛將四喜等人遣下去後，淡然道：「如今此處就你我兄弟兩人，有什麼話就說吧。」

允祥笑著將把玩了半天的茶盞放下。「果然什麼都瞞不過四哥。」如今雖君臣有別，但私底下，他們依然以兄弟相稱。

說完這句，允祥正一正身子，肅然道：「四哥可曾感覺年羹堯這一次回來後的言行舉止，與以前有很大不同？」

「譬如呢？」胤禛心裡雖有了數，卻沒有直接說出來，而是等允祥先開口。

「其實臣弟與年羹堯接觸不多，但是觀其言行，卻也看得出些許。這次回來，他比以前驕狂了許多，即便在四哥面前極力收斂，仍可觀一二。」整個宴席中，允祥雖沒怎麼說話，卻將各中情形看得一清二楚。

「居功自傲嗎？」胤禛屈指重重一叩案桌，起身走到窗前，看著外頭陰雲散去後，被烈日烤得無精打采的樹葉，沉聲道：「你可知在去乾清宮前，年羹堯向朕要求了什麼？他讓朕復年素言的位分！」後面那句話幾乎是咬牙切齒。

儘管自登基之後，皇權一直受到挑戰，但是被自己所信任、倚重的人挑戰卻還是頭一遭。胤禛能夠一直不露聲色地忍到現在，實屬不易。

允祥聞言，大吃一驚，脫口道：「年羹堯竟然如此大膽，干預後宮之事？」

胤禛回過頭來，朝允祥露出森冷的笑意。「吃驚嗎？朕當時也跟你一樣吃驚。去了一趟西北回來，年羹堯長進許多，連朕的家事他都敢干預，如此下去，以後怕是朕一言一行都得問過他年大將軍的意思了。」最後一句話，胤禛說得極是刻薄，但由此也可以看出，年羹堯將胤禛逼到了何種地步。

「那四哥答應了嗎？」允祥關心地問道。如今年羹堯已經囂張到這種地步，若再復了年氏的貴妃之位，只怕還要更加目中無人。

胤禛冷冷回道：「朕只說會考慮，並未立即答應。此事先拖著，等他回了西北，自然就無人再提。」

「只怕年羹堯不會善罷干休。」允祥頗有些擔心，試探著道：「萬一他再逼勸，四哥您這邊該如何是好？」依著他的想法，年氏是萬萬不能復位的，即便不提對朝堂的影響，後宮那邊也是一樣。畢竟年氏這般加害小嫂子，若復了她的位，又該如何跟小嫂子交代，後宮眾人也不會心服。

面對允祥的問題，胤禛竟不知該如何回答，鬱悶之餘，狠狠一拳砸在長几上，咬牙擠出一句話來：「年羹堯，他找死！」

自這一刻起，年羹堯徹底失去了在胤禛心中的地位。若非看中他的帶兵之才，再加上年羹堯手中還握著數十萬的兵權，胤禛現在就想讓他從三等輔國公淪為階下囚。

而這個時候，胤禛也開始後悔賦予年羹堯的權力太大了些，年羹堯之前在西北，他幾乎是聽任為之，從不加以過問。

「其實……四哥何不現在就卸了年羹堯的兵權？」允祥思忖半晌，說出了自己的想法。「左右如今西北已經平定，羅布藏丹津也已經伏誅，西北那邊局勢暫時還算穩當。」

「暫時而已，那個地方朕清楚得很，窮山惡壤，最易出凶民，若是沒人壓著，不需要多久，立刻便又出來一個羅布藏丹津；還有準噶爾自敗在先帝爺手下後，何曾真心臣服過，不得不防啊。」胤禛無奈地說著。他的意思很明確，年羹堯確實可惡，但現在還缺不得年羹堯。

「臣弟也明白，但是臣弟擔心，萬一有朝一日，年羹堯不再甘心於臣子的身分，起兵謀亂，那豈非養虎為患？」十年圈禁磨練了允祥的心思與頭腦，令他凡事都想得更遠些；當然，之所以敢說出口，也是因為他與胤禛幾十年的兄弟情分，胤禛亦曉得他全無任何私心，換一個人，必會以為是刻意中傷皇帝寵臣。

第六百九十四章

真正的功臣

「這一點朕也想過，只是你別忘了，他帶來的那幾萬人軍隊就在郊外紮營，而那些人他又帶了多年，只怕他的話比朕的旨意還有用。若朕此刻卸了他兵權，他不甘心，煽動那些人造反，然後跑去西北自立為王，豈非更加麻煩？而且你該明白京師之地，是絕對不能亂的！」胤禛沉聲說著。他怎麼也沒有想到，有朝一日，他倚為心腹的年羹堯竟會變成最棘手的棋子，不願留卻也無法棄。

「這也不行，那也不行，難道由著他坐大嗎？」允祥雙眉皺成了一個疙瘩，他心裡總覺得年羹堯是個禍患，越早除掉越好。

「兵權遲早要卸，但不是現在，也不是這樣直截了當，得一步步來。」胤禛心裡已經有了打算。「先找一個能代年羹堯鎮守西北的武將，莫要讓西北那邊出問題。」

聽得這話，允祥沉默了一下，忽的扶著椅子起身，肅言道：「臣弟願為四哥解憂，前往西北！」

「不行！」胤禛斷然拒絕。「你身子不好，去西北苦寒之地無異於要你的命，以後這話不許再提。」

允祥一聽這話，頓時有些急了。「四哥，上回您已經拒絕了臣弟一次了，現在就讓臣弟為您做些事吧。何況臣弟如今的身子好多了，就算去西北也不會有事。」

「你為朕做的事還少嗎？」胤禛定定地看著允祥，有那麼一縷陽光照在他臉上，令他雙眼看起來特別明亮，鄭重道：「十三弟，朕明白你的心意，但與西北比起來，朝中局勢更要艱難得多，朕如今可以全然信任的也就你了。」

允祥迎著他的目光半晌，忽的嘆了口氣，低聲道：「臣弟明白了，臣弟會留在京中好好輔佐四哥，助四哥可以開創一個前所未有的繁華盛世。」

「好！」見允祥改變心意，胤禛心下歡喜，待要說話，外頭突然響起叩門聲，卻是蘇培盛。

「奴才給皇上請安，給怡親王請安。」蘇培盛恭謹地打著千兒行禮。

「如何，打聽清楚了嗎？」胤禛回到椅中坐下，揚聲問著。

蘇培盛低頭道：「回皇上的話，都打聽清楚了，奴才也找到了衝撞年將軍的那名小吏。年將軍在百官接迎時，確實踢翻了他一桶水，還罵他是個沒出息的東西。這件事，所有接迎的大人們都看到了，錢按察使並沒有冤枉年將軍。」

在允祥詫異的目光中，胤禛淡然道：「適才宴席上，你不是不讓朕問嗎？那朕就讓蘇培盛去查個清楚明白。年羹堯，呵，還真是睜著眼睛說瞎話，完全沒有將朕放在眼裡。」

他說得輕描淡寫，彷彿全然不在意，然允祥與蘇培盛卻是清楚的，胤禛越生氣就越是反常，眼下這個樣子，分明已是氣到了極處。

果然，隔了一會兒，胤禛又尖銳地道：「允祥，瞧瞧，這麼多年來，朕究竟養了一個什麼樣的東西，就是畜生都比他好百倍！」

允祥勸慰道：「四哥息怒，只要四哥心裡清楚他是什麼人便好，以後他再怎麼花言巧語都蒙蔽不了天聽。另外，還有一件事，臣弟要稟報皇上，是關於……羅布藏丹津的。」稱呼上的轉變，代表允祥現在是以臣子的身分站在胤禛面前。

「他？」胤禛目露不解。羅布藏丹津已經死了，還有什麼事要稟的？不過他曉得允祥絕不會無的放矢，所以耐著性子聽他說下去。

至於蘇培盛則乖巧地退了下去，有些話並不是他這樣的奴才能聽的。懂進退、知分寸，方可在宮裡長久安身——這是師父李德全離開時與他們說的，也是他這輩子跟在康熙爺身邊幾十年屹立不倒的最大法門。

「剛才在養心殿，皇上詢問羅布藏丹津時，臣弟就覺得他與年羹堯的態度有些奇怪，彷彿瞞著什麼事，所以臣弟請旨去監刑，目的就是想問清楚。」

「那你問出了什麼？」胤禛已經嗅到一絲不對勁的氣味。

允祥走到窗前，慢慢將敞開的窗子關起來，隨後才說出驚人之語：「真正平定了西北戰事的，不是年羹堯，而是岳鍾琪。」

「什麼？」即使已經有了心理準備，胤禛依然大吃一驚。「這怎麼可能，奏報上明明說是年羹堯率軍平定這場戰事的。」

「奏報是年羹堯呈上來的，他想怎麼寫自然就怎麼寫。」允祥停頓了一下道：「臣弟還是相信羅布藏丹津說的。另外有一件事要請皇上恕罪，臣弟因為要問出西北真正的情況，所以答應了羅布藏丹津死後再執行五馬分屍之刑，未曾按皇上的吩咐處刑。」

胤禛此刻哪有心情在意羅布藏丹津的死法，揮手道：「朕恕你無罪就是，趕緊告訴朕，他都說了些什麼。」

隨著允祥的敘述，胤禛才知道，原來在追擊羅布藏丹津時，年羹堯剛愎自用，又急著立功，不理會岳鍾琪的勸告，逕自帶了三千輕騎兵追擊，不想落入羅布藏丹津事先設下的圈套中，被圍困在山上，逃生無門。

虧得岳鍾琪謹慎行事，怕他們會中伏，私自帶了底下的千餘人馬追擊在後。原本他還可以帶更多人，但年羹堯留下的命令是讓大軍駐守原地不得擅動。他是主帥，大軍只聽他一人的命令，岳鍾琪所能指揮的僅僅是自己底下那千個人。

在發現年羹堯被困圍後，岳鍾琪沒有莽撞救人，而是以彼之道還施彼身，用千餘人馬造成大軍襲來的假象，令羅布藏丹津慌亂害怕，顧不得剿殺已經被困住的年羹堯，慌亂撤走。

年羹堯平安歸來，但隨他同去的三千精銳輕騎兵卻折損大半，僅餘不到一千人歸來。
年羹堯是何等驕傲之人，這次栽了這麼大一個跟頭，又是被屬下所救，只覺面上無光，雖嘴上不說，心裡對岳鍾琪卻是有了意見。
這還不算，之後在追擊羅布藏丹津時，他一時失誤，差點被化妝成婦人的羅布藏丹津逃走，虧得岳鍾琪細心，揪出了羅布藏丹津。

第六百九十五章 相告

這一連串的事情，令年羹堯對岳鍾琪的意見越發大，同時也怕在奏報軍功時，岳鍾琪會越過自己，成了頭一份功勞，這是他絕對不能容忍的。

所以，他以擅自行動之罪問責岳鍾琪，岳鍾琪雖然覺得委屈，卻還是忍了下來，受責二十軍棍，並且功勞簿上甘心屈居於年羹堯之後。他清楚，唯有這樣，年羹堯才會繼續容忍自己。

這樣的結果，讓岳鍾琪手下那些將士心生不忿，但岳鍾琪自己都不爭了，他們這些下屬又能做什麼？

「照你這麼說，此次平定西北，岳鍾琪才是最大的功臣？」胤禛猶如在聽天方夜譚，若非面前站的是他最信任的允祥，根本不會相信。

「人之將死，其言也善，臣弟相信羅布藏丹津不會撒謊，而且他被什麼人所抓，他心裡最清楚。至於年羹堯問罪岳鍾琪一事，卻是在押解途中聽軍士說的。」

允祥仔細地分析著，其後更道：「皇上，這一次若非有岳鍾琪，我大清怕是要蒙受不小的損失。」

「年羹堯！他！」氣到極處，竟是說不出話來。胤禛怎麼也想不到，年羹堯不只自大還這般自私無恥，隱瞞犯下的錯不說，還搶奪屬下功績，這樣的人怎配為主帥。

對年羹堯失望至極的胤禛胸口發悶不已，在緩了一陣子氣後，方才道：「這件事實在委屈岳鍾琪了，難得他倒是肯不計較。」

允祥慢慢道：「岳鍾琪此人有勇有謀，更一心為我大清，不計較私利得失，從他肯幫著年羹堯隱瞞失誤被困一事就可以看得出來，這樣的人，遠比年羹堯更適合鎮守西北。」

「朕知道了，明兒個你讓岳鍾琪進宮一趟，朕要親自問問他。」不只允祥生出用岳鍾琪取代年羹堯的想法，胤禛同樣如此。

「臣弟知道了。」允祥答應一聲後，又道：「四哥，臣弟有陣子沒見小嫂子了，想去給她請個安，不知是否可以？」

「想去就去吧，朕何時限制過不讓你見若兒的。」因為年羹堯的事情，胤禛心情不怎麼好，隨口說了一句，便示意允祥退下。

在屋中只剩下自己一人時，胤禛一把抓起桌上的黑玉貔貅鎮紙狠狠摔在牆上，發出巨大的聲響。兩者相撞的結果是鎮紙四分五裂，牆上也留下明顯的凹痕。

年家……看來是時候慢慢拔除了，以往的縱容已經令他們忘了自己的身分，再繼續下去，怕是要爬到他頭上來了！

從這一刻起，年家在胤禛眼中已經成了眼中釘，可惜這一切年羹堯並不知道，依舊作著自己是皇帝寵臣的美夢。

允祥去了承乾宮，恰好凌若正在挑選內務府新送來的秋衣料子。雖說還有一個月才入秋，但宮裡這麼多娘娘，裁製頗為耗費時間，所以得早些準備。

雖說彼此身分變了，但凌若與允祥卻沒有絲毫生疏，凌若甚至還開著他玩笑：「咦，怡親王今日怎麼有空來本宮這裡？」

「臣弟來給熹妃娘娘請安。」

不等允祥行禮，凌若已是抬手道：「罷了罷了，本宮還是喜歡聽你那句『小嫂子』。」稍稍一頓又道：「你不是該在前面陪著皇上給年將軍接風洗塵嗎？」凌若一邊說著一邊將挑好的料子讓莫兒拿到內務府去。

「早散了，臣弟見時辰尚早，所以回了皇上，來此給小嫂子請安。」允祥在凌若面前向來隨便，如今也一樣，自顧著在椅中坐了。水秀沏了茶進來，允祥抿了一口讚道：「不錯，火候正好，將茶的香味完全勾了出來。」

「你這麼喜歡，不若以後讓水秀專門給你沏茶去好了。」凌若接過水秀遞來的茶盞，玩笑道。

「君子不奪人所愛。」允祥臉上帶著散漫的笑容，待要再說話，突然急促地咳了起來，臉上泛起一陣不自然的潮紅。水秀連忙替他拍著後背順氣。

凌若見他咳得厲害，吩咐水秀：「去給怡親王換一盞清喉潤肺的茶來。」

「不用……不用麻煩了。」允祥一邊咳一邊擺手，待得氣順一些後方道：「老毛病了，咳一會兒就沒事。」

「唉，你這身子總是不見好，可真讓本宮和皇上擔心。」這般說了一句，凌若示意水秀：「去，換茶來。」

「臣弟沒事。」允祥不在意地說著。「就算真有事也沒什麼，左右人生百年終有一死，不過是早晚的事罷了。」

「呸呸呸，不許胡說，你倒是看開了，那墨玉還有孩子怎麼辦？以後本宮面前不許再說這樣的話。」聽到允祥說那個「死」字，凌若就沒來由的一陣心慌，好半晌才緩過神來。「對了，今日年羹堯回京，場面想來極是熱鬧吧？」

「熱鬧是自然的，不過有件事小嫂子只怕怎麼想也想不到。」

允祥故作神祕的話果然引起凌若的好奇心，追問：「是什麼？」

允祥此來本就是為了提醒凌若，自沒有再繼續賣關子，逕自道：「年羹堯向皇上請求恢復年常在位分。」

「復她位分？」凌若掩脣驚呼，沒想到年羹堯這般狂妄，竟敢妄圖干涉後宮，不過很快的她便冷靜下來。「皇上沒有答應他的要求？」

允祥一怔，旋即輕笑起來。「是，不過小嫂子是怎麼猜到的？」

「很簡單，如果皇上答應了，曉諭後宮的旨意應該已經傳下來，如今一點兒風聲也沒有，自然是沒答應了。」

允祥沒想到答案竟這麼簡單，搖搖頭道：「是，皇上暫時沒答應下來，不過臣弟還是要提醒小嫂子一句。雖然現在沒有答應，但年羹堯畢竟是立下大功的人，如果他一再上奏請求，也許皇上會答應，小嫂子得先有個心理準備。」這才是他來承乾宮的目的，怕萬一年氏復位，與她積怨最深的凌若會按捺不住，做出什麼過激的事來。

「本宮……本宮知道了。」凌若艱難地吐出這一句，到了這個地步，年氏竟然還有復位的可能，實在是出乎她意料。

第六百九十六章　岳鍾琪

年氏幾次三番加害自己，且次次心狠手辣，容遠更差點死在她手中，這樣的人未殺她已經是便宜了，如今竟還要……

不甘心！不甘心！

寒光在凌若閃中不住閃現，幾欲跳脫出來，但終歸還是壓住了，抬起頭，以平靜的語調道：「多謝王爺專程相告。」

允祥曉得凌若說出這句話有多困難，不過這也是沒辦法的事，早有準備，至少比事情發生時再知曉要好許多。

「小嫂子暫且先忍忍吧，臣弟相信這樣的日子不會太久。」朝堂的事允祥不好與凌若說太多，只能這樣隱晦地提醒。

不過即便如此，也足夠凌若想明白了。看樣子，年羹堯的這個請求也讓胤禛十分不痛快，只是一時發作不得罷了。

年氏即便登上貴妃之位，也不過是最後的風光，一旦失了聖心，莫說貴妃，就是皇貴妃乃至皇后，也沒用了。

翌日，岳鍾琪奉詔入宮，等在南書房。南書房牆上掛著康熙賜給胤禛的一幅字，上面唯有一個「忍」字。

忍字不過區區七劃，但要做到卻是千分、萬分的不易。看著這個忍字，岳鍾琪不由得想到自己在西北所遭受的不公正待遇，神色微黯。

「皇上駕到！」

正想得出神，耳邊突然傳來太監的尖細聲音，岳鍾琪趕緊收回心思，朝那抹出現在眼前的明黃行大禮參拜。「微臣岳鍾琪叩見皇上，皇上萬歲萬歲萬萬歲。」

胤禛腳步一頓，在岳鍾琪跟前停下，並未叫起，反而冷聲責問：「岳鍾琪，你可知罪？」

岳鍾琪心下大驚，連忙垂低了頭，惶恐地道：「微臣愚鈍，不知所犯何罪，還請皇上明示。」

胤禛冷哼一聲，道：「西北戰事究竟是怎樣一回事，羅布藏丹津又是如何被生擒的，相信岳將軍你心裡很清楚，卻瞞騙於朕，這還不是罪嗎？」

岳鍾琪比剛才更加吃驚，連不得直視君王的規矩也忘了，愣愣地抬頭看著胤禛。「皇上……怎麼知道……」

「這麼說來，你是承認自己犯上欺君了？」胤禛一臉諷刺地盯著岳鍾琪。

「微臣……」岳鍾琪顫抖著低下頭，無力地道：「微臣知罪，請皇上降罪！」

見岳鍾琪沒有為自己開脫，而是直接認錯，胤禛頗有些意外，更有一絲讚賞在眼中閃過，聲音依舊涼薄冷漠：「把西北的情況如實給朕說來，若有一絲不實，朕絕不輕饒。」

「是。」到了這一步，岳鍾琪自不敢再替年羹堯隱瞞，一五一十將事情說了出來，與允祥從羅布藏丹津處問來的基本相同，僅細微處有所出入罷了。

胤禛負手在殿中走了幾個來回後，問：「為何之前不說？」

「輔國公也是為了盡早得勝，平定叛亂，才會一時不察，中了敵方的圈套。至於說擒住羅布藏丹津不過是罪臣僥倖罷了，實不敢居功。」岳鍾琪言詞懇切地說著。

「這個世上沒有僥倖二字。」胤禛淡淡說了一句，繼而以溫和的語氣道：「起來吧。」

「皇上……」岳鍾琪被胤禛驟然改變的態度弄得頗為不安，一時不敢起來。

胤禛不耐煩地輕踢了他一腳，喝道：「起來！」

「嗻！」岳鍾琪惶惶不安地站起身來，始終不明白胤禛的態度何以會轉變得如此之快。

看到他惶恐不安的樣子，胤禛笑罵道：「怎麼，朕有這麼可怕嗎？」

「不是，是罪臣……罪臣……」岳鍾琪平時也算會說話，可這個時候竟然一句話也說不出，神色頗為窘迫。

「好了，別再口口聲聲罪臣了，你沒罪，相反的，你是我大清的功臣，若非有你在，西北戰事怕是要吃敗仗了。」不等岳鍾琪說話，他又道：「也難得你肯受這個委屈。」

這一句話說得岳鍾琪熱淚盈眶，萬萬沒想到胤禛會如此肯定自己，僅有的那一點兒委屈也隨之煙消雲散，哽咽道：「微臣是大清與皇上的臣子，自當盡忠報效於皇上。」

「一切是非曲直，朕心裡有數，好生守著自己的本分與差事，往後，朕還有重用你的時候。」胤禛深深地看了岳鍾琪一眼。這一次召見，令他對岳鍾琪印象甚好。既然年羹堯不能繼續用，允祥又不宜去西北，那麼岳鍾琪就成了最合適的人選。

岳鍾琪隱約聽出胤禛的意思，激動不已，顫聲道：「承蒙皇上看重，微臣縱粉身碎骨亦難報萬一。」

這話與昨日年羹堯說的相差無幾，但從岳鍾琪嘴裡說出來，胤禛卻覺得舒服順耳許多。

如此，日子在看似平靜中緩緩過去，雨依舊沒有下，用水越發嚴峻，原本取水的地方也面臨乾旱，不得不換地方取用；至於冰窖中的冰，除卻供慈寧宮留出的那幾塊之外，再無一塊多餘。

胤禛又祈過一次雨，卻依然無功而返。他曾去微服巡視過城郊的田地，那裡已經沒有任何稻穀生長了，地面乾裂成一塊塊，猶如龜殼一般。

胤禛心情甚是沉重，唯一令他欣慰的是在回宮路上遇到一個五、六歲紮著兩個小揪揪的小女孩，當時她捧著一只缺口的小碗站在街上茫然張望，碗中有小半碗水，女孩看到胤禛他們過來，連忙跑過來問皇宮在哪裡。

「妳問皇宮做什麼，那裡可不是隨便什麼人都可以去的。」劉虎一邊護著胤禛，一邊警惕地看著小女孩，唯恐她是哪裡來的亂黨。雖說有些可笑，但那些亂黨無所不用其極的手段，他是見識過的，實在不敢輕視。

因為乾渴的關係，小女孩嘴脣有些裂開，她伸出小小的舌頭舔了一下道：「我知道，我不進去，只要將這碗水給皇上就好。」

這個回答讓人意外，胤禛從劉虎身後走出來道：「妳叫什麼名字？」

「我叫丫頭。」女孩的笑容很可愛，讓人不自覺地喜歡。

「丫頭為什麼想要把水給皇上喝，妳自己不渴嗎？」胤禛蹲下身，看著那雙純淨無瑕的眼睛。

第六百九十七章　入秋

丫頭似乎沒想過這個問題，皺著小小的眉毛想了好一會兒，才道：「因為皇上是好人，爹娘說皇上為了給咱們喝上水，自己一塊冰都不用，與丫頭家裡一樣飽受酷熱。丫頭想感謝他，這碗水是娘給丫頭的，丫頭喝了一半，剩下的給好人皇上。」

「好人皇上？」胤禛喃喃重複了這四個字，驟然大笑起來，說不出的開心。自大旱之後，他還是頭一次這般暢快地大笑。

「叔叔，你還沒告訴丫頭，皇宮在哪裡呢！」丫頭眨著長長的睫毛道。

「妳不用去皇宮了。」胤禛止了笑聲，拿過丫頭手裡的碗，將裡面的水一飲而盡。

丫頭見他喝了自己的水，急得踮著腳就過來搶，一邊還叫：「壞叔叔，把水還我，那是丫頭給好人皇上的，不許你喝！」

等她把碗搶來的時候，裡面早已空無一滴，丫頭撇著嘴就要哭了。

「別難過，好人皇上知道丫頭的心意了，他很高興！」胤禛摸著丫頭腦袋上的揪揪，柔聲說著。

「真的嗎？」丫頭畢竟還小，將信將疑地看著胤禛。就在這個時候，後面傳來喚丫頭的聲音，想是她爹娘發現她不見了，四處在尋她。

「快回去吧，別讓爹娘擔心了。」胤禛拍一拍她的腦袋，在看到丫頭朝一對中年夫婦奔過去後方才離開。

在回宮的路上，胤禛每一步都走得極為堅定。丫頭的出現，讓他知道自己的努力、心血沒有白費。

帝王以百姓為天，百姓亦反哺帝王。

只要他在位一天，就會一日善待他的臣民，絕不放棄一個人！

回到宮中的胤禛，下旨加派更多的人去運水，以緩解京城的飢渴；另外自江南等地運米至京城，控制住京中糧價，不至於出現百姓買不起米糧餓肚子的情況。

一邊是竭力救災，一邊是老天彷彿刻意的斷絕生機，兩邊持續著拉鋸戰，只看哪邊能熬得更久一些。而此時，距離上一次下雨，已經整整有近三個月了。

這段日子，胤禛對年羹堯一直寵信有加，甚至於比以前更甚，特命其在進京期間，與隆科多、張廷玉一同處理軍國大政。胤禛還因他「能宣朕言」，令其「傳達旨意，書寫上諭」。如此一來，年羹堯儼然越過張廷玉等人，成為總理事務大臣之首。

另一邊，凡有重要官員的任免變動，胤禛皆詢問於年羹堯，四川、陝西一帶的官員，上至封疆大吏，下至七、八品小官，概聽從年羹堯的意見加以任用。譬如任命范時捷那次，他原是署理陝西巡撫，之後胤禛起意想改為實授，把原任巡撫調任京城，便特意詢問年羹堯的意見；至於陝西、四川之外的官員任用，也常詢問年羹堯，將他遠置於其他官員之上，甚至連允祥也略有不及。

之後，在賞其三等輔國公爵位之上，又以籌劃精密、出奇制勝為由，晉為二等公，另再賞一子爵，由其子年斌承襲；除此之外，還獲得雙眼孔雀翎、四團龍補服、黃帶、紫轡、金幣等非常之物。

這樣隆盛到極致的恩寵令年羹堯得意萬分，飄飄然陶醉其中，根本沒意識到他如今所擁有的一切，皆只是胤禛演給他與天下人看的戲罷了。在胤禛心中，年家早判了死刑。

然，不管怎樣，如今的年家都是令人豔羨的，唯一美中不足的就是年氏如今依舊是個常在，胤禛遲遲未復其位。

初秋的風帶了一絲絲涼意，停在樹上的蟬少了好多，再不像夏日那般吵鬧不休。無奈秋雨遲遲不來，令旱情逐日加重，眼下，連宮裡用水都緊張起來，與那豬牛羊肉一般每日定量供送各宮。為此，好不容易因為天氣轉涼不需要用冰而消停幾天的宮裡，又開始鬧騰起來。

走在朱紅宮牆內的凌若搖搖頭，暫時不想這些煩心事。在她身後，莫兒提著一個精緻的籃子，裡面是凌若親手燉的百合雪梨汁，用來防秋燥最好不過。

剛到養心殿門口，就看到四喜灰頭土臉地從裡面走出來，隱隱還能聽到胤禛的喝罵聲。四喜看到凌若，連忙上前唱了個喏。

凌若瞧著不對，忙問：「出什麼事了？」

四喜一臉苦笑地道：「奴才也不知道，剛才皇上還好好地在看摺子，突然就發起了火，把奴才好一通責罵。」

凌若若有所思地看了緊閉的殿門一眼，輕聲道：「最近朝堂事多，京中又乾旱不止，皇上難免心氣不順，你是皇上貼身的奴才，論起來比本宮還要親近幾分，這皇上跟前多擔待著一些吧。」

聽得這話，四喜滿面惶恐。「娘娘言重了，奴才萬不敢當。再說皇上肯罵奴才是奴才的福氣，哪有說擔待這回事的。奴才只是擔心皇上的身子，這段日子，皇上已經動過數次大氣了，這是以前沒有過的事，萬一傷了肝火可怎麼是好。」

胤禛不是那種沉不住的人，能讓他一再發火，必然是觸及到他心裡那根底線，也讓凌若好奇究竟是什麼事，當下道：「本宮進去瞧瞧。」

養心殿無外臣時，胤禛是許凌若自由出入的，是以四喜沒有阻攔，只是小聲提醒一句：「娘娘小心著些。」

門剛一推開，聽得裡面傳來冰冷如雪的聲音——

「朕不是讓你滾出去嗎？又進來做什麼？」

凌若知道他是將自己當成了四喜，當下微微欠身道：「臣妾見過皇上，皇上吉祥。」垂落的目光不著痕跡地掃過胤禛前面，只見一本奏摺被扔在地上，想來就是令胤禛勃然發怒的那一本，卻不曉得裡面寫了些什麼。

原本一臉怒意的胤禛看到是凌若時，面色微微一緩，但還是有幾分扭曲的痕跡，僵硬地道：「妳來做什麼？」

凌若自莫兒提的籃子中取出一個彩釉的燉盅來，柔聲道：「入秋之後，天氣越發乾燥，令人甚是不舒服，所以臣妾特意燉了百合雪梨汁來給皇上。」

第六百九十八章　復位

「朕不想喝，拿下去吧。」胤禛此刻哪有這個心情，背過身揮一揮手道：「妳先回去吧，朕還有事要處理。」

凌若有些發怔，自回宮之後，胤禛尚是第一次用這樣冷漠的態度對她，卻也沒說什麼，只是默默將燉盅與一同帶來的碗勺放在小几上。「秋乾氣燥，皇上仔細身子，臣妾先行告退。」

凌若平靜得聽不出一絲委屈的聲音落在胤禛耳中，不知為何，心中竟浮起一絲不忍，回過頭時，眼角餘光看到整齊擺放在小几上的東西，更是覺得有些內疚，張口喚住已經走到門檻前的凌若：「朕突然又想喝了，妳給朕盛一碗。」

「是。」凌若感到意外地停下腳步，走過去揭開燉盅，從中舀了一碗漂著幾片百合的晶瑩湯水遞給胤禛。「皇上嘗嘗看，梨與百合都有清心安神的功效，秋季裡常喝最好不過。」

胤禛嘗了一口，頷首道：「清甜適中，絲毫不膩，很好喝。」如此說著，他將一碗湯皆喝光了，在凌若想要替他盛第二碗時，搖頭道：「不喝了，這一碗已經足夠令朕脹飽了。」

凌若微微一笑，停下手裡的動作道：「皇上的胃口何時變得這樣小？」

「換了平常自不至於，只是之前朕已經被氣飽了。」說到這裡，胤禛臉色再次變得難看起來。

「臣妾斗膽問一句，究竟是何事讓皇上動這麼大的氣？」凌若小聲問道。

胤禛目光往莫兒身上一掃，後者立刻會意地福一福身退出大殿。待殿中只剩下他們兩人時，胤禛方指著地上那份摺子道：「妳撿起來看看。」

凌若依言撿起，待得全部看下來後，終於明白了胤禛這麼生氣的理由。這份摺子是年羹堯呈上來的，只有一個目的，就是催促胤禛及早復年氏的位分。

「看到了吧，呵，年羹堯，他還真是迫不及待，知道自己九月便得回去，所以這些天使了勁上摺催促，妳手上拿的已經是第三本了。」胤禛臉上帶著涼薄的笑意。「朕已經處處優待於他，連他兒子都封了子爵，他竟然還不知足。」

凌若默然將摺子合起，放到御案上。「年羹堯的胃口太大了，竟然想左右皇上的思想。」

「何止是胃口大，他簡直就是不將朕放在眼裡。」眸中冷光一閃，胤禛咬牙道：「還有一件事，若兒妳怕是連想都想不到。」

凌若沒有問，只是靜靜地聽胤禛說下去。胤禛對年羹堯越不滿，對她就越有好處，等了二十年，終於能看到年家失寵了。若年羹堯謹言慎行一些，或者還能多苟延殘喘一陣子，可惜他背道而馳，這樣只會加速年家消亡。

「有人曾聽到他大放厥詞，說『以年某之功，豈不為異姓王乎』。」胤禛用力一掌擊在扶手上，氣息不勻地厲聲道：「聽聽，聽聽，朕已經加封他為二等公，他竟然還不滿足，痴心妄想著封異姓王！再過幾年，是否要與朕一道並稱大清天子？」

他現在慶幸當時聽了凌若提醒，沒封為王，否則年羹堯怕是比現在還要囂張狂妄。

如此失態的胤禛是凌若平常不曾見的，她連忙勸道：「皇上息怒，臣妾瞧年羹堯不像是這麼不知進退的人，興許裡頭有誤會也說不定。」

「他若是懂進退就不會上這樣的摺子！」胤禛驟然打斷凌若的話，喘了幾口粗氣後道：「該死！若非大軍還在郊外，暫時不能卸他的兵權，朕早已將這個不知死活的奴才打入天牢！」當深寵變成深恨的時候，也代表著年羹堯離死不遠了。

待胤禛怒意稍緩之後，凌若問出了最根本的問題：「那年常在一事，皇上準備怎麼辦？」

如今再說起年氏，胤禛對她已沒了二十年相伴的情意，有的只是深深的厭惡，厭惡年羹堯對自己的逼迫，厭惡縱容年家帶來的後果。

「朕……」胤禛剛要說話，忽見凌若跪下去，訝然道：「怎麼了？」

凌若深吸一口氣，用最清晰的聲音道：「請皇上復年常在貴妃之位！」

驚意躍於胤禛眉眼之間，好半晌才道：「若兒，妳知道自己在說什麼嗎？」

年氏是如何害凌若的，胤禛心中再清楚不過，是以在這後宮之中，若說誰最恨年氏，必然是凌若無疑，可她現在居然求自己復年氏的位分，這……這莫不是瘋了嗎？

不知過了多久，驚意慢慢自眼中消退，取而代之的是深深的憐惜與溫情，因為他突然明白了凌若這樣請求的原因。「妳不恨她嗎？」

凌若低頭，酸楚的聲音在殿中緩緩響起：「若臣妾說不恨，那必然是騙皇上的，可與之相比，臣妾更不願讓皇上為難。依眼下的形勢來看，皇上若不復年常在貴妃之位，只怕年羹堯不會善罷干休，且他手裡又握了西北軍權，即便是為了大清的安寧穩定，皇上也不好太過拂逆了他的意思。」

拂逆……從來只有臣子不敢拂逆君王之意，如今卻反了過來，實在是可悲……可恨！

凌若的話令胤禛動容不已，他抬起凌若的下巴，只見那張秀麗精緻的臉龐上盈滿了不甘與委屈，更有淚光在眼底閃現。他拇指在她臉上緩緩撫過。「只是委屈了妳。」

胤禛心裡也清楚，如今這形勢，只能先復年氏的貴妃之位，安撫住年羹堯，然後再做打算。

「有皇上明白，臣妾便不委屈。」她這樣說著，淚卻落了下來，順著臉頰滴落在胤禛掌心。

胤禛緩緩收緊手指，將那滴淚握緊，既是對凌若也是對自己發誓。「若兒，朕答應妳，今日妳所受的委屈，來日必加倍還於年家身上。」

八月中秋這日，胤禛以年羹堯屢立戰功，有功於社社稷為由，恕年氏之罪，復其貴妃之位，並重許協理六宮之權，弘晟自然重歸她膝下。

第六百九十九章 拜別

當聖旨曉喻六宮時，掀起一陣軒然大波，後宮諸女對此皆頗有微詞，認為年氏犯下如此大錯，豈能因兄弟的功勞而被寬恕，甚至於重登貴妃寶座。

但是聖旨已下，她們就是再不願也沒辦法，只能在私下裡一邊抱怨，一邊膽顫心驚地去迎奉起復的年氏，唯恐她秋後算帳，怪她們之前的疏遠冷淡。

當知道自己可以回到額娘身邊時，弘晟歡喜萬分，於他而言，再沒有比與額娘在一起更開心的事了。

他顧不得收拾東西，便跟了來接自己的宮人離開，在將要跨出宮門口時，卻驟然停下來。在一番猶豫後，他轉身往東暖閣走去，他知道，這個時候，熹妃一定在東暖閣中。

「奴婢給三阿哥請安，恭喜三阿哥。」楊海笑容滿面地打著千兒。

「熹妃娘娘在裡頭嗎？」弘晟客氣地問著。自從佛堂中出來後，他變得沉靜了許多，對宮人也不再像以前那樣無禮苛待。

「回三阿哥的話，主子正在裡頭。」楊海一邊說一邊讓開，請弘晟進去。

弘晟微一點頭，進到裡面，果見凌若正坐在椅中繡花，水秀在窗邊對著外頭的天光比絲線顏色，兩人有一搭沒一搭地說著話。

看到弘晟進來，凌若並沒有什麼意外，微微一笑，放下手裡的繡繃道：「三阿哥可是來向本宮辭行？」

因為與弘曆關係轉變的緣故，弘晟已沒有了初來時的針鋒相對，朝凌若深深揖了一禮。「是，弘晟多謝熹妃娘娘這些日子的照料。」

「三阿哥客氣了。本宮是你長輩，你生母不便，幫著照顧你也是應該的。」凌若撫著衣間的繡花笑道：「本宮曉得這些日子你心裡的難過，如今總算守得雲開見月明，本宮也為你高興，只盼你不要怪本宮這些日子對你過於嚴厲才好。」

「弘晟知道，是弘晟之前太魯莽無禮了，熹妃娘娘責罰弘晟也是應該的。」若換了以前，打死弘晟也不相信自己會對熹妃說出這樣的話來，可是那幾日的佛堂禁閉，還有與弘曆的接觸，令他逐漸意識到自己以前是錯的。

再者，他這些日子輾轉於坤寧宮與承乾宮之間，雖然在坤寧宮時，皇后待他也很好，一應吃喝穿用從來不缺，但也僅限於此。皇后待自己的態度從來都是客氣的，有時他發脾氣、亂砸東西，甚至對宮人拳打腳踢，皇后也是一笑置之，從不加以責罰，處處縱容。

這樣是真的待他好嗎？以前的弘晟認為是，可現在學會靜下心來思考後，弘晟卻認為不是，所以他對熹妃反而更有好感。

凌若笑一笑，轉而道：「見過弘曆了嗎？」

「還沒有，今日下課後就一直不曾見弘曆，不知他去了哪裡？」弘晟感到有些奇怪，同時也有些失落。過了今日他就不住在承乾宮了，往後雖也能見面，但額娘與熹妃的關係並不好，他與弘曆也不好走得太近。

說起來，他與弘曆的關係很奇怪，以前像是仇敵一樣，一見面準沒好事，不是打架就是吵架，為此他還受了皇阿瑪的責罰。可是在承乾宮這段時間，他重新認識了弘曆，發現對方並沒有自己想像的那麼討厭，甚至很好。

至少，在所有人都對自己這個三阿哥避之不及的時候，弘曆沒有；在孤立無援的時候，是他替自己到皇阿瑪面前求情；當宮中所有人都在為爭奪權勢而捧高踩低，翻臉不認人的時候，他卻始終堅持「兄弟」二字。

天家，會有真正的兄弟嗎？以前的弘晟對此嗤之以鼻，現在卻願意去相信，不為其他，只為一個弘曆。

「水秀，見到過四阿哥嗎？」凌若心下奇怪，轉臉問著正將絲線放回小籮中的水秀。

水秀搖搖頭道：「說起來奴婢今日一直沒見過四阿哥。」

「這孩子，明知道你今天要走，偏還四處亂跑，真是不懂事。」凌若輕斥了一句又道：「既是不在，那也沒辦法了，你快些回去吧，莫要讓年貴妃久等。往後若是方便，便來本宮這裡坐坐。」

「是，弘晟告退。」如此說了一句後，弘晟退出東暖閣，最後再望一眼宮殿，大步往宮門走去。

回去了，終於要回去了，回到額娘的身邊。這樣想著，弘晟恨不得一步就能回到翊坤宮。唯一的遺憾就是不能親自與弘曆告別，不過明日上書房見了再說也是一樣的。

就在弘晟一腳跨過宮門的時候，一個身影飛快地奔過來，停在他面前大口大口地喘氣著，然後揚起一張大大的笑臉。「還好，還好趕得及！」

「弘曆？」弘晟愕然，但更令他愕然的是弘曆身後還站著一個弘晝，磨磨蹭蹭地走上來喚了聲「三哥」。

「你們兩個這是去哪裡了？」弘晟感到奇怪地打量著兩人。因為弘晝與弘曆要好的關係，這些日子沒少見，所以對他的出現並不意外。

弘曆沒有回答他這個問題，只是將手裡的東西遞給弘晟。「三哥，我知道你要回貴妃娘娘那裡了，不知道送什麼給你合適，想起你喜歡鬥蛐蛐，就與五弟一道做了這個蛐蛐籠子，你看看喜不喜歡？」

「你之所以不在宮裡，是跑去弘晝那裡做籠子？」弘晟愣愣地看著遞到跟前的籠子。籠子很精緻，是六角涼亭的式樣，單簷捲翹，頂上的銅鉤處，還有一隻做得栩栩如生的蛐蛐。

「嗯，時間太趕，一個人來不及，便拉著弘晝一道做。」弘曆一邊笑一邊回答：「剛剛才做好的，一路過來真怕三哥已經走了，虧得是趕上了。」

弘晟捧著弘曆他們親手做出來的蛐蛐籠子，心裡甚是感動，嘴上卻道：「沒人告訴你嗎？我已經不喜歡鬥蛐蛐了。」

弘曆一愣，還沒來得及說話，年紀最小的弘晝已經「啊」的一聲，沮喪道：「你不喜歡嗎？可是這個籠子我與四哥做了整整兩天啊，我手指頭還被割破了好幾刀！」

那邊，弘曆也回過神來，他想了很久才決定親手做個蛐蛐籠子送給弘晟，沒想到他不喜歡，黯然之餘又強笑道：「那我改日再補東西送給三哥吧。」

第七百章　兄弟

弘曆要把籠子拿回來，卻見弘晟閃手避開，道：「哎，我只說不喜歡鬥蛐蛐，可沒說不要這籠子，送出去的東西哪有收回來的理，也不怕人說你這個四阿哥小氣。」

「三哥你……」弘曆被他這態度弄得有些不明白，弘晝亦如此。

「我怎麼了？」弘晟這般問著，嘴角帶上一絲忍俊不禁的笑意。

看到這絲笑意，弘曆才反應過來弘晟是與自己開玩笑，不禁也跟著笑起來，而且越笑越開心，一時間宮門口充斥著兩人歡愉的笑聲。

「三哥、四哥，你們笑什麼呢？」只有弘晝還不明白，看看弘曆又看看弘晟，一頭霧水。

「沒什麼，總之三哥很喜歡你們送的東西。」弘晟摸一摸弘晝的頭又道：「不過三哥以後不鬥蛐蛐是真的，你也是，往後不要再貪玩，好生用心在功課上。」

「我一直都很用心！」弘晝有些不服氣他這樣說，大聲地反駁一句。

「好吧，總之以後也要用心。」說罷，弘晟深深看了一眼弘曆，道：「我走了。」

看著弘晟離去的身影，弘曆輕咬了嘴脣，忽地道：「三哥，我們以後還是兄弟嗎？」

他與弘晟的關係好不容易才融洽一些，更是第一次感覺到兄長的溫暖，擔心今日一別之後，彼此又會回到以前水火不容的地步。

弘晟腳步一頓，在弘曆微微害怕的目光中回過頭來，嘴角微勾，露出一個令弘曆心安的笑容。「我們何時不是兄弟過？還有，我說過的話一定算數。」

弘曆明白了他是在說佛堂裡應允過的事，也明白了弘晟的意思，雖然他以後不在承乾宮了，但這段短暫的日子會一直留在他記憶中，而他們也永遠會是兄弟，一世不變。

「四哥，你們在說什麼？」只有弘晝還是一頭霧水。

弘曆咧嘴，露出一個乾淨的笑容。「沒什麼，只要你記著，三哥還是原來的三哥就行了。」

哪怕回到年貴妃身邊也不會變！弘曆在心裡悄悄加了這麼一句。

「真的嗎？」弘晝小聲嘟囔一句。他與弘晟接觸沒那麼深，信心自然也沒那麼足。

當弘晟踏進久違的翊坤宮時，第一眼看到的便是站在宮院中翹首盼望的年氏。今日的她一掃這些天來的頹廢之氣，一襲緋紅色梅花長壽織金緞邊的旗裝穿在身上，髮間是通體鑲紅藍寶石的金飾，更有累累珠絡垂落至頰邊，令她整個人透著無人可及的華貴之氣。

當祈盼多日的願望一朝成真時，弘晟鼻子忍不住陣陣發酸，雙眼亦泛起了紅意，走到年氏面前，跪下喊：「額娘！」

聽到這聲額娘，年氏感覺整顆心都要化了。這次能復位，最高興的莫過於弘晟能夠回到自己身邊，始終，最要緊的是這個兒子。

「回來就好！回來就好！」年氏一遍遍撫著弘晟的臉，拉起他左右打量著道：「瞧瞧，都瘦了一圈，是不是承乾宮那些人藉機欺負你？」一說起承乾宮，原本姣好的面容頓時扭曲幾分。

弘晟見狀，忙道：「額娘誤會了，熹妃娘娘待兒臣很好，不然之前兒臣也不能常來看額娘。」

之前弘晟下課後來這裡與年氏隔著宮門說話的事，凌若是知道的，不過她念著弘晟一片孝心，睜一隻眼、閉一隻眼，只作不知。

「哼，那個女人能安什麼好心，不過是裝給別人看的罷了，休要上她的當。」一說起凌若，年氏便是滿腹怨氣。若非那個女人，自己這段時間何至於落得這麼慘，若非兄長立下大功，又數次在胤禛面前求情，讓胤禛回心轉意復了自己的位分，自己還不知道要頂著「常在」二字到何時呢。

弘晟還待要說，年氏已是道：「好了，你我母子好不容易重逢，莫要提那掃興的事。額娘在裡頭備了火盆，你跨過去，去去這些天在外面沾染的晦氣。」

弘晟自不會拂她的意，跨過火盆，又用浸了柚子葉的水淨過雙手後才在椅中坐下，關切地看著年氏道：「這次額娘能復位，真是多虧了舅舅。」

「可不是嗎？」年氏一臉感慨地道：「改明兒你舅舅進宮了，你好生謝謝他。」

弘晟一驚，隨即就滿面喜色地道：「舅舅要進宮嗎？」舅舅身為撫遠大將軍又剛剛平定了西北叛亂，是天下人的英雄，他又怎會不崇拜。

「嗯，你皇阿瑪說了，下個月你舅舅就要回西北，在此之前讓他進宮一趟。算起來，額娘也有近兩年沒見你舅舅了。」

「太好了，兒臣最近在看兵法書，正好向舅舅請教。」弘晟滿臉興奮地說著。

「等你舅舅來了，你想怎樣問就怎樣問。」年氏寵溺地說了一句，旋即轉頭看著外頭秋陽，似自言自語地道：「你舅舅是年家最出色的男兒。」

弘晟聽到這句話，笑著接了一句道：「那額娘就是年家最出色的女兒。」

年氏一愣，旋即輕笑道：「你這孩子，連額娘的玩笑也敢開，可是膽大了。」這樣說著，眼中卻盡是寵溺的笑意。

「兒臣沒開玩笑，是真的，在兒臣眼中，額娘永遠是世間最好的女子，想必在皇阿瑪眼中也一樣，否則就算舅舅百般請求，皇阿瑪也不會復額娘的位。」

「你皇阿瑪……」提到胤禛，年氏眼中冷光微閃，有些失控地尖聲道：「如今你皇阿瑪眼裡只有熹妃那個賤人，如何還記得本宮，否則怎至於這樣羞辱本宮！」

弘晟一見不對，忙勸道：「額娘息怒，皇阿瑪當時亦是無法，畢竟您陷害熹妃，始終是犯了錯……」

他話還沒說完，年氏已經望過來，銳利的目光像針一樣刺在弘晟臉上，有尖銳的疼痛。「你是在幫熹妃說話嗎？她給你灌了什麼迷湯，才去幾天便如此幫著她說話？別忘了本宮才是你的額娘！」

只要一說到凌若，年氏便特別激動，因為這是她這輩子輸得最慘的一次，慘到她以為自己再也爬不起來。幸好，幸好終是熬過來了，接下來，便是將鈕祜祿凌若加諸在她身上的羞辱百倍奉還，所以她絕不允許任何人幫著鈕祜祿凌若說話，哪怕是一星半點也不行！

第七百零一章 交代

「兒臣沒有。」弘晟沒想到年氏會這般敏感，自己不過是隨口說了一句，便引起她這麼大的反應。「額娘不喜歡聽，兒臣以後都不說了。」

年氏這才覺得舒服些，順一順氣又覺得自己剛才對弘晟太凶了，招手示意弘晟進前。「你要牢牢記住，額娘這次所受的屈辱全是拜熹妃所賜，是她迷惑你皇阿瑪，讓他不分是非。至於額娘……」她用力握住弘晟的手，力道之大讓弘晟都覺得有點疼。「不論做什麼，都是為了你好！至於熹妃……她該死！」

「兒臣知道。」弘晟在心裡嘆了口氣，雖有些不認同，此刻卻不好說什麼，還是等以後慢慢再勸吧。

「嗯。」年氏一點頭道：「你剛回來，先去休息一會兒。額娘已經讓人重新收整過你的房間了，若哪裡不滿意就讓他們再換。」

在弘晟下去後，年氏目光一沉，對站在一旁的迎春等人道：「自今日起，你們幾人多看著些三阿哥，莫讓他再與承乾宮那些人接觸。」

弘晟剛才幫熹妃那一句，即便不是有意的，也讓她耿耿於懷。她很清楚，在此之前，弘晟是絕對不會這麼說的。

鈕祜祿氏……真有本事，這麼短的時間，便將弘晟的心拉了過去，但是也到此為止了，弘晟是她的兒子，誰都奪不去！

彼時，坤寧宮中，一直稱頭疼病犯了而無法起身的那拉氏正坐在椅中喝茶，小寧子跪在腳踏上，一下接一下地替那拉氏揉著雙腿。

要說這小寧子手上還真有幾下功夫，力道適中，每每揉過之後，都覺得格外鬆快，如今那拉氏每日都要小寧子揉腳。

「主子。」三福自外頭走進來，朝那拉氏打了個千兒後，便靜靜地垂頭站著。

「如何，三阿哥回去了？」長睫一動，那拉氏抬起眼來，漫然看著畢恭畢敬的三福，在得到確定的答案後，又道：「原本交代給你和翡翠的事，也可以著手作為了，記著，乾淨一點兒，不要留下痕跡。」

三福臉頰一抽，旋即更加低下了頭。「奴才知道。」

那拉氏閉一閉眼又問：「弘時與蘭陵怎麼樣了？」

「還是與以前一樣，福晉一直待在自己院中寸步不出，二阿哥亦從不去福晉的院子……」

三福話還沒說完，那拉氏已經揚起手不耐煩地道：「行了，別說了。」

三福收聲。好一會兒，那拉氏才繼續道：「這個蘭陵，真是一點兒都不讓本宮省心。雖說弘時罵過她幾句，也不至於……」說到一半似乎又有些煩了，改而道：「罷了，她願意如此就由著她去吧，本宮也不是非要她不可。」

小寧子抬起頭，細聲道：「主子消消氣，福晉年紀尚輕，難免不懂事些，再說之前又被二阿哥好一陣罵，等她想通就好了。」

「想通？哼，等她想通就太晚了。」說罷，那拉氏不再理會小寧子，睨著三福道：「這一屆的秀女姿色、品行如何？」

今年是胤禛登基後的第一次選秀，是頗受矚目的事。

三福仔細答：「回主子的話，本次共有一百二十一名秀女，皆已在鐘粹宮中隨嬤嬤學習宮中規矩。皇上那邊已經擬好了選秀的日子，定在這個月的二十八。另外，此次秀女中有一位是惠嬪的妹妹，叫溫如傾。」

「溫如傾……」那拉氏輕輕唸了一遍道：「本宮聽聞就是她嚇得鄧太醫說出了實情，讓年氏功虧一簣？」

「正是她，還曾在宮中小住過幾日。奴才曾見過她，比惠嬪還要貌美，更帶著一種嫵媚之態，在這次秀女中算是極出色的一個。」

那拉氏目光一閃，續問：「還有哪幾個比較出色嗎？」

「還有管領劉滿之女，以及隆科多大人家的千金，兩人姿色在一眾秀女中均是屬於最拔尖的。」

「隆科多家的？」那拉氏眼皮一抬道：「可是之前為弘時選過的那個？」

三福忙道：「不是，是隆大人弟弟的女兒，今年正好十六。」

那拉氏嗤笑一聲道：「虧得不是，否則本宮還真替隆科多擔心他那張老臉，弘時那頭落選了，又眼巴巴地往宮裡送。」她頓一頓又道：「這幾天御花園裡的菊花都開了，本宮想請眾秀女一道去賞菊，你安排一下。」

「奴才遵命。」答應一聲後，三福又小心地道：「主子可是想親自看一看這些秀女品行？」

那拉氏護甲輕輕敲在盞蓋上，發出「叮」的一聲脆響。「是有這個打算，另外，本宮也想替弘時擇幾個品貌端正的充作側、庶福晉。算起來他大婚快有一年了，卻至今沒有一男半女，蘭陵那邊是不能指望了，只能另擇人選，以便開枝散葉，繁衍子嗣，但是像索綽羅佳陌這樣的卻是萬萬不能出現了。」說到後面一句，她整個人都冷了下來。

「是，奴才這就下去安排！」三福知趣地沒有說下去。他很清楚主子心中的忌諱是什麼，即便佳福晉已經死了，那也是一個不能觸及的禁區。

在三福退下後，那拉氏待要起來，卻被小寧子按住了雙腿，那張像女人一樣清秀的臉上帶著幾分關切道：「主子剛剛揉完腳，不宜立即起來走動，還請主子多坐一會兒。」

那拉氏亦想起這話小寧子之前就說過，倒是自己大意忘了，當下放鬆了身子，繼續坐在椅中，徐聲道：「也不知是你揉得有用的緣故，還是這些天一直沒下雨，本宮的腳倒是有陣子沒疼了。」

第七百零二章　何須擔心

「主子以前經常腳疼嗎？」小寧子吃驚地問著。

那拉氏點頭道：「嗯，以前每逢颳風下雨，這腳踝都像針刺一樣的痛，太醫瞧過了，卻說是骨頭裡的毛病，醫不進去。」說到這裡，她也是有些無奈。弘暉剛死那陣子，她一味傷心，什麼也顧不得，卻是留下了隱憂。當時年輕不覺著，如今年歲一長，原先的隱疾便都一一出來了。

小寧子沉默片刻，跪言道：「請主子允許奴才告退片刻。」

不知是因為不在意還是什麼，那拉氏並沒有多問，只揮手示意他離去。

小寧子回來得很快，手上端著一個盛滿水的木桶，還在冒著絲絲熱氣。待將木桶放到那拉氏面前後，他道：「啟稟主子，奴才聽主子剛才說的，應該是受了風溼，恰巧奴才知道一個祛除風溼的法子，還請主子一試。」

聽到可以解除困擾自己多時的痛楚，那拉氏不禁起了幾分興趣，指著那個木桶道：「這便是你說的法子？不過是些許熱水罷了，能有何功效？」

小寧子伸手一撈，從底下撈出幾片切得厚厚的生薑來。「生薑有活血行氣的功效，在熱水中較易揮發出來；再加上奴才剛剛替主子按過雙腿，骨骼、肌肉都處於放鬆之際，兩者相加之下，便可對風溼起效。以前奴才的祖母就因為每日堅持，到老也沒有得過風溼病痛。」

「果真有這等奇效？」聽到這裡，那拉氏已是頗為意動。

小寧子跪在她腳下認真地道：「恕奴才說句實話，就算治不了風溼，但主子在按過雙腿後泡熱水，也絕對是有好處的。」

那拉氏猶豫了一下道：「罷了，姑且信你一回吧。」說著，任由小寧子替她褪了鞋襪，將雙腳浸入熱水中。

感受著包裹著雙腿的熱意，那拉氏閉目道：「這水是從翡翠那裡領來的？」

因為旱災宮中按例供水，是以不再像以前用得那麼隨便，每日內務府送來的水由翡翠保管，一應需要皆由她調配，所以有此一問。

「是，奴才去尋過翡翠姑姑了，不過領的卻是奴才自己的用水。」

他的話令那拉氏微微張開雙眼。「你派得的水不多，這些怕是一天的用量了，都給本宮用了，那你用什麼？」

小寧子忙道：「奴才粗人一個，只要有口水喝就行了。宮裡這麼多人，哪裡不能討一口，主子不必擔心奴才。」

「不該是你的，不許妄想，但該是你的便好生拿著，再說本宮也不缺這些，待會兒再去翡翠那裡領一份，就說是本宮的意思。」

「謝主子恩典。」小寧子沒有再推辭，而是乖巧地謝了一聲。自入內殿伺候後，他一直竭力討那拉氏的歡心，經過幾次教訓，他學會了掌握分寸，既討了好又不會過分惹那拉氏不喜。

「主子，力道可以嗎？」小寧子替那拉氏捏著剛才沒有捏到的雙足。

那拉氏低頭看了他一眼，卻是道：「只想問這個嗎？」

小寧子一驚，旋即帶著諂媚的笑容道：「果真什麼事都瞞不過主子，奴才只是有點好奇，年貴妃復了位，皇上又再許她協理六宮之權，主子您不擔心嗎？」

「本宮為什麼要擔心？」

小寧子措手不及，不知該怎麼回答，正支支吾吾時，那拉氏已然代他道：「擔心年貴妃會越到本宮頭上去嗎？小寧子，你管得倒是挺寬的啊。」

「奴才該死！奴才該死！」小寧子聽著不對，連忙跪地請罪。

小寧子暗悔自己話多，萬一觸怒了主子，將自己趕出內殿，那之前辛苦所做的一切便都成了泡影。不！他絕不要再回到以前的日子，他要出人頭地！

如此想著，小寧子腦子竟然一下子清醒許多，伏在地上惶恐地道：「奴才只是擔心主子，想那年貴妃跋扈無禮、無德無才，又屢屢冒犯主子，眼下起復，怕是……」

「怕是什麼？」一連串的笑聲自那拉氏嘴裡逸出來。不是冷笑，也不是不屑，更不是憤慨，只是單純的笑。

好一會兒，那拉氏方才止住笑聲，塗著一層淺金色丹蔻的手指劃過眼角，指腹染上一層溼意，那是她笑出來的淚。「你真當皇上願意起復年氏嗎？」

難道不是嗎？小寧子這般想著，卻不敢說出口，只是小心地抬起頭，用疑惑而卑微的目光看著那拉氏。

「年氏做了多少錯事，皇上心裡有數，降位禁足已是念在她家族與相伴多年的情分上法外開恩。若就此下去，年氏至少還能得個善終，現在怕是難了。」她彈一彈指甲，漫然道：「且瞧著吧，相信要不了多久就可以見分曉了。她爬得越高，摔下的那一刻就越慘。」

她已經迫不及待期待這一刻的到來，相信……一定會很精采。

聽到此處，小寧子終於忍不住試探地問：「主子是說年貴妃早已失寵？她如今的復位更不是皇上本意？」

他有些發懵。皇上乃是天子，天下之尊，竟然有人可以勉強皇上做不願的事？這……這未免太不可思議了。

「朝堂掣肘重重，你不知道的事還多著呢。」那拉氏雖在後宮之中，但對於年羹堯幾次三番上摺請求復年氏位分的事也有所耳聞。

功高，本是好事，但若功高震主，又恃寵生驕，那便是壞事了。所以她斷定，年家風光不了多久，而沒有家族支持的年氏，自然會在這後宮中一敗塗地。

「不過……」她手指劃過鬢髮上的珠花，徐聲道：「不過本宮『病』了這麼久，如今也該好了。」低頭見小寧子還跪在地上，涼聲道：「起來吧，往後少問不該問的事，三福就從不問這些，多學著些。」

「是，奴才知道了。」一提到三福，小寧子便滿心怨恨，他可沒忘記，這位好師父當時一心想要將自己趕出去呢。

第七百零三章　再見如傾

這日，凌若梳洗過後，正讓人將用過的水拿去澆院中花草時，看到溫如言過來，她身後還跟著容貌嫵媚的少女，顧盼之間眼波流轉，不是溫如傾又是誰？

「姊姊。」凌若歡喜地迎上前，握了溫如言微涼的雙手道：「姊姊來得好早。」

「來給妳這位熹妃娘娘請安，如何能不早？」溫如言玩笑著說了一句，又對身後人道：「如傾，還不見過熹妃娘娘。」

「如傾給熹妃娘娘請安，娘娘吉祥。」溫如傾依言上前，聲音柔軟甜糯，猶如一壺上好的酒，令人心醉不已。

「免禮。」凌若仔細打量了溫如傾一眼，笑道：「數月不見，倒是出落得越發漂亮了，都坐吧。」

待得各自落座後，溫如傾好奇地瞥了端水出去澆花草的宮人，道：「想不到熹妃娘娘也如此節省用水。」

凌若輕嘆一聲道：「能有什麼辦法，如今京中大旱，用水不易，自是能省就省一些了，大老遠的奔波數百里運過來實在不易。咱們宮裡頭已經算好了，外頭那些老百姓連喝口水都不易。」

溫如傾被她說動了心事，點頭道：「娘娘說的是，如今這京裡除非是自己有能力運水的，否則一人一天只能領一壺水。」

「唉，老天爺是想把人往絕路上逼嗎？」溫如言也是愁眉不展。「往日裡總覺得這水要多少有多少，沒什麼好希罕的，不曾想竟也有這樣的時候。」

「那是因為咱們都不曾受過乾旱之苦，可惜皇上接連兩次求雨皆未曾奏效，如今只能靠遠路運水緩解旱情，也不知什麼時候才是頭。聽說因為這個運水，國庫已經耗銀許多，眼見著又要入冬，京中秋稻顆粒無收，只能靠南方運來的米糧。只是一直這樣下去，總不是個辦法。」

「唉，只盼老天早點下場雨，莫要再這樣折磨世人了。」殿中的氣氛因為這個話題而有些沉重。

「好了，不說這個了。」凌若笑一笑，改而道：「看到如傾，我才想起來這一次的秀女就要開選了。最近事情多了些，險些忘了。如何，在鐘粹宮住得還習慣嗎？」

「謝娘娘關心，一切皆好，就是來教授規矩的嬤嬤好生嚴格，稍一不對，便要從頭再學。」溫如傾一邊說著一邊吐了吐舌頭。

凌若被她說得莞爾一笑。「都是這樣的，不過嬤嬤們也是為妳們好，宮裡不比外頭，是一點兒規矩都不能錯的。再說妳們還算好的了，記得本宮當年選秀的時候是在冬天，每次學規矩都得在冰天雪地裡站半天，凍得身子都麻了。」

「娘娘也選過秀嗎？」一聽這話，溫如傾頓時好奇地睜大眼睛。

溫如言在一旁輕斥一句：「娘娘面前不許這樣沒規矩。」

「不礙事。」凌若笑言了一句，露出回憶之色。「都是二十幾年前的事了，那時候本宮與妳差不多大，不過本宮當時沒能選在先帝爺身邊，而是賜給了皇上為侍妾，一轉眼二十多年過去了，本宮已經老囉。」

「娘娘才不老呢，瞧著甚至比民女還要年輕貌美。」溫如傾嬌聲說著。

「妳這丫頭還是一樣會哄人。」笑過後，凌若道：「中午妳與妳姊姊便在本宮這裡用膳吧，本宮讓小廚房多做幾個好菜。」

溫如傾聞言有些為難地道：「怕是不能承娘娘美意了。昨日裡坤寧宮的福公公來鐘粹宮傳旨，說今日皇后娘娘在御花園設宴，請所有秀女一道賞菊，算著時辰，差不多該過去了。」

凌若長眉微挑，旋即已是一臉笑意。「既是如此，那便改日吧，左右總是有機會的。妳快些過去，別誤了時辰。」

溫如傾看了溫如言一眼，見她也朝自己點頭，遂欠身告退。

看著溫如傾離去的身影，凌若徐徐道：「秀女尚未入宮，咱們的皇后娘娘已經迫不及待地拉攏人心了。」

溫如言嗤笑一聲，揚著帕子道：「她本就是這種人，有何好奇怪的。再說她手裡的棋子死的死、廢的廢，是該要再補充幾顆了，否則還怎麼害人啊。」

凌若被她這話勾起了思緒，沉聲道：「是啊，這些年來，宮裡的人一個接一個少去，如今資歷最老的也就我們幾個了。」

溫如言搖一搖頭，轉了話題道：「我此來還有一件事與妳商量，涵煙如今已經十五，該是訂親事的時候了，可是皇上眼下分不了神，所以想讓妳幫我看看朝中哪家的子弟好一些，權勢門第差些也不要緊，只要品行、德行好就行。」

事關涵煙，凌若自然不會推辭，想一想道：「這樣吧，我先幫著打聽一番，看看有哪些品行出眾的青年才俊，然後等皇上何時得空了再與他說。慢慢來，必得替涵煙挑一個如意郎君才行。」

「那此事便麻煩妹妹了。」溫如言也曉得此事關係涵煙一生幸福，急不得。

凌若拿起青瓷茶盞抿了一口道：「我在暢音閣點了穆桂英掛帥，姊姊有沒有興趣陪我一道去聽？」

「皇后在御花園賞菊拉攏秀女，妳卻跑去聽戲，可真有閒情逸致，就不怕失了先機？」溫如言輕笑著問道。

凌若不在意地笑笑。「隨她去吧，何況棋子多了也不好控制，想來皇后娘娘這些年為了控制好棋子，無一日不在絞盡腦汁，我又何必去湊那熱鬧。再說了，皇后的弱點從不在這些事上。」

溫如言正要問是什麼，忽的憶起一事來，道：「妳可是說二阿哥？可是二阿哥如今已經與皇后和好，再想挑撥可是難了。」

凌若眸中精光一閃，道：「和好也不過是表面上罷了，二阿哥心裡終歸有芥蒂在，只需要一個小小契機便可挑起，而且比以前更厲害。姊姊忘了，還有一件事是二阿哥從不知道的。」

「妳是說葉秀？」溫如言已經很久沒想起這個名字了，久到她幾乎要以為二阿哥不曾有過這個生母。

第七百零四章　戰亂再起

凌若感慨道：「說起唱戲，葉秀當年就是憑著那副嗓子還有扮相得到皇上喜歡，雖說生了個兒子，卻被皇后看中，福氣生生變成了災禍。」

溫如言卻沒她那些感慨。「葉氏不是什麼善人，她的死也算是罪有應得，沒什麼好可惜的。」

「可不可惜都是十幾年前的舊事了，咱們只需知道她的死可以被拿來作文章就行了。」說到此處，凌若起身道：「好了，戲差不多要開始了，咱們過去吧。」

溫如言微微一笑，與她一道攜手往暢音閣行去。

胤禛一臉陰沉地站在南書房中，眼睛死死盯著掛在牆上的「忍」字。這是皇阿瑪賜給他的，讓他不論何時何地都要牢牢記著，切莫忘記。

這個時候，有人走了進來，隨後在寂靜許久的南書房中有聲音響起——

「臣允祥叩見皇上，皇上吉祥！」

胤禛深深吸了一口氣，回過頭來。「起來吧。」

允祥小心地站起身，道：「不知皇上急召臣來，是謂何事。」

胤禛臉色難看地道：「適才有密探來稟報朕，說有一隊約千人的騎軍從承德門入京，而朕並沒有調用過豐臺大營。」

允祥悚然大驚，脫口道：「皇上的意思是有人擅自出動軍隊？」話語一頓，他又斷然否決：「這……這不可能，豐臺大營一直是臣在掌管，臣絕對沒有……」

「朕沒有說你，你忘了京城外還駐紮了一支軍隊嗎？」胤禛的聲音聽起來比秋夜中的寒露還要涼冷許多。

允祥一下子明白他的意思，然震驚卻不減反增，駭然道：「皇上是說年羹堯？難道他真的想要造反？」

「造反尚不至於，因為那支軍隊去了一趟年家後又立馬出城了，前後在京中不過待了半個時辰。密探還看到他們帶著數十輛水車去年府，應該是奉年羹堯之命去遠處取水。」

允祥微微鬆了一口氣，只要不是造反就好。畢竟數萬大軍的數量太可怕，就算把豐臺大營等幾個駐軍全加起來，也難以企及；至於其他地方的軍隊，遠水解不了近渴，等他們來勤王護駕，京城早就亂套了。

「這麼說來，年羹堯僅僅是派人去取水？」

允祥話音剛落，胤禛便一拳擊在鋪有淺金色挑繡壽字的案桌上，森然道：「本朝有例，任何軍隊未曾奉詔，不得擅入一步，否則視同謀反。年羹堯，竟然視若無睹，私派軍隊前去取水，還無詔入京，當真是狗膽包天了。」

允祥默然不語，他明白胤禛的憤怒與擔心，軍隊本該保衛國家安寧，可眼下卻成了一根刺，一根時刻威脅著胤禛的刺。誰也不敢保證是否有朝一日，醒來之時，京城乃至紫禁城被這群人占領，年羹堯拿刀獰笑著逼胤禛退位，扶弘晟登基。

「那皇上如今準備怎麼辦？」

年羹堯的囂張已經超出胤禛的底線，也開始讓胤禛逐步感到恐懼，處置年羹堯已是勢在必行。

「讓他回西北，即刻就回！」胤禛咬牙切齒地說出這句話，目光一直盯在那個「忍」字上，努力讓自己冷靜下來。「等他到西北之後，就開始一步步削他兵權，由岳鍾琪替上。」

「若年羹堯不肯交出兵權，又或者察覺了皇上的用意呢？」允祥沉聲問道。如今朝廷明面上的總理事務大臣是隆科多、張廷玉與暫時在京的年羹堯，但事實上，總理事務大臣只有一個，便是允祥，許多事都是他在暗中替胤禛處理。

「砰！」又一拳砸在案桌上，伴著這聲巨響，胤禛一字一句道：「年羹堯若敢反抗，縱舉全國之力，朕亦要滅了他！」

養虎為患，當真是養虎為患，只是如今再後悔已來不及了，只能盡力去補救。

「是，臣明白了。」允祥低頭，心下盤算該如何布防，還有西北那邊又該如何箝制年羹堯的兵力，而胤禛也是這個意思。

「這件事交由你去辦，在有萬全把握之前，盡量不要讓年羹堯察覺了。」

「臣……」

允祥剛說了一個字，便被叩門聲打斷了，卻是四喜隔著宮門道：「皇上，有八百里軍情急報！」

胤禛與允祥皆是一驚，會動用八百里急報的，必然是十萬火急的軍情，難道哪裡又不安寧了嗎？

「進來！」隨著胤禛的話，四喜推門而入，他手上捧著一本摺子，不等他說話，胤禛已劈手奪過奏摺，隨著目光的移動，臉色也越發不好看了。

「皇上，到底出什麼事了？」允祥問道，目光中有難掩的急切。

「青海郭羅克趁年羹堯班師回京的機會，發動叛亂，如今已經連續占據了樂都、平安、化隆三地，幾乎等同於青海半個省。」

何謂屋漏偏逢連夜雨，這一次胤禛是深有體會了。原本京城的旱災就已經令國家擔上重負，國庫裡的銀子跟流水一樣花出去，而年羹堯又是一個極不安定的因素，偏這個時候，青海再起戰亂。且不說讓誰去領這個兵打這個仗，就說國庫也捉襟見肘，尤其是剛剛才把江南幾個糧倉的糧食運到京城來。即便江南湖廣是個富庶之地，也沒辦法源源不絕地供應糧食。

南書房中陷入了死一般的沉寂，允祥飛快地轉著心思，想要從中尋出一個解決辦法。郭羅克叛亂已是事實，若是置之不理，西北岌岌可危，所以，必須要戰，大清從不會向任何一個藩邦異族屈服。

且不說糧草，眼下最重要的是由誰領軍出征，年羹堯還是岳鍾琪，又或者……他自己？

「皇上……」允祥剛一開口，就被胤禛打斷了。

「朕知道你的意思，而你也知道朕不會允許，何況，這一次出征，最恰當的人選並非你，而是年羹堯。」在說到這三個字時，胤禛臉上突然出現一絲詭異的笑容，讓人不寒而慄。

第七百零五章 借刀殺人

「年羹堯？不行，皇上明知道他……」允祥激動反對，然後面聲音卻是漸漸小了下去，並且露出動容之色。「難道皇上是想讓……」

果然，胤禛接下來的話證明允祥的猜測。

「戰場上，什麼可能性都有，主帥被殺也不是沒有的事。」

胤禛這是想借刀殺人，借兩軍交戰之機，讓敵方殺了年羹堯。以胤禛眼下對年羹堯的恨意，想出這個狠毒的法子並不奇怪，允祥只是擔心，一旦主帥被殺，對士氣會有極大的影響。萬一岳鍾琪不能很好穩住軍心，那麼要付出的代價就是大敗，如此一來，便有些得不償失了。

再者，年羹堯為主帥，輕易是不會衝鋒陷陣的，他上次被羅布藏丹津設計，再交戰肯定會格外小心。

當允祥將這些顧慮告訴胤禛時，胤禛並沒有太過擔心，反而意味深長地道：

「只要這人死了，就不會有人去追究他是怎麼死的，為什麼而死，明白嗎？至於說士氣，大可以等戰事勝利之後再讓年羹堯死，只要一切看起來合乎情理就行了。」

允祥眼皮一動，明白了胤禛的意思。所謂死於敵軍之手不過是一個說法罷了，真正做起來並不需要拘泥什麼，一旦叛亂平定，年羹堯便沒有了利用價值，到時候再死便於大局無礙了。

「晚些，你去見一見岳鍾琪，朕要扶他做這個西北大將軍，也要看他能力如何，還有究竟是忠心於朕還是忠心於年羹堯。」

「臣弟自會去辦，只是萬一岳鍾琪有二心，豈非壞了皇上的計畫？倒不若派個死士去辦。」允祥不無擔心地說著，此事關係重大，實在冒不起險。

「你忘了朕手下的那些密探嗎？」胤禛冷然一笑，寒意在眼底湧動。「若他敢有二心，朕便讓他去地府陪年羹堯，一個岳鍾琪可不會像年羹堯那麼棘手。」

「四喜，傳朕旨意，西北郭羅克叛亂，軍情緊急，讓年羹堯後日就出發，不許耽擱。另外，他不是要看年氏嗎？就著他明日進宮相見吧。」

「是，奴才這就下去傳旨。」四喜聽到了胤禛與允祥的交談，卻一個字也不多敢說，只恭謹地退下去傳旨。

「慢著。」允祥突然喚住將要離開的四喜，對胤禛道：「皇上，糧草一事還沒解決，貿然讓大軍出發，只怕……」

「難道大軍待在這裡就不需要動用糧草嗎？」胤禛瞥了他一眼，又有些發狠地道：「既是怎麼都要用，那麼就在糧草耗盡之前設法平定叛亂。在此期間，朕會設法自全國各地調糧，確保前線糧草無缺。」

當旨意傳到輔國公府時，年羹堯的震驚可想而知，沒想到郭羅克竟會趁自己離開時叛亂，實在可惡。

不過對於後日就要啟程的聖旨，倒是沒多少抗拒，畢竟軍功才可換來榮華，相信只要平定了郭羅克，皇上定會封自己一個異姓王。

四喜望著眼前多少帶些興奮的年羹堯，隱約猜到他的想法，卻是不住在心裡搖頭，真不知該說他自大還是愚蠢。

跟在先帝與皇上身邊的這些年，因為自大而送掉性命的人，他見的多了，年羹堯不是第一個，相信也不會是最後一個。

「轅門外炮響三聲如雷震，天波府走出我這保國的忠臣。」暢音閣的戲臺上，已經演到穆桂英出征，身穿戰甲、頭戴金冠的女戲子唱著出征的戲詞。

凌若正看得津津有味，忽感覺有人坐在自己身邊，轉頭看去，不禁吃了一驚，訝然道：「皇上，您怎麼過來了？」

「朕去承乾宮找妳，宮人說妳與惠嬪來了暢音閣，朕便過來瞧瞧，倒是沒想到妳點了這齣戲。」胤禛目光有些迷離地看著戲臺上的女子，記得以前葉秀唱得最好，只可惜，她絕了自己的路。

「臣妾一時想不出看什麼戲，記得皇上以前喜歡，所以便點來瞧瞧，倒是不錯。」凌若忽好奇地道：「臣妾只知皇上喜歡看，卻不知皇上為何喜歡呢？」

為何，只因她喜歡罷了……

明明往事已經過去了二十幾年，他也發誓再不想起，為何心還會有抽痛的感覺，始終不能徹底地忘掉嗎？

長長吸了一口氣，他帶著一絲不由衷的笑意道：「太久了，而且又是這麼小的事，朕早就忘了。」

凌若雖覺得他笑得有些奇怪，卻沒追問，而是道：「皇上既然來了，不若看完再走吧，您最近難得坐下來歇會兒。」

胤禛搖頭道：「不了，朕還有許多事，只是突然想妳了，所以來看看妳，馬上就要走。」

「這麼急？可是出什麼事了？」凌若緊緊盯著胤禛的神色，果然發現他眼底的那一抹沉重。

「是啊，青海郭羅克又叛亂了，這些人真是一刻都不讓朕消停，朕已經讓年羹堯後日出發平定叛亂。他那頭一出發，朕這裡便要忙了，如今京城糧食不夠，要從江南調；大軍一動，糧草必要隨行，到時候光是運送糧草就要許多人，朕得設法去調到更多的糧食來才行。」他抬手在凌若臉上輕輕撫過，溫言道：「所以，朕有一段時間不能來看妳。」

「國事要緊，皇上不用掛心臣妾。臣妾只是擔心皇上一時間去哪裡調這麼多的糧食，萬一調不到，豈非要引發朝局動盪？」想到這裡，凌若臉都白了。人最不能忍受的事便是餓肚子，士兵也一樣，一旦沒吃的……凌若簡直不敢想像下去。

「別擔心了，這些事朕會處理，區區一個郭羅克還動不了大清的根基。」戾氣在胤禛臉上閃過。「再說如今秋稻差不多該收割了，等這些糧食繳收上來，戶部的負擔便會輕一些。」

在胤禛說話的時候，凌若的腦子一直在飛快地轉著，努力想要替胤禛減輕一些擔子。「皇上，臣妾本不該妄議朝政，但臣妾想到一個法子，也許會對皇上有幫助也說不定。」

胤禛濃眉一挑，道：「妳儘管說就是，朕向來是不限制妳的。」至於戲臺上在演什麼，他早已沒了心思看。

第七百零六章　主意

凌若理一理思緒，緩緩道：「與其派一撥人專門護送糧草去西北，不如讓那些士兵取道運糧地，讓他們自己帶著糧草去西北，如此便省了許多人力與銀子，雖說與整個大軍比起來不多，但眼下這種形勢自是能省一些便是一些。」

胤禛默然不語，然眼裡的光芒卻是越來越盛。確實是好辦法，左右大軍都要去西北，只要稍稍調整一下行軍路線便可自行取糧。每人即便只是背負幾十斤，十數萬人下來也是百萬斤了，遠遠勝過一支數千人隊伍所運送的糧食；而且糧隊送糧食，還得帶上自己來回路上所用的分，真正能送到的糧食並不多。

想到這裡，胤禛一拍腿，興奮地道：「好，若兒這個主意當真是絕妙了，少說省去了萬斤糧食，朕這就去擬旨！」正要走，忽又覺得這樣有些不妥，正想陪凌若多坐一會兒，凌若已經推了他。

「皇上快去吧，您就算陪著臣妾，這心思也早已經飛走了。」

胤禛笑罵了一句：「妳這妮子！罷了，那朕先回去了，等忙過這一陣子再來看妳。」不管歲月如何變遷，在他眼中，凌若依舊是二十年前初初進府、陪他一道在蒹葭池邊看煙花的那個小女子。

在將要離去時，胤禛方才注意到坐在另一邊的溫如言，朝她說了一句：「惠嬪好生陪熹妃看戲吧。」

「臣妾遵命。」溫如言連忙答應，在她起身時，胤禛已經走出很遠，垂顧只是那麼一瞬間而已……

落寞在溫如言眼中鬱結不散，直至回到延禧宮依然顯得有些鬱鬱寡歡。素雲見了，知道必是因為在暢音閣的事，略微有些憤然地道：「皇上眼中只有熹妃，一點兒也不顧惜娘娘，明明娘娘是與熹妃一道在暢音閣的。」

豈料她這話剛一出口，溫如言已然厲聲道：「誰許妳說這些的？」

素雲沒想到她會突然這樣說，不由得有些發愣，好一會兒才跪下，咬著嘴唇道：「沒人教奴婢這些，奴婢只是替主子不值。只要有熹妃在，皇上心裡、眼裡便只有熹妃一人。」

溫如言盯了許久，方才在素雲的惴惴不安中道：「妳可知今日若換了別人說這話，已經被本宮打發出這延禧宮了？」

素雲心下一慌，忙道：「奴婢並無二心，當真……」

溫如言擺一擺手道：「本宮知道，所以現在妳還能跪在這裡。只是記著，這樣的話以後是斷斷不能說了。」

她抬頭，明亮的秋陽落入眼中，明暖中又帶著一絲涼薄。「這不是很好嗎？至少若兒是幸福的，至於本宮……呵，本宮從不認為皇上是本宮的良人，而本宮這一輩子都不可能有自己的良人了。」

素雲也知道自家主子對於君恩向來看得淡薄，尤其是在有了公主之後，更是無所謂，可是看著主子獨守猶如冷宮一般的延禧宮，她實在不忍。明明主子容貌、家世都不差，憑什麼熹妃可以擁有的，主子卻一些也沒有，這太不公平了。

「怎麼，還想說？」溫如言目光輕輕落在抿脣不語的素雲身上。

猶豫了很久，素雲終還是揚起頭，倔強地道：「是，主子口口聲聲說皇上不是您的良人，可是奴婢能感覺得到您還是喜歡皇上的，為何您不爭取著些？」

「爭取和若兒作對嗎？」溫如言的目光再次冷了下來。

素雲趕緊垂下頭道：「奴婢不敢，奴婢只是覺得主子不該如此冷寂到老。」

「妳只看到承乾宮的富貴榮華，卻忘了熹妃受的苦楚，那樣撕心裂肺的痛，本宮不想經歷。何況皇上與若兒之間，也沒有本宮的插足之地。再者，新一批的秀女馬上就要入宮了，妳以為憑著本宮這漸趨衰老的姿色，能夠比得過那些正值妙齡的少女嗎？」

素雲被她問得啞口無言，不知該怎麼回答。正沉默之際，一隻纖白的手扶起她，耳邊更傳來如斥如嘆的聲音——

「都幾十歲的人了，還去爭寵做什麼？於本宮而言，最重要的是若兒和雲悅，還有……」

「額娘！」一聲清脆如黃鸝的聲音打斷溫如言的話，同時一抹亮麗的淺綠色身影踩著輕盈的腳步進來。那人手裡捧著一盆開得正豔的翠菊進來，桃紅色的花瓣猶如鸚鵡的舌頭，尖長微捲。

進來的人正是涵煙，盈盈一禮道：「兒臣給額娘請安。」

看到唯一的女兒，溫如言的目光瞬間變得溫柔起來。「從哪裡來的菊花？」

「兒臣剛才經過御花園，看到那裡菊花開得正好，又豔麗有趣，便拿了一盆過來。咱們宮中少有花卉，正好放著添些顏色，額娘喜歡嗎？」

「只要是妳喜歡的，額娘都喜歡，讓宮人拿下去放在庭院裡吧。」不等溫如言吩咐，隨涵煙進來的宮人已經端了花盆出去。

「額娘，您在傷心嗎？」涵煙剛才只顧著看菊花沒注意到旁的，如今仔細瞧了才發現溫如言眼圈有些發紅。

溫如言曉得這個女兒向來細心，趕緊笑道：「哪有這回事，不過是剛才起風不慎吹進了灰塵。」

涵煙狐疑地看著她，又瞧了瞧素雲，發現她也是如此，遂道：「妳也被吹進了沙子嗎？」

素雲悄悄瞥了一眼溫如言，在心底嘆了口氣，幫著一道掩飾。「是啊，公主不知道，剛才那陣風可大了，又是灰塵又是碎石子的，進了眼可是難過呢。」

聽得此話，涵煙不由得信了大半，關切地道：「要不要尋太醫給額娘瞧瞧？」

「額娘沒事，妳別太緊張了。」溫如言眼中的慈愛幾乎要溢出來。這是她的心肝啊，記得剛出生的時候還是軟軟紅紅的一個，如今已經長成大姑娘了。

始終，身邊人才是最重要的，若兒是，雲悅是，涵煙更是，還有如傾，只要她們一個個都好好的，自己還有何所求。

胤禛，從不是屬於她的，他的心裡有納蘭湄兒，有若兒，已經裝不下什麼人，自己又何必去強湊這個熱鬧，沒得壞了與若兒的情分。

她雖沒有良人以及傾心相待的愛戀，但她至少有涵煙，能夠看著涵煙長大，已是莫大的幸福，令同處於後宮的無數女人羨慕。

第七百零七章　告罪

「今兒個額娘去見了熹妃。」

溫如言剛說了一句，涵煙已經眸光微亮地道：「熹妃娘娘嗎？兒臣許久不曾去給她請安了，額娘也不叫上兒臣一道去。」

「左右同是在宮裡的，妳要想去難道還會沒機會嗎？再說本宮還怕妳尷尬。」在涵煙不解的目光中，溫如言笑道：「是關於妳的終身大事，額娘讓熹妃幫著一道瞧瞧京中有哪些品行端正的青年才俊，好求妳皇阿瑪賜婚。畢竟妳也不小了，該是上心的時候了。」

即便涵煙性子再活潑，聽得自己的終身大事時，也不禁有些扭捏，絞著滾銀邊的衣角，小聲道：「兒臣才不要嫁人呢，兒臣要一輩子陪著皇阿瑪與額娘。」

「女兒家哪有不嫁人的理，何況只是讓妳出嫁，又沒說不讓妳進宮看額娘。」說著，她拍拍涵煙的手道：「有妳熹妃娘娘在，定能幫妳把關，嫁一個好夫君。」

「可是兒臣出嫁了，額娘會很寂寞。」在最初的羞澀後，涵煙第一個想到的是溫如言。

涵煙的懂事與孝順令溫如言感動，能擁有這個女兒，實在是幾世修來的福分。「還有熹妃與謹嬪陪著額娘呢，過段日子，妳小姨或許也會入宮，哪裡會寂寞？額娘這輩子最大的心願就是看妳嫁一個好夫君，一輩子都平安喜樂。」

「額娘！」涵煙哽咽著撲進溫如言的懷中，用力嗅著對方身上的味道。她知道，離開是必然的，可是真的……真的好捨不得啊。

「不哭了。」溫如言忍著淚意，安慰著懷裡微微抽搐的身子，轉移話題道：「對了，妳剛才不是說經過御花園嗎？快與額娘說說，那裡熱鬧嗎？」

涵煙也曉得自己這樣會讓額娘心裡不好受，當下抹一抹淚，勉強凝起一絲笑容，順著她的話道：「嗯，很熱鬧呢，一百多名秀女都在那裡陪著皇后賞菊呢，兒臣只認得小姨，不過有幾個與小姨一般貌美，當真是好看得緊。對了，兒臣拿那盆翠菊的時候，還被一個秀女看到了。」說到此處，原本神色有些鬱鬱的涵煙突然噗哧一笑，倒讓溫如言瞧得好生奇怪。

「那秀女怎麼了？」

涵煙彎著嘴角，道：「兒臣今日穿得比較素淡，被那秀女認作了是宮人，還以為兒臣想偷翠菊，大喊大叫著將皇后娘娘都召來了，額娘您說好不好笑？」

溫如言不禁也笑了起來。「這秀女倒是有趣得緊，叫什麼名字？」

「兒臣聽到有秀女叫她念央，旁的就不知道了。額娘您是不知道，當皇后娘娘告訴她兒臣身分後，她整張臉都紅了，恨不能找個地縫鑽下去，旁邊還有許多秀女在笑她。後來她連菊花也不賞了，推說喝醉了酒匆匆離開。」涵煙越說越覺得好笑，咯咯笑個不停。

「妳這丫頭，分明是故意的。」溫如言刮了一下涵煙翹挺的鼻子，寵溺地道：「她不知道，妳可以自己告訴她，何必讓她把皇后叫過來呢。」

「嘻，誰教她自己眼拙的，可是不怪兒臣。」涵煙這樣說著，眼裡卻盡是促狹的笑意，瞧得溫如言直搖頭。

這個女兒瞧著模樣像她，性子卻是不像，古靈精怪的，想到什麼是什麼。

「妳啊，這淘氣的性子什麼時候能改改。」

涵煙皺了皺鼻子沒說話，溫如言卻是知道的，要她改性子，怕是幾十年都難改過來。只能怪那秀女也是運氣不好，撞在涵煙手上，惹出一通笑話來。

到了午後，溫如傾回來了，髮間多了一支翡翠簪子，一問之下方知是皇后賞的。除了她，還有劉秀女等幾人也得了同樣的簪子。

面對溫如傾的歡喜，溫如言不便多說什麼，只是囑她在宮裡千萬不要隨意相信任何人，尤其是在未選秀前，更不宜走得太近。即便是皇后，也只須保持應有的尊敬便可。

到了第二日，因皇后頭疼病已癒，是以宮中諸妃皆前往坤寧宮請安，凌若亦在其中。因為是時隔多日的第一次請安，是以宮中大大小小的主子幾乎都到齊了，唯缺一個年氏。

等到辰時一刻，始終不見年氏到來，諸女雖未明言，但私下卻議論紛紛。年氏剛一起復便不來坤寧宮請安，這膽子未免也太大了些，真把自己當成了後宮第一人嗎？

「妳說年氏會來嗎？」瓜爾佳氏藉著舉杯飲茶的動作，悄悄問著凌若。那廂，那拉氏正在問裕嬪話，素來謹慎小心的裕嬪在面對那拉氏時充滿拘謹，遠不及與凌若相處時來得自在。

凌若亦做了個相同的動作。「此時不來，想必是不會了。」

那拉氏目光一瞥，將她們微小的動作收入眼底，微微一笑道：「熹妃與謹嬪悄悄說著什麼呢，也說出來與本宮和諸位妹妹們聽聽。」

凌若連忙與瓜爾佳氏一道站起來，道：「皇后娘娘恕罪，臣妾們並非有意私語，只是見貴妃娘娘至今未出現，不知是否有什麼事？」

那拉氏面色一沉，旋即已若無其事，撫著袖間暗藏銀線的繡花，道：「貴妃性子素來自在無拘，許是一時給忘了也說不定，不必等她。」

就在那拉氏話音剛落之時，孫墨進來打了個千兒道：「啟稟皇后娘娘，翊坤宮的宮女迎春在外頭求見。」

那拉氏展一展袖子，淡然道：「讓她進來吧。」

「嗻！」孫墨退下沒多久，便見迎春走了進來。

翊坤宮的眾多下人之中，除了綠意，迎春便是頭一份的尊貴，這打扮自是較尋常宮女體面、尊貴些。一襲櫻草黃的緞子衣飾，幾支翠藍的簪子，髮後另有一朵絹花，花蕊是用紅寶石鑲嵌而成，模樣倒是比那拉氏身邊的翡翠更出挑。

「奴婢迎春給皇后娘娘請安，娘娘吉祥。」迎春搭手在腰間，以大禮參拜，隨後又見過以凌若為首的眾妃，禮倒是行得挑不出一絲錯來。

「怎麼只得妳一人過來，妳家主子呢？」那拉氏和顏悅色地問著。

迎春低頭道：「回皇后娘娘的話，主子原本已經準備出門來給娘娘請安，哪曉得宮人來報，說輔國公已經進宮，主子怕輔國公到了之後看不到人，只得留在宮中，特差奴婢來向皇后娘娘告罪，望娘娘見諒，改日再來給娘娘請安賠罪。」

第七百零八章　信

那拉氏一笑道：「哪有賠罪這麼嚴重，貴妃與輔國公難得見一面，原是要緊一些，本宮這裡隨時都可以來。」說到此處，她微一思忖，對身後的翡翠道：「妳去將庫房裡那尊象牙彌勒佛拿來，再取一套紅翡的頭面首飾，隨迎春一道去趟翊坤宮，親自交給輔國公。」

迎春意外於那拉氏的話，訝然道：「娘娘這是……」

那拉氏笑道：「輔國公為大清立下赫赫戰功，無人可及，如今他入了宮，本宮自該有所表示，再說本宮與妳家主子又是多年的好姊妹。彌勒佛是賞他的，那套紅翡頭面首飾則是賞給輔國公夫人的，讓輔國公務必要收下，若晚些他有空，便來本宮這裡坐坐。」

迎春恭恭敬敬地道：「是，奴婢一定將娘娘的話如實轉告，娘娘若無別的吩咐，奴婢先退下了。」

這個時候，翡翠已經領著兩個小太監將東西捧來了，首飾因放在錦盒中無法看到，那彌勒佛卻是瞧得再清楚不過。那尊佛像約有半個手臂高、手掌寬，通體雪白，無一絲雜質，不論佛像的衣襟皺褶還是神態都無比逼真，甚至於仔細凝望時，會不由自主地被佛像的笑容所感染。

但最令人驚奇的，還是這佛像的大小，這世間罕有這麼大的象牙，應該是數根象牙拼接在一起雕成，可是任人怎麼看，都找不到拼接的痕跡，一切渾然天成。

「這彷彿是孫子晉的雕刻。」瓜爾佳氏有些不確定地說著。

凌若拭一拭唇，輕聲道：「除了天下第一巧匠之外，我想不出還有什麼人能將象牙拼接得如此完美。即便不論這象牙本身的價值，只憑『孫子晉』三字便足以價值連城了，皇后倒是真捨得。」

「咱們這位娘娘這些日子出手可是大方得很，昨日還賞了好幾位秀女翡翠簪子。我見過如傾那支，乃是南渥國進貢來的上品，連宮裡也不算常見。」

「她要籠絡人心就由得她去籠絡，咱們還能擋著不成？再說以年羹堯的身分跟眼界，尋常東西也著實送不出手。」

在她們說話的時候，翡翠與迎春兩人已先後離開坤寧宮。

又坐了一會兒，眾人也就各自散了。凌若回到承乾宮，只見莫兒與安兒還有幾個小宮女聚在一起正興奮地說著什麼，看到她過來，連忙禁聲不語。

「何事說得這般熱鬧？」凌若睨了一眼跟上來的莫兒。

莫兒吐了吐舌頭道：「回主子的話，奴婢們在說今兒個輔國公入宮給年貴妃帶來的東西，一車一車的，聽說運了好幾十車呢！」

「好幾十車？」凌若腳步一頓，目光怪異地看著莫兒。「妳這都是從哪裡聽來的？幾十車，妳當紫禁城是什麼地方。」

莫兒連忙道：「奴婢沒有撒謊，看到的宮人都說有好多車子，就算沒幾十車，七、八車也是有的。負責搬東西的宮人說車裡都是極名貴的東西，整套的象牙器具、鴿子蛋大的紅寶石，還有沉香木做的屏風，最稀奇的就屬那張玉珍簟了，聽說鋪在床榻上冬暖夏涼。」

「哦？天下還有這等奇珍，連本宮也從未聽說過。」凌若挑了挑眉，顯出幾絲詫異與好奇來。

「奴婢不敢騙主子。宮人都在說，輔國公出手當真是大方至極，也不知他從哪裡來的這麼多奇珍異寶。」莫兒眼裡充滿驚嘆，她以為所有奇珍已盡歸皇宮，卻不曾想還有這麼多連聽都沒聽過的東西。

在莫兒說話的時候，凌若已經恢復鎮定，淡然道：「大不大方都與咱們沒關係，下去做事吧。」

進到殿中後，水秀小聲道：「主子，輔國公怎麼會有這麼多奇珍異寶？」

凌若就著她的手在椅中坐下，怡然道：「西北雖然偏遠，卻也不是不毛之地，這些年他統管西北一地，軍備、糧草乃至民情皆是他一手所握，搜羅些許奇珍有什麼奇怪的。」

水秀有些遲疑地道：「照主子的話說來，輔國公也並非什麼清廉之人了。」

「清廉？」凌若掩脣一笑，帶著無比的諷刺道：「他若清廉，這世間就沒貪官了。本宮聽說，他在西北的府邸無一不奢、無一不奇，皇宮與之相比，除卻闊大一些以外，也不過如此。還有那官員，不管官職大小與否，見了年羹堯必行跪禮。」

水秀眼裡的驚意越發濃重，她雖是一介宮女，卻也曉得一個理，那就是像巡撫、按察使那樣的封疆大吏，即便見了官職更大的總督乃至相爺，也不過是行拜禮，唯有對皇上才行跪禮，年羹堯這樣，豈非逾制？

「好了，本宮還是那句話，輔國公怎樣都與咱們沒關係，莫要多加理會。記得燉一盅百合雪梨汁，然後給皇上送去。」

「主子放心吧，已經在燉了，奴婢一會兒就送去。」自入秋之後，凌若每日都會讓宮人燉一盅百合雪梨汁送去給胤禛。秋天乾燥，再加上胤禛這些日子因為朝堂之事忙得焦頭爛額，最是要預防肝火。

只盼著朝堂那些事早些解決，否則再這樣下去，就是燉再多的百合雪梨汁亦是無用。

凌若正在暗自憂心之際，有宮人送來一封信，展開一看，卻是榮祥寄來的，他在信中說希望可以隨大軍出征青海。

自上次彈劾一事過後，榮祥就被編入了火器營留在京城。相對於駐守邊疆的軍營，京城裡的幾大軍營相對要安穩許多，除非京城出事，否則是用不著廝殺拚命的。

但凌若了解榮祥，他更嚮往戰場上的拚殺，在千軍萬馬中立下獨屬於自己的戰功，只是礙於父母之命而無法前去。

如今，他得知大軍要再次征戰，便一心想著隨軍出征，共平郭羅克之亂，無奈凌柱夫婦擔心榮祥安危，說什麼也不同意；何況從火器營調去西北大軍，也不是隨便說說就可以的，所以他想到了凌若，想讓她求一求胤禛，許他出征。

「這個榮祥……」凌若搖搖頭，捧著那封信，一時難以抉擇。若由著她的想法，自是不肯答應的，她就這麼一個弟弟，怎捨得讓他去犯險？可榮祥既有這個想法與決心，她這個做姊姊的不支持卻是有些說不過去。

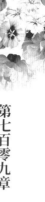

第七百零九章　囂張

思來想去，委實難決。待到掌燈時分，凌若猛然想起來今日還未曾見過弘曆，奇怪地問著正將晚膳端上來的水秀等人：「今日四阿哥下了課沒有回來嗎？」

水秀幾人互望了一眼，搖頭道：「回主子的話，奴婢等人今日皆未曾見，是否是去了裕嬪娘娘那裡？」

剛說了話，便見弘曆踩著鹿皮小靴走進來，朝凌若道：「兒臣見過額娘。」

凌若招一招手道：「嗯，怎的這麼晚才回來，去哪裡了？」

「兒臣……」弘曆神色有些遲疑，低頭想了許久，方道：「兒臣不敢騙額娘，今兒個下課的時候，三哥來找兒臣，他送了兩塊玉珮給兒臣與弘晝，隨後又同弘晝一道去裕嬪娘娘那裡待著，說了會兒話。」說完，他將一塊通體翠綠、雕有龜鶴圖案的玉珮遞到凌若面前。

「弘晟？」凌若有些意外地接過玉珮，觸手溫潤，雕工細膩，只一眼她便看出這塊玉珮的名貴。「他這是從哪裡得來？」

「三哥說是他舅父送給他的。這玉珮本是一套十二枚，圖案各不相同，兒臣是龜鶴，弘晝是蝙蝠。」說到這裡，他怕凌若誤會，急急解釋：「兒臣知道不該擅收外人之禮，但是三哥執意要給，兒臣又怕拒絕了會讓三哥難過，所以只得收下，再說……三哥也不是外人。」後面的聲音很輕，顯然是怕凌若責怪，但還是堅持把整句話說完。

凌若默默望了他一會兒，將玉珮還給他道：「既是三阿哥給你的，你便好生收著，只是往後還是莫要經常來往……」

弘曆有些難過地問：「為什麼，額娘不喜歡三哥嗎？」

「自然不是，額娘只是怕你們走得太近，被年貴妃發現後會不喜。你也該知道，額娘與年貴妃之間的關係。何況……」她垂目道：「真正要好的關係，並不會因為走動減少而改變。」

「兒臣明白。」其實凌若所說的，弘曆都明白，也正因為如此，所以下午才待在不甚引人注意的裕嬪那裡。

「好了，用膳吧，今兒個有你喜歡的竹絲雞與清蒸鱸魚。」凌若站起身來，袖子在拂過旁邊的方几時，不慎將擺在上面的信紙帶下來，輕飄飄落在地上。

弘曆信手撿起時掃了幾眼，發現是小舅榮祥的信，信裡寫道想要隨大軍一道去平定郭羅克之亂。

「額娘，您會答應小舅嗎？」在坐到椅中時，弘曆不急著吃飯，反而這般問道。

凌若搖搖頭道：「額娘還沒想好，戰場上刀劍無眼，太過凶險，從私心上來說，額娘與你外祖父他們一樣，並不願讓你小舅去冒這個險。」

不知為何，弘曆聽得這話突然激動地揮著手道：「男子漢當保家衛國，功立沙場，正如宋時岳將軍那首《滿江紅》說的那樣，『壯志飢餐胡虜肉，笑談渴飲匈奴血』。再者，若人人都像額娘這樣不願家人去拚殺冒險，國家社稷又靠誰來保衛？」

「你這是在教訓額娘嗎？」

當聽得凌若這般說時，弘曆才驚覺自己語氣過於激動了些，連忙道：「兒臣沒有，兒臣只是將心中所想的說出來罷了。今日與三哥一起的時候，三哥也說他想去戰場殺敵立功，可惜年貴妃不答應，只好作罷。」

「弘晟是阿哥，怎好輕易犯險。」她眸光一轉，又道：「那麼依弘曆的意思，額娘該同意你小舅的要求了？」

「若換了兒臣是小舅，一定會希望額娘同意。」

光華流轉的燭光下，弘曆黑亮的眼眸中透著一種異樣的光輝，讓凌若一下子明白了，去戰場也許並不是弘晟一人的想法，弘曆也有分。

看著他，凌若緩緩點了下頭。「額娘明白了，晚些時候，額娘就去找你皇阿瑪。」

只有從死人堆裡站起來的人，才可以成為名震千古的名將。榮祥既然不甘庸庸碌碌一生，希望靠自己掙出一個千古功名來，她這個做姊姊的自該全力支持。她也盼著鈕祜祿家能夠出一個名將。

翌日，吏部接胤禛口諭，將榮祥自火器營調往西北大軍當中，歸在岳鍾琪下面。

幾乎是調令剛下，大軍便啟程前往西北。與來時一樣，百官相送，然令人意想不到的是，年羹堯竟要王公以下官員跪送。

百官極是抗拒，十年寒窗，一時金榜題名掙得功名於身，原以為也算光宗耀祖、揚眉吐氣，卻不想一時被人迫跪，可謂是羞怒皆有。

當日，在凱旋宴上曾諷刺過年羹堯的老大人第一個看不慣他如此驕狂無禮，視同官為下屬的態度，又仗著自己的資歷與官職，堅決不肯下跪。不只如此，還言詞犀利，當著眾人的面指責年羹堯。

後面的事任誰都沒想到，年羹堯竟然直接命手下軍士將他抓起來，以犯上之罪，責軍棍三十。

老大人當即破口大罵，什麼樣難聽的話都有，年羹堯一怒之下，改為軍棍五十，當眾執行。凡受杖責者，皆需脫下褲子。老大人這一輩子讀書應試，何曾受過這樣的羞辱，再加上年紀老邁，身子孱弱，沒打幾下就暈了過去，而年羹堯不顧允祥的勸說，堅持打完五十棍方才停手。

這一頓打去了老大人半條命，被帶下去的時候，已是氣若游絲。允祥雖及時替他傳了太醫去府中治傷，但能否安然無恙，允祥並無信心。

年羹堯的囂張超出了允祥的想像，眼見百官因為老大人血淋淋的教訓，忍著屈辱向年羹堯下跪，他眼裡的陰意越發濃重。這個人太危險了，趁戰亂之時，除掉年羹堯，確實是最好的做法。若再任由年羹堯下去，造反只是早晚的事。

這件事毫無意外地傳到了胤禛那裡，在派四喜前去老大人府上撫慰的同時，也讓他更加下定決心，不惜任何代價除掉年羹堯。

午後，允祥入宮覲見，同樣說了老大人一事，更道：「皇上，年羹堯這樣當眾羞辱朝廷命官，視他們為下屬、奴僕的行徑，已引起了眾位大人的反感，臣弟估計明日早朝，定會有許多大臣上奏彈劾年羹堯，皇上要早做準備為好。」

第七百一十章　下雨

「朕知道，不過在郭羅克之亂平定之前，暫時還不能動年羹堯。」說著這句句，胤禛自己都覺得憋屈，可是形勢如此，由不得他不答應。

「暫時不說這個，朕讓你去京城周圍的府縣挖井一事，進行得怎麼樣了，可有掘到水？」

允祥苦笑道：「已經挖了數十口，但是能出水的不過三、四口，而且水量不多。有一口，甚至水深僅半丈，根本起不得大用。」

胤禛不無失望地道：「可是五百里之內，能運水的地方已經不多了，且出現乾旱的地方越來越多，再這樣下去，難道要遠赴南方運水嗎？」

眼下，至附近運水已經令朝廷頗感吃力，再往遠處去，成本更是增加，還有糧食……總不能水糧皆靠南方一地供應吧，這樣就是再富庶的地方也供不起，更不要說還要負責西北那邊。

「若實在不行，就只能加賦稅了。」

允祥這話剛出口，便被胤禛斷然否決。「不行，皇阿瑪在世時說過，永不能加賦，朕不能違了皇阿瑪的訓言。更何況，如今賦稅已然不輕，再加下去，豈非絕了百姓的活路？」

「我知道皇上心繫百姓，什麼事情都站在他們的角度考慮，可有時候，還是要以大局為重。」

「大局，你知道什麼是大局嗎？」胤禛疾言厲色地道：「百姓就是大局，一旦失去了民心，大清就會像曾經的大明一樣成為歷史。」

「皇上，這只是暫時的，待得度過眼前的難關之後，再降下來就是了，相信百姓能夠理解朝廷的苦楚。」也只有允祥敢這樣與胤禛說話。

「你都要絕了人家口糧，還要人家理解你，老十三，何時你也變得這樣不近人情？」胤禛對於允祥的說法難以接受。

「是皇上過於執著了，難道非要等所有人都渴死、餓死的時候，再來後悔嗎？」允祥一激動，頓時又咳了起來。

他急促的咳嗽聲令本已有些激動的胤禛冷靜下來，擺擺手，有些無力地道：「朕不是這意思，只是希望有更好的法子。」

允祥一邊咳一邊道：「能想的，皇上與臣弟都已經想過了，眼下不說山窮水盡，卻也是被逼得無法了。臣弟看過戶部存銀，六月尚有一千萬兩，如今卻已不到六百萬兩。皇上，該斷則斷，先將這場天災熬過去再說吧，至多咱們少加一點兒就是了。」

「十三弟，你還是不明白朕的心意，朝廷即便只加一分賦，可下到地方，卻很可能變成了兩分、三分，乃至五、六分。朕雖然極力肅清吏治，可畢竟時日尚短，仍然隱藏著許多吸百姓血脂的貪官惡吏。有這些人在，朕輕易不敢加賦。」

允祥慢慢止了咳嗽，沉默許久道：「皇上，人不能因噎廢食，您若擔心那些貪官惡吏作壞，乾脆派密探嚴密監察各州縣，一旦有貪贓枉法趁機斂財的行徑，便立刻上達天聽，由您下旨處置。」他頓一頓又道：「其實給予密探先斬後奏之權是最便捷的方法，但是如此一來，密探權力便有些過大了，不好控制。」

胤禛嘆了口氣道：「已經幾十年沒加賦了，此事……讓朕再想想吧。」

說話間，蘇培盛走了進來，神色凝重地道：「啟稟皇上、怡親王，替老大人看病的太醫回來了，老大人……傷勢過重，無力回天，已經去了。」

儘管胤禛與允祥都已經有心理準備，但聽得老大人死去的消息還是驚了一下。年羹堯下手可真重，那五十棍分明就是故意的，他很清楚以老大人的身子骨絕對熬不下來，說是杖責，實際上根本是要老大人的命，以報對方對自己的不敬。

「據回來的太醫說，老大人臨終前一直在罵……」蘇培盛小心地睨了胤禛一眼，沒有馬上說下去。

胤禛冷冷吐出三個字：「照實說。」

蘇培盛垂低了頭，有些心驚膽顫地細聲道：「是，老大人臨終前一直在罵輔國公，罵他是國之禍端，禍國殃民，唯有除了他，大清才會風調雨順、昌盛繁榮。」

「朕知道了，下去吧，告訴那個太醫，不要說不該說的話。」胤禛沒有叮囑蘇培盛不要亂說，連這個都不懂的話，蘇培盛也不用在他身邊伺候了。

蘇培盛依言退下，與正走進來的四喜擦身而過，只聽得四喜道：「啟稟皇上，輔國公帶領的大軍已經離開京郊。」

「皇上！皇上！」已經走到養心殿外的蘇培盛突然失態地奔進來，臉上帶著一股難言的狂喜。「下雨了，皇上，下雨了！」

「什麼？你再說一遍！」原本想要斥責蘇培盛的胤禛霍然起身，不敢置信地問道，旁邊的允祥也是一般模樣。

蘇培盛又哭又笑地道：「奴才說下雨了，皇上，是真的，外頭在下雨了。」

剛才他一出養心殿，就覺得臉上一涼，溼溼的、冷冷的，像是雨，可是京城已經數月沒下雨了，這……怎麼可能？然很快的，他便知道這是真的，因為有更多的雨落在臉上，每一滴都帶著令人欣喜的溼意。

胤禛顧不得再問，快步走出殿外，允祥緊跟在他身後。果然一出得外面，便感覺到有雨水滴落在臉上，而更多的雨滴則是落在乾燥許久的地上。

「下雨了，真的下雨了！」胤禛激動地張開手，臉上是前所未有的喜悅。他等這一天實在等得太久了，久到近乎絕望。

「是啊，終於等到了。」允祥感慨地說著。「只盼這場雨下得痛快一些。」

老天彷彿聽到允祥的話，雨瞬間大了起來，原本小小的雨滴變成黃豆一般大，劈里啪啦地往下落。急促的雨滴打在臉上有些生疼，胤禛卻是毫不在意，抬起頭，任由雨水打在臉上。

「四哥，先進去吧，這秋雨涼得很，再淋著可該著涼了。」眼見雨勢漸大，一會兒工夫，衣服便溼了大半，允祥在旁邊勸道。

「沒事，朕淋著開心。」胤禛搖頭，神色歡愉無比，沒有比這場雨更令他開心的了。上天沒有對祂的子民趕盡殺絕，降下甘霖，讓他們可以繼續活在這片大地上。

有了這場雨，增加賦稅一事便迎刃而解，百姓可以與以前一樣過著雖然不輕鬆，但並不會重到壓斷他們腰的日子。

第七百一十一章　無人可以取代

四喜取了把傘來撐在胤禛頭上，卻是被他推開了。「拿走，朕不需要。」

「可是……」

四喜還待要勸，允祥已是笑道：「罷了，皇上正在興頭上，拿下去吧。」

「嗻！」四喜無奈地收起傘，在退下去時，嘟囔了一句：「可真是湊巧，輔國公那頭剛走，這老天爺就下起了雨。」

他隨口一句話，落在胤禛耳中卻是猶如驚雷炸響。究竟真的只是巧合，還是說……連老天爺都厭棄年羹堯？

雨，整整下了一天一夜，徹底滋潤了乾渴已久的大地與人們。這一夜，成了乾旱以來，最令人歡喜開心的一天，河流、小溪也再次湧動著清澈到讓人落淚的流水。

京城持續了數月的旱情雖沒有因這場雨徹底解除，卻緩解許多，運水一事得以暫停。總之，整個京城都在重新泛起生機。

後宮中，望著滂沱不止的大雨，凌若泛起了由衷的笑意。她知道，這場雨解了胤禛的燃眉之急，也解了大清的燃眉之急。

「主子，您已經站了很久了，該回去了。」水秀在一旁提醒，同時將披風覆在凌若身上。

「皇上今夜總算能睡個好覺了。」這般說著，凌若轉身往殿中走去，神色輕鬆而自在，沒人比她更清楚胤禛這些日子所承受的巨大壓力。

水秀笑著道：「是啊，往後咱們宮裡也不用再計算著用水了。奴婢以前家裡雖然窮，但還從未到沒水用的時候呢。」

「往後該省得的地方還是省，不要胡亂浪費了。」凌若捧著鏨金手爐說道。隨著秋雨的落下，天氣更加涼冷，宮裡已經用上了暖手爐。

楊海捧了盞茶進來，恰好聽到這句話，笑著道：「奴才們知道，主子放心吧。」

夜，在大雨中降臨，水秀正領著人四處掌燈之時，意外看到胤禛進來，連忙側身行禮，在他身後是正在收傘甩水的四喜。

胤禛越過眾人來到凌若面前，親自扶起她，笑然道：「起來吧，不必多禮。」

凌若笑望著他道：「皇上今日心情似乎不錯？」

胤禛揚著唇角道：「是啊，這場雨一下，朕什麼煩惱事都沒了，只希望以後一直風調雨順，莫要再有乾旱。」

「不會的，皇上愛民如子，上天一定會體諒皇上，風調雨順。」

「希望如此吧。」胤禛捏一捏凌若的手腕道：「不說這個了，朕餓了，可能用膳了？」

「臣妾這就叫人準備。」在吩咐宮人去準備後，凌若又嗔道：「皇上要過來也不提前通知一聲，倒讓臣妾措手不及。」

「原本是不來的，只是朕突然很想見妳。」說到此處，他感慨道：「說起來，朕已經許久沒有像這樣靜下心來與妳坐著了，就是上次看戲也來去匆匆。這段時間，當真是折騰人，如今總算能好好鬆口氣了。」

凌若噗哧一聲笑道：「是啊，然後皇上就可以好好挑選秀女，廣充掖庭了。想必到時候，宮女佳麗如雲，像臣妾這樣的，到時候該被皇上拋之腦後了。」

胤禛故作生氣地道：「妳個妮子，好大的膽子，居然敢取笑朕。」

「臣妾不敢。」凌若欠身說著，然眼裡的笑意卻是徹底出賣了她。

「妳啊！」胤禛捏捏她的鼻子，帶著些許寵溺的意味道：「真不知該說妳什麼。」

水秀行了個禮，輕笑道：「啟稟皇上、主子，可以用膳了。」往日裡主子雖也經常笑，但只有在面對皇上時才笑得最開心，沒有一點兒勉強。

「行了，先下去吧。」在示意水秀退下後，胤禛忽的輕嘆一口氣，撫著凌若臉頰，認真地道：「朕身為皇帝，不能說弱水三千只取一瓢飲的話，但是朕可以保證，不管宮中有多少女子，鈕祜祿凌若在朕心中永遠是最特別的那一個，無人可以取代。」

「臣妾知道。」這簡簡單單的四個字卻凝聚了凌若對胤禛二十年的情意。自入四阿哥府那一日起，她便知道自己再沒有要求一心人的資格。這固然悲哀，但至少胤禛待她是特別的，遠勝於其他嬪妃，實在不能要求更多了。

胤禛拉了凌若起身道：「好了，去用膳吧，朕真的餓了，午間只吃了一小碟點心，腹中早已空空如也。」

卻不想凌若一聽得這話便急了。「皇上明知道自己胃不好，為何還要餓著，如何，可有覺得哪裡疼痛？」

「朕沒事，妳啊，別老一驚一乍的，莫忘了妳如今可是宮裡的熹妃娘娘。」他這樣說著，言語間卻是歡喜的。凌若的關心，在現實的宮裡尤為珍貴。

多少女人表面上對他百般奉承、曲意逢迎，實際上只是為了借那點兒恩寵鞏固自己在宮裡的地位。

凌若這回卻是不依了，道：「莫說臣妾了，就是皇后娘娘聽得這話也要急，始終您的身子是最要緊的。」

「行了，朕知道了，那麼現在可以用膳了嗎，熹妃娘娘？」胤禛笑望著她，未有任何不悅之意。

凌若被他說得好一陣笑，怕真的把胤禛餓得犯病，趕緊命人盛了碗湯給他墊墊肚子，然後再吃東西。

胤禛剛喝了一口湯，便感到有些奇怪地道：「弘曆呢，怎麼不見他？」

凌若答：「適才他一直喊餓，便讓小廚房先給他送過去了，估計著此刻已經吃完了。」

「那就好，朕只怕他過於專注功課，忘了吃飯，他如今正是長身子的時候，餓不得。」說到這裡，他頗為高興地道：「朕幾個兒子裡，就屬弘曆最好功課，學問也長進得快，朱師傅在朕面前誇過好幾次了。」

凌若接過水秀舀好的湯，似不經意地道：「臣妾瞧三阿哥最近不是很用功嗎？」

胤禛夾菜的手一滯，緩緩道：「弘晟確是比以前長進了許多，只可惜他有個永遠不知長進的額娘。」不等凌若接話，他已是道：「好了，不說這個了，吃飯吧。」

凌若可以明顯感覺到胤禛情緒的轉變，看來他對年氏及其背後的整個年家已經厭惡到了極點。

郭羅克之役，想來是年羹堯最後一次出現在戰場上，在此之後，不論西北形勢如何，胤禛都不會再留他了。

第七百一十二章　眼睛

這夜，胤禛宿在承乾宮，按例，四喜也要陪著留在承乾宮。由於來時下雨，他又只顧著替胤禛撐傘，是以身上衣裳溼了一大半，隨莫兒去下人房的時候，一個勁地打噴嚏。

「喜公公，您是不是著涼了？」莫兒將蠟燭點上後，回過頭來問他。

「沒事，喝杯熱茶就好了，妳不必管我，自去忙妳的吧。」四喜不在意地揮揮手，想著等莫兒離去就將身上的溼衣除下再鑽進被窩，以免寒氣更加滲進體內。

「當真沒事？」莫兒不放心地又問了一句，在四喜說無事時，方才轉身離去。

四喜輕吁了口氣，將門掩好後開始脫衣服，哪知剛脫完，門被人一下子推開了，讓他不禁愣在原地。

「喜公公，要不我替您去煎碗……」莫兒走到中途又折回來，也沒想起來敲門，一進來便看到光著身子的四喜，臉頰瞬地紅了，連帶著舌頭也打起了結，顧不得後面的話，趕緊轉過身去。

四喜也回過神來，立馬鑽進被窩，結結巴巴道：「妳……妳還有什麼事？」

「我……」莫兒背對著他，努力將剛才那幅光溜溜的景象從腦海中驅去，勉強定了神道：「我想問您，要不要煎碗薑茶給您來驅驅寒。既然您已經要睡了，那就算了，我……我出去了。」

不等四喜答應，莫兒便捧著臉跑出去，走到外面大口大口地喘著氣，臉頰燙得驚人。天吶，她竟然看到一個男人光著身子的樣子，即使……即使是太監，那也太羞人了。

說到太監，莫兒猛地想起什麼，在臉紅的同時，也露出深深的同情。那樣醜陋的疤，一輩子都要跟隨著喜公公。唉，太監真是比宮女可憐許多，至少宮女並不需要受什麼宮刑。

莫兒搖搖頭，撐傘離開，並不曉得在她走後，四喜一夜未睡，對於莫兒看到自己那個地方，竟格外的介意與難過。難道他真的喜歡上莫兒了嗎？可是他一個閹人如何有喜歡人的權利，實在是痴心妄想了。

想到這裡，他把被子往頭上一蒙，強迫自己睡覺，睡著了就不會再難過。

當消息傳到坤寧宮時，那拉氏正在翻閱本屆秀女的名冊，頭也不抬地對跪在地上的三福道：「本宮知道了。三福，你倒是說說看，這秀女當中，哪幾個比較出挑一些，有可能入選。」

「是。」三福答應一聲，也不起身，跪著道：「那日賞菊，奴才跟著主子見了眾位秀女，覺著劉氏、佟佳氏、溫氏還有富察氏這四位秀女最是出眾，當時主子也賞了她們每人一支玉簪子。」

「你少說了一個。」那拉氏隨手合起冊子交給旁邊的小寧子。

聽著這話，三福慌忙道：「奴才愚鈍，請主子明示。」

那拉氏仰一仰頭，緩緩說出一個令三福意想不到的名字：「舒穆祿佳慧。」

三福很快的在腦海中將這個名字與某張臉對上了號，然而卻越發的不解。「恕奴才直言，舒穆祿氏的容貌只能算中等，主子何以斷言她會受皇上看中？」

「你不覺得她的眼睛很像一個人嗎？本宮剛看到她的時候，差點要以為是那個人站在本宮面前。」

三福猛地一驚，脫口道：「主子是說八福晉？」

那拉氏眼裡掠過一絲恨意，旋即已是平靜地道：「不錯，二十年過去了，可是皇上卻未必忘了八福晉，憑著那雙眼，舒穆祿氏一定會入選。」

三福終於明白他看到舒穆祿氏時那一閃而過的熟悉感，倒吸著涼氣道：「如此一來，她豈非是一個威脅？」

「是威脅，卻不是對本宮而言，相信熹妃會更頭疼。自從佟佳梨落被趕出府以後，本宮就再沒見過一個像八福晉的人，如今總算是見到了。本宮真想瞧瞧皇上看到她時的表情，更想看看熹妃在皇上心中的地位是否已經足夠比擬八福晉。」她笑，眼裡幽光閃爍，彷彿有兩條微小的毒蛇盤踞其中。「明日你再送些首飾、緞子過去給她與劉氏等人，就說是本宮賞的。」

選秀……她真是迫不及待了。

很快的，便到了二十八這日，選秀定在儲秀宮進行，一百二十一位秀女依旗籍站好，靜待遴選。

在那一張張姣好的面容下，隱藏著緊張與好奇，不時有人偷偷抬眼打量著周圍其他秀女。

過了今日，究竟是入選宮中，還是發還本家，又或者賜給哪位王公、阿哥為福晉，便都有分曉了。

太監尖細的聲音響起：「皇后娘娘駕到，貴妃娘娘駕到！」

隨著一陣香風拂過面前，秀女們連忙欠身請安，齊聲道：「奴婢們見過皇后娘娘，見過貴妃娘娘。」

那拉氏頷首，待要叫起，年氏已然迎上來，微一欠身道：「臣妾見過皇后娘娘，娘娘萬福。」

「妹妹客氣了，快起來。」那拉氏和顏悅色地扶起她，指尖相觸時，彼此都冷得沒有溫度。

「娘娘來得可真早，臣妾還道自己會是第一個呢。」年氏掩脣輕笑著。

「左右無事，便早些過來了。」那拉氏隨口答了一句又道：「咱們只顧著說話，可是忘了妹妹們還行著禮呢，還是快些讓她們起來吧。」

「不急。」年氏啟脣一笑，在笑意尚未擴散至臉頰時，已然冷了下來，揚聲道：「鐘粹宮的管事姑姑何在？」

她話音剛落，一個中年宮女便疾步走上來，跪下道：「奴婢綠湖見過貴妃娘娘，娘娘萬福金安。」

在那拉氏奇怪的目光中，年氏沉聲道：「本宮問妳，這些秀女可曾學過規矩？」綠湖被年氏問得莫名其妙，嘴上卻不慢，答：「啟稟娘娘，秀女們都已經隨教習嬤嬤學過宮中規矩了。」

她這一回答，年氏眼中的寒意更盛了，冷冷道：「既是學過了，為何還如此散漫隨意。」不等綠湖作聲，她已經走到一眾秀女面前，挑著錯道：「這個執帕的手法不對，這個雙腳未曾完全併攏；還有這個，連笑也不會，板著一張臉，怎麼，很不願意參加選秀嗎？」

第七百一十三章　遴選

被年氏指到的人，一個個臉色慘白，最後那個更是慌得直搖手。「娘娘誤會了，奴婢沒有，奴婢只是有些緊張，所以才……」

見年氏面色越發不善，她趕緊擠出一個笑容來，卻引得年氏更加嫌棄，嗤鼻道：「妳這也叫笑？可不是要將人都嚇跑。叫什麼名字，是哪裡的秀女？」

「奴婢叫攸寧……瑪律泰攸寧，家父是正白旗都統。」秀女快哭出來了，磕磕絆絆地回著話。

年氏不置可否地點點頭，正要張口，那拉氏已經過來打圓場。「妹妹這是做什麼，可是要將這些秀女嚇壞了，她們第一次參選，緊張一些也是難免的，何必太過苛責呢。翡翠，去扶瑪律泰秀女起來。」

翡翠依言上前，在瑪律泰攸寧耳邊道：「秀女受驚了，請起吧。」

瑪律泰攸寧點一點頭，剛要站起來，忽的瞥見年氏狠凝的目光，雙腳頓時軟了下來，一點兒力氣也沒有。她自己不用勁，翡翠又怎麼扶得起來，只能朝那拉氏微微搖頭。

見到連皇后開了口都無用，後面那些秀女更是心驚膽顫了，一個個忍著雙腿的痠麻蹲跪在原地，不敢有絲毫妄動。

得意之色在年氏眼中一閃而逝，她就是要這些秀女知道，誰才是後宮中真正的第一人。那拉氏……哼，不過是空頂著一個皇后的名頭罷了，實際上什麼都不是。難得有機會羞辱到那拉氏，年氏心裡是說不出的暢快，福宜之仇，她沒有一刻忘懷過。

從始至終，那拉氏的眸光都是平靜的，不曾被年氏牽動了半分喜怒哀樂。「妹妹若是覺得瑪律泰秀女不對，就教教她，皇上就快要過來了。」

聽到胤禛的名字，年氏眸光微微一縮，對綠意道：「妳去教教瑪律泰秀女，該如何笑。」

「是。」綠意欠身，走到瑪律泰攸寧面前，帶著一絲不懷好意的笑容，用力捏著她的臉頰道：「這位小主，記住了，笑的時候，嘴角一定得往上提，往下那便成哭了，這可是非常失儀的事。」

瑪律泰攸寧忍著臉頰傳來的痛楚道：「是，我明白了。」

綠意一緊手指的力道，瑪律泰攸寧的臉龐頓時因為痛楚而有些扭曲，她假笑道：「那就請小主示範一次給娘娘看看。」

瑪律泰攸寧不敢爭辯，只努力讓自己擠出一個看起來不那麼勉強的笑容。

年氏不屑地看了她一眼道：「罷了，都起來吧。」

這句話讓眾秀女如蒙大赦，趕緊謝恩起身。經過剛才那一番示威，她們對年氏充滿了畏懼，低著頭，一個字都不敢說，連呼吸聲都被刻意壓低，雖有百餘人在，卻鴉雀無聲，落針可聞。

幸而這樣的時間並不久，很快的，又有太監尖細的聲音傳來：「皇上駕到！熹妃娘娘駕到！」

聽得凌若也來了，那拉氏與年氏臉上都掠過一抹驚訝，不過相較於那拉氏轉瞬平靜的臉色，年氏豔麗的臉上卻多了一抹顯而易見的不甘。也怪不得她，原以為只有她與那拉氏陪著胤禛來此遴選，沒想到還有一個鈕祜祿凌若。

秀女們看著大步朝她們走來的胤禛，既羞澀又忍不住好奇，更有幾個臉上泛起了淡淡的紅暈。

一番見禮後，胤禛領著眾女至殿中坐下，秀女則按滿、蒙、漢八旗由宮人引入殿中供胤禛挑選，每次八名秀女，留下者賜玉珮，沒留下者則賜花。

胤禛於女色這方面並不熱衷，所以對這些秀女並沒有顯出多大的興趣，偶爾會問上一、兩句話，但更多的是連問都不問，就直接賜花。看了數十位秀女，留下者僅僅兩人而已，分別是管領劉氏之女劉潤玉，隆科多弟弟的女兒佟佳肖彤，這兩人容色秀美，氣質出眾。

至於落選的秀女，皆是難過不已。她們當中許多人天未亮便起身打扮，為的便是想要入選君王身側，成為宮中享盡榮華富貴的娘娘，可結果卻連皇帝一個正眼都沒得到。

有那不堪的秀女受不得這個打擊，甚至暈了過去，這讓看在眼裡的凌若暗自搖頭。一個個擠破頭想要入宮，彷彿只要進了宮，榮華富貴就觸手可及，卻忽略了掩藏在榮華背後的爭鬥與殘忍。也許只有她們親身經歷過，才會明白。

待得又一列秀女上來時，凌若看到了溫如傾，而她也同樣引起胤禛的注意，露出外人跟前少有的笑容，招手道：「如傾，上來回話。」

這樣的優待令諸秀女眼紅。溫如傾粉面一紅，卻落落大方地走上前，低頭福一福道：「奴婢溫如傾叩見皇上，皇上萬福。」

對於她絲毫不扭捏的態度，胤禛頗為歡喜，一直身子道：「去看過妳姊姊了嗎？」

「謝皇上垂顧，奴婢已經見過姊姊了，熹妃娘娘那裡也去過了，原本還想去給皇上請安的，但姊姊說皇上國事繁重，無暇他顧，便只得作罷。」

胤禛微一頷首，側目看了凌若道：「妳瞧著如何？」他這是在詢問凌若意見。

凌若內心頗為喜歡溫如傾，不想她入宮過那種爭寵奪愛的日子，可這話並不好說得太明顯，只得道：「如傾心思聰慧，靈巧過人，只是尚欠了一分穩重。」

胤禛「唔」一聲，目光落在蘇培盛端著的盤子上，那裡有一排玉珮、一排金絲掐作的花朵，代表著遴選秀女截然相反的命運。

胤禛正準備要賞花時，一直注視著溫如傾的那拉氏微笑道：「熹妃說溫秀女欠缺穩重，本宮卻不這樣認為。當時溫秀女入宮去唬鄧太醫說出實情的時候，本宮雖然不在，卻都聽人說了。當時溫秀女可是抱著一隻貓屍，要換作本宮或者宮中任何一位妹妹，早已嚇得魂不附體，哪還有心思去唬鄧太醫。所以本宮倒覺得溫秀女膽大穩重，甚是難得。」

那拉氏這樣當著年氏的面提鄧太醫一事，即便不是有意，也讓年氏覺得難堪，輕哼一聲道：「皇后所言雖有幾分道理，但選秀女最重要的是品行端正、溫良恭淑，臣妾瞧溫秀女面貌，嫵媚有餘，恭淑不夠，並不宜選為宮嬪。」

她的話令溫如傾臉色一白，身子亦微微發顫，似有些難以承受年氏對自己的苛刻。

第七百一十四章　舒穆祿佳慧

幾乎就在年氏話音剛落下之時，那拉氏已然笑道：「瞧妹妹這話說的，若真論姿容之嫵媚妍麗，哪個又比得過妹妹。然妹妹在皇上身邊多年，不也謙恭賢淑，溫良有之嗎？」

這句話把年氏堵得面色紅一陣、白一陣，絞著帕子不便回答，而那拉氏已經笑望著胤禛道：「皇上以為呢？」

胤禛思忖道：「皇后所言有理，淑良與否並不能以容貌度之。四喜，賞玉珮。」

一句話決定了溫如傾今後的命運。凌若在心裡微微嘆了口氣，也許這就是所謂的命吧，註定溫如傾要進宮為妃，怎麼都逃不過。

「皇上！」眼見四喜將玉珮交到溫如傾手上，年氏哪裡嚥得下這口氣，嬌聲喚著，不滿之意溢於言表。

胤禛微微一笑道：「怎麼了？不過是一個秀女罷了，貴妃也要與她較真嗎？」

年氏並非不懂得察言觀色的人，聽出胤禛言語間那一絲細微的不滿，無奈地道：「臣妾不敢。」

如此，溫如傾便正式被選入宮中，只待遴選後冊封位分即可，在其之後又選了幾位秀女。輪到最後一撥秀女時，胤禛已有些疲憊，意興闌珊地掃過站在殿中的九名秀女，正待要命四喜全部賞花時，忽的神色一震，不由自主地坐直身子，目光牢牢攫住最後一名秀女。

怎麼會？明明長得一點也不像，為何他會有一種湄兒站在面前的感覺，是因為那雙眼嗎？那雙與湄兒一模一樣的眼睛嗎？

他明明已經放下了，為何看到那雙眼時，心還是會痛？又或者說二十年間他根本沒有放下？胤禛不會忘記當初就是因為納蘭湄兒不問青紅皂白的指責，才讓他決意爭奪大位。

因為他不甘心，不甘心什麼事都輸給老八，他要告訴湄兒，始終，這世間他才是最優秀的那一個，老八……根本什麼都不是。

而今，他已經成為了九五至尊，坐擁天下，可他卻不敢去想湄兒，唯恐稍一想念，積壓二十年的思念就會將理智淹沒，做出連他自己也控制不了的事。

胤禛的異常令凌若感到奇怪，當她循著胤禛的目光望去時，整個人頓時如遭雷擊，久久回不過神來。

那個惡夢當真要一世糾纏嗎？好不容易去了一個佟佳梨落，卻又來了一個眼睛如此相像的秀女。

此刻的凌若猶如吃了黃連一般，從喉嚨到胸口都是苦的，苦得她說不出話來。尤其是看到胤禛這個樣子，便知道他根本放不下納蘭湄兒，究竟要到何時，他才能破開這個心魔？

恍惚間，她記得那夜胤禛來看她時說的話，在他心裡，她或許是無可取代的一個，但絕不是唯一，更不是最重要的那一個。

凌若正傷心時，放在膝上的手突然被人握住，愕然抬頭，只見胤禛已經恢復了慣有的神色，除卻眼底有一絲揮之不去的黯然之外，再看不到其他。

「沒事的，妳不要難過。」

極輕的聲音鑽入凌若耳中，不等她明白，胤禛已經放開手，對那個眼睛像極了納蘭湄兒的秀女道：「妳叫什麼名字？」

秀女看起來很緊張，這樣涼冷的天裡，鼻尖竟然有著細細的汗水，上前施禮後道：「回皇上的話，奴婢叫佳慧，舒穆祿佳慧。」

年氏也看出了舒穆祿佳慧的問題，俏臉微白。她很清楚那個女人在胤禛心中的地位，當初一個卑賤的官女子就因為一張相似的臉而成為側福晉，受盡連她都眼紅的寵愛。若非最後那個女人自己犯了事，如今後宮之中，必然有其一席之地。

佟佳梨落帶來的威脅歷歷在目，她絕不允許這樣的事情再次發生，更不允許舒穆祿佳慧入宮。只可恨在選秀之前沒有注意到此人，否則便可早做準備……慢著，皇后當日在御花園邀所有秀女共賞秋菊，她又熟知納蘭湄兒，不可能沒發現舒穆祿佳慧，可是她卻什麼也沒說、沒做，是故意的嗎？故意想要讓胤禛看到舒穆祿佳慧，讓其分薄眾人身上的寵愛，記得當年她也是這樣故意扶持佟佳梨落。

年氏越想越覺得有這個可能，心中氣憤又不好當著胤禛的面發作。畢竟她位分再高也是一個嬪妃，豈好明擺著與胤禛作對。

「佳慧，是個好名字，今年多大了？識字嗎？」那拉氏和顏看著跪在地上的舒穆祿佳慧，臉上笑意輕淺。

舒穆祿佳慧趕緊答：「回皇后娘娘的話，奴婢今年十六，隨家姊讀過《女訓》、《女誡》，粗識幾個字。」

「能讀通這兩本就不錯了，是個心靈聰慧的。」那拉氏滿意地說了一句，又朝胤禛道：「皇上，臣妾瞧這個秀女不錯。」

胤禛剛要說話，忽的聽得年氏道：「舒穆祿……臣妾並不記得朝中有這個姓氏的大臣。舒穆祿佳慧是嗎？妳阿瑪是何人？官任何職？」

「回娘娘的話，奴婢阿瑪是江州知縣，名舒穆祿恭明。」

她話音剛落，年氏便嗤笑道：「原來只是一個小小知縣，這眾多秀女之中，妳的身分怕是最低了吧？」

舒穆祿佳慧被她略顯尖銳的話說得滿面通紅，跪在那裡快要哭出來了。

「妹妹這話苛刻了吧。」那拉氏有些不悅地道：「既是定了入選，便沒有身分高低一說，皆是待選的秀女罷了。再者，若舒穆祿秀女入選，以後大家就是姊妹了，說話，還是要謹慎著些。」

「恕臣妾不能認同娘娘的話。」年氏絲毫沒有給那拉氏面子的打算，自顧道：「若沒有身分高低，那豈非所有女子皆可入選？還要選什麼秀女？」

見年氏在那強詞奪理，那拉氏不由得有些不喜，但她素來心思深沉，從不將喜怒表現在臉上，是以只是笑一笑便不語。始終秀女入選與否，決定權都在胤禛手中，她與年氏說破嘴亦是無用的；而且，她相信，憑著那雙眼，胤禛一定會將舒穆祿佳慧納入後宮。

年氏亦明白這個理，是以她沒有與那拉氏糾纏下去，而是對胤禛道：「皇上，臣妾以為舒穆祿氏出身過於低賤，選其入宮，怕是不太合適。」

胤禛笑笑地轉而問凌若道：「熹妃以為呢？」

凌若沒想到他會問自己的意見，一時不知該怎麼回答，好一會兒才欠一欠身，低低道：「一切全聽憑皇上意見，臣妾不敢妄言。」

從私心上講，她自是不願舒穆祿佳慧入宮的，只是她不願意有用嗎？

第七百一十五章　出人意料

胤禛深深地看了凌若一眼，轉而將目光望向舒穆祿佳慧，久久未語，只是那雙漆黑的眼眸中閃現些許掙扎之色。

日影西斜，不知不覺間竟是到了黃昏時分，這是眾多秀女挑選時間裡最長的一次，僅僅只是因為一個人罷了。

沒有人叫舒穆祿佳慧起來，所以她一直蹲跪在地上，雙腿痠麻難耐，有些控制不住地發抖。她不知道為什麼皇上與眾位娘娘對自己如此關注，更不明白為何遲遲未有決斷。

她自是想入宮的。阿瑪中舉之後，傾盡所有家當補了一個江州知縣的缺，然後因為沒錢打點上頭，哪怕政績出色也無人問津，一直待在江州這個貧困之地。而她，便是阿瑪此生唯一的希望了，只要她入選為宮妃，哪怕只是一個貴人甚至常在，身分都會發生翻天覆地的變化，從此不再是知縣之女，而是皇帝嬪妃。

有這重身分在，阿瑪便會受人注意，再不至於像現在這樣沒沒無聞。她原以為自己容貌算是頗為出色，豈料進了宮方才知道，比她更出色的比比皆是；尤其是溫秀女等人，貌美無雙，各有千秋，讓她原本頗足的信心受了不小的挫折。但她並未放棄，今日天未亮便起身細細打扮，描眉畫目，薄施粉黛，為的就是可以在皇上面前留下一個印象，讓他注意到自己。

如今，自己確是被注意到了，可顯然不是因為容貌、打扮，而是因為一些她根本不知道的事，所以她心裡充斥著濃濃的不安。

站在她身後的八名秀女，多多少少皆有些怨色。就因為一個舒穆祿佳慧，令得她們無端陪站了這麼久，也令她們至今沒有被皇上看過一眼。

「四喜。」隨著胤禛這句，所有人的心都提了起來，連那拉氏也不由得身子往胤禛方向傾了傾。他們曉得胤禛必是有了決定，留與不留，很快便見分曉。

就在所有人都以為胤禛會賞玉珮留下她的時候，卻聽得他道：「賞花。」

賞花？也就是落選了？這個決定出乎眾人的意料，以至於儲秀宮一下子靜了下來，只能聽到各自的呼吸與心跳。

凌若愣愣地看著胤禛，萬沒想到，他竟可以抵住納蘭湄兒的影子，拒絕舒穆祿佳慧入宮，這……這怎麼可能？

愕然之中，她看著胤禛在夕陽下清晰分明的眉眼，在胤禛轉頭朝她露出一個微笑時，突然明白了什麼，一陣無言的感動瞬間湧上心間，眼眶一下子溼潤起來，為了怕眼淚會流出來，她趕緊別過頭去。

胤禛確實不曾忘情納蘭湄兒，但同樣的，他待自己的心意也是千真萬確。他不願讓自己憂心難過，也不想再出佟佳梨落那樣的禍患，所以狠心拒絕了舒穆祿佳慧的入宮。

一個帝王，能如此待一個女子，確實不易了……

另一邊的那拉氏卻沒有她這樣的感動，愣然之後，浮上心間的是害怕與惶恐。以她的眼力與心思，自然看出胤禛是為何不答應，沒料到鈕祜祿凌若在胤禛心中竟已有了如此重的分量，足以與納蘭湄兒的影子相抗衡。

她不願相信，可是擺在眼前的事實卻由不得她不相信，只能無奈地看著舒穆祿佳慧絕望地接過那朵嬌豔逼真卻代表著落選的絹花。

眾秀女輕吁一口氣，暗道總算是過去了。正當她們凝神靜氣，準備待選時，卻聽得胤禛道：「餘下的都各賞絹花一朵，發還本家吧。」

眾秀女沒想到會是這樣一個結果，一個個皆愣在原地，直至胤禛等人離去後才回過神來。有兩個受不住落選的打擊暈了過去，四喜連忙命人將那兩人抬下去，餘下的則隨他走出儲秀宮。

在回鐘粹宮的路上，兩個秀女在那裡嚶嚶地哭著，對於皇上不曾仔細看自己一眼就直接落選的舉動難過不已。

「哭什麼哭，沒得把人哭得心煩意亂。」走在最前面的那個秀女回過頭來喝斥道。

其中一人抽噎著道：「嗚，過了今日之後，咱們就得回去了。來之前，家裡人可都說了，讓我一定要入選，這個樣子，讓我怎麼有臉回去見他們。」

這話說到諸位秀女的心坎上，剛才沒哭的那幾個亦不禁一陣難過。哪一個來參選的秀女不是被家中寄予厚望，盼能飛上枝頭變鳳凰。

「都已經這樣了，有臉沒臉都得回去。」那秀女沒好氣地說了一句，瞥見跟在最後面的舒穆祿佳慧，氣不打一處來，走到她身前，冷笑道：「妳不是很能耐嗎？迷得皇上眼裡只有妳一個人，怎麼還是落選了？」

「我沒有迷惑皇上。」舒穆祿佳慧心裡同樣難過得很，哪有心思與她爭辯什麼，說完這句便要繞過她繼續往鐘粹宮去。

那名秀女卻不肯放過她，腳步一移，再次攔住她道：「這麼急著走做什麼？」舒穆祿佳慧認得她，兆佳繡意，在眾秀女中是較為出挑的一個，聽聞其阿瑪乃是朝中大員，容色亦僅次於溫氏幾人。原以為此次必能入選，卻落得這樣的下場，可想而知是有多麼不甘。

「意小主，咱們該回鐘粹宮了，若是晚了可不好。」隨行的一名宮女見勢不對，走上來說了一句。

兆佳繡意皮笑肉不笑地道：「不急，左右選秀已經過了，咱們就在這裡慢慢走、慢慢看，而且我與舒穆祿秀女還有許多話要說。」

若是往常，她還會顧忌這些宮女幾分，可眼下，左右已經落選了，明日便要發還本家，還有什麼好在意的。總之，今日她一定要出這口惡氣！

「可是……」

宮女還待要說，兆佳繡意已經瞪過來道：「究竟妳是小主還是我是小主？」見她這樣說了，宮女也不與之強爭。小主雖不是什麼主子，但終歸高過她們這些奴才。

見宮女退下，兆佳繡意眼中掠過一絲得意，隨即盯著舒穆祿佳慧，冷然道：「說話啊，妳剛才不是很能說嗎？把皇上哄得只看妳一人。」見舒穆祿佳慧還是不說話，她一把抓住對方頭髮，厲聲道：「沒聽到我問妳話嗎？說！」

「好痛！我什麼都沒有做過，妳快些放手！」舒穆祿佳慧努力想要掙脫，換來的卻是那隻手抓得更緊，像是要把她頭皮生扯下來一般。

其中一個與兆佳繡意較為要好的秀女心有不忍地道：「繡意，還是算了吧，她也不是故意的。」

第七百一十六章　尋釁

「怎麼，妳同情她了？可是誰又來同情咱們？原本咱們都是有機會入宮的，而今落得這樣，都是拜她所賜。哼，我倒是還好，就怕幾位妹妹們明日回府之後，會被各自府裡那些捧高踩低的人奚落嘲笑。」

這句話頓時說中其他人的心事，能夠成為秀女的，皆出身官宦人家，而這樣的人家是絕對不只一個女兒。這裡有好幾人皆是庶女、旁系，平時在府中常受那些嫡子嫡女的氣，入宮便成了她們唯一翻身的機會，可惜現在希望落空，這輩子都只能頂著庶女的名頭，嫁一個尋常夫婿，永遠低人一頭。

在這樣的心思下，終於有秀女忍不住了，走出來道：「是，都是她害得咱們落選，不能就這樣讓她好過。」

其實，即便是正常選看，能留在宮中的也不過寥寥幾人，可眼下她們卻個個覺得自己有機會入宮，只是被舒穆祿佳慧破壞了而已，將怨恨全轉嫁到舒穆祿佳慧的身上。

眼見秀女一個個露出不懷好意的神色，舒穆祿佳慧心中大驚，忍著頭皮傳來的痛楚道：「眾位姊姊，我真的什麼都不知道，我也沒想過要害妳們，請妳們相信我。」

「相信妳？」一個被嫉妒所支配的秀女面露猙獰之色。「妳敢說妳沒有想過要入宮嗎？」

見舒穆祿佳慧不語，她冷笑道：「無話可說了吧。哼，倒是真會使手段，剛一見面就把皇上迷得只看妳一人。只可惜，妳這張臉實在不太爭氣，縱是使盡手段，皇上也看不上妳！」

另一名秀女抬起舒穆祿佳慧的下巴，裝模作樣地道：「其實這張臉也沒姊姊說得那麼差，只是稍欠顏色罷了，妝也化得不好，不若咱們替她化個好看些的妝容如何？」

這個話頓時引起兆佳繡意等人的興趣，拍手笑道：「妹妹這主意不錯，雖說她害了咱們，但咱們還是應該以德報怨，教教她這妝到底該怎麼化。入宮固然沒指望了，但還是可以憑著這個去尋個不錯的夫婿，不至於嫁一個粗鄙低下的人。」

幾個秀女越說越興奮，不知從哪裡撿了幾枝樹枝，在舒穆祿佳慧臉上比劃著。舒穆祿佳慧緊張不已，不住往後躲閃，同時驚叫：「妳們……妳們不要亂來！」

「躲？妳以為還能躲到哪裡去！」兆佳繡意冷笑著，一緊手裡的髮絲，看到舒穆祿佳慧因為劇痛而扭曲的面孔，低下身，一字一句道：「若妳今日中選成了宮妃，我們自不敢這樣待妳，只可惜，妳沒有！」

說完這句話，她一抬下巴，示意那幾個秀女動手。在舒穆祿佳慧的求饒聲中，粗糙的樹枝劃在她光滑細嫩的臉頰上，帶起一條紅色的印子。

兩名宮女見情況越加不對，生怕會鬧出什麼難以收拾的事來，硬著頭皮上前勸阻，只可惜根本沒人聽她們的話，那幾人依舊笑嘻嘻地在舒穆祿佳慧臉上劃著，東一道、西一道，有幾道甚至深得劃出了血來。

年長些的宮女道：「這樣下去肯定得出事，雨姍妳趕緊去請姑姑來！」

被喚作雨姍的宮女搖搖頭道：「如柳姊，這情形只怕姑姑來了也控制不住，意小主她們這個樣子就跟瘋了一樣。」

如柳咬一咬牙道：「既這樣，妳乾脆去一趟坤寧宮，將皇后娘娘請來。」

「皇后娘娘會管這事嗎？」雨姍不確定地問著，她只是一個小宮女，貿然去請只怕是請不動。

「會的，皇后娘娘素來關心宮中之事，不會置之不理的。萬一她真不理，這裡出了事，咱們也好有話回，不至於背了黑鍋。」如柳想得更深一些。

「好吧。」雨姍想想亦是這個道理，畢竟事情是當著她們的面發生的，若什麼都不管不顧，事後免不了被追究。

沒有人注意到雨姍的離去，那些秀女所有心思皆放在羞辱舒穆祿佳慧上，直至用樹枝將她整張臉還有脖子劃得皆是紅印子才停下手。

兆佳繡意剛一鬆開手，舒穆祿佳慧便因疼痛而捂著臉痛苦呻吟。兆佳繡意輕蔑地一笑，將纏繞在指尖的頭髮輕輕吹去。「好了，咱們回去吧。」

如柳上前扶住舒穆祿佳慧道：「慧小主，您怎麼樣了，疼得厲害嗎？」

「痛！好痛！」在痛苦的呻吟聲中，舒穆祿佳慧努力擠出這幾個字，她的臉像是被火燒一樣。

如柳見雨姍一直沒回來，猜測可能是沒請動皇后，遂道：「您忍著些，奴婢這就帶您去太醫院。」

原本已經準備離開的兆佳繡意聽得這話，一下子收住腳步，冷冷回過頭來道：「誰許妳帶她去太醫院的？」

如柳被她問得一怔，好一會兒才囁囁地道：「慧小主的臉傷成這個樣子，自然是要讓太醫瞧瞧的，否則落了疤便麻煩了。」

「要麻煩也是她麻煩，與妳何干。」兆佳繡意面色陰沉地喝斥道：「總之，哪裡都不許去，否則我唯妳是問！」

如柳為難之際，不遠處傳來太監的尖細聲音：「皇上駕到！皇后娘娘駕到！」

如柳心下一喜，她知道必是雨姍請動了皇后，只是沒想到連皇上也來了，她趕緊扶著舒穆祿佳慧跪好。

眾秀女一聽得皇上與皇后來了，頓時慌了神，手足無措地看著兆佳繡意道：

「怎麼辦，皇上來了，要是被他們發現我們……我們這樣，那就死定了。」

兆佳繡意也是一陣驚慌，但還是強自鎮定道：「慌什麼慌，皇上根本就不喜歡她，就算知道了也不會說什麼。」

「可若是不在意，為何皇上會出現在這裡？不對啊，皇上怎麼會知道咱們在這裡？」其中一個秀女反應過來，面露不解之色。

兆佳繡意亦覺得奇怪，不過在發現此地只有如柳一個宮女，另一人不見蹤影時，頓時明白過來，上去就是一巴掌，厲聲道：「是不是妳讓人去通風報信的？」

如柳生生挨了一掌，咬牙道：「奴婢只是不想小主錯得太離譜，還請小主體諒。」

第七百一十七章　姍為答應

兆佳繡意正在氣頭上，哪裡聽得進去，想要再教訓，無奈胤禛等人已經走到近前。她只能怏怏地放下手，與眾秀女一道跪下行禮。「奴婢們叩見皇上，皇后！」

胤禛會來這裡，全然是意外。剛才選過秀女，那拉氏與他說想挑幾個落選但品行良好的秀女給弘時，又說起弘時最近的情況，便隨她一道去了坤寧宮。豈料剛坐下沒多久，就有鐘粹宮的宮女來通稟說有秀女鬧事，請皇后娘娘過去一趟。

秀女鬧事還是第一遭聽說，胤禛感到奇怪之餘，便與那拉氏一道過來了。

那拉氏以目光詢問了一下胤禛，方才肅然問：「就是妳們幾個在這裡鬧事嗎？」

兆佳繡意定一定神，盡量以平靜的語氣道：「回娘娘的話，奴婢們並未鬧事，只是與舒穆祿秀女玩笑罷了，是那宮女誤會，驚動了娘娘。」

舒穆祿？胤禛雙眉微挑，脫口道：「可是舒穆祿佳慧？」

「是。」兆佳繡意不情願地答應一聲。

胤禛又問：「她人呢？」

舒穆祿佳慧趕緊爬上前幾步，泣聲道：「奴婢叩見皇上，皇上萬福金安。」

胤禛眉頭輕皺，沒料到這個頭髮蓬亂、跪在地上的女子就是舒穆祿佳慧，當下道：「妳抬起頭來。」

當她抬起頭時，胤禛與那拉氏皆是倒吸一口涼氣。彼時天色漸暗，不過藉著宮人手裡的燈籠，足以看清四周。舒穆祿佳慧從臉到脖子皆是紅色的細痕，沒有一處皮膚是完好的，有幾處甚至在往外滲著鮮血。

望著那雙像極了湄兒的雙眼，胤禛心有不忍，蹲下身沉聲問：「是誰將妳傷成這樣的？」他雖然沒將舒穆祿佳慧選入宮中，卻並非不喜歡，只是有許多顧忌罷了。

「奴婢……」望著近在咫尺的胤禛，平白受這場無妄之災的舒穆祿佳慧頓時難過地流下淚來，鹹澀的眼淚在流過傷痕累累的臉頰時，刺痛不已。

「莫哭了。」胤禛從袖中掏出一方錦帕，按在她的臉頰上，同時道：「告訴朕，是哪個將妳傷成這樣的？」

幽暗中，舒穆祿佳慧眸中閃過一絲恨意，指著心神不寧的兆佳繡意道：「是她主使她們害奴婢的。」

兆佳繡意慌忙下跪道：「皇上莫要聽她胡言，她與奴婢剛才爭執了幾句，所以才故意陷害奴婢。」

「是嗎？」胤禛不置可否地直起身，淡然的聲音猶如一池深不可測的靜水。

那拉氏在旁邊凝了眉道：「可是雨姍來求見本宮時，卻是說妳們幾位秀女聯合起來對付舒穆祿氏。」

兆佳繡意越發不安，深悔自己剛才沒注意到雨姍離去，否則豈會如此被動。

她這點心思哪裡能逃得過那拉氏的雙眼，沉著臉環視低頭不語的眾人，道：「妳們身為秀女，當知道何謂欺君之罪。本宮當著皇上的面，再給妳們一次機會，究竟是怎麼回事，從實招來！」

有秀女承受不住壓力，跪下一五一十地道：「求皇上與皇后娘娘明鑑，不關奴婢的事，是兆佳氏嫉恨適才在儲秀宮時，舒穆祿氏得皇上看重，所以才藉機生事，想要教訓她一番。」

在她之後，又有一名秀女跪下。到後面，之前拿樹枝劃舒穆祿佳慧面孔的秀女也跪了下來，將責任皆推到兆佳繡意身上之餘，亦努力撇清關係。

「兆佳氏，妳身為秀女，卻受嫉妒驅使，肆意凌辱其他秀女，可知罪？」那拉氏目光一轉，冷冷盯著兆佳繡意。

「奴婢知罪！」兆佳繡意知道避不過，忙跪下道：「但事情並非如她們所言，何況以奴婢一人之力，怎可能既控制住舒穆祿氏，又劃傷她的臉？根本就是她們指使奴婢所為，奴婢只是被迫為之。」那些人懂得將事情推到她身上，她又何嘗不知！哼，要死一起死，想推她一人下深淵，想都不要想。

不等那些秀女喊冤，胤禛已然盯著兆佳繡意道：「也許事情就像妳說的，不只妳一人所為，但妳絕對不是被迫的那一個，朕看得出她們沒那個膽子。說，妳嫉恨她什麼？她與妳一樣都是落選了的秀女。」

胤禛聲音一如剛才那般平靜，然他那番話卻令兆佳繡意大為心慌，摳著地上的泥土不敢吱聲，直至胤禛問第二遍，她才硬著頭皮道：「奴婢只是看不慣她用狐媚手段勾引皇上。」

「是嗎？」胤禛淡然一笑道：「那朕是否還要謝謝妳？兆佳秀女？」

兆佳繡意不是蠢人，聽出胤禛話中的冷意，越發低了頭不敢答話。

胤禛並不準備如此放過她，聲音驟然一冷：「蘇培盛，數清楚舒穆祿氏臉上有多少道傷，然後照樣劃在兆佳氏臉上，一道都不許少！」

即便只是一雙眼睛相像，在胤禛心中，也勝過其他女人無數倍。畢竟，不是所有女人都可以像凌若一般值得他去費心思量。

這一句話，將兆佳繡意嚇得魂飛魄散，若真這樣劃了，自己定然要毀容，連忙道：「皇上饒命，奴婢知錯了，求皇上饒過奴婢一次！」

那拉氏唇角微揚，看著兆佳繡意的眼眸中一片淡然。她很清楚胤禛的性子，既然已經開了口，就絕不會因為對方的求饒而更改。

果然，胤禛什麼話也沒說，甚至連看一眼都不曾，至於蘇培盛已經上前認真地數起舒穆祿佳慧臉上的傷痕，看樣子只要一數完就會立刻動刑。

兆佳繡意承受不了這種壓力，失控地尖叫：「皇上，奴婢不服！她只是一個落選的秀女，又不是宮中的主子，憑什麼為她而責罰奴婢！」

「只是因為這個不服？」胤禛問道，爍爍燈光下，看不透他在想些什麼。

兆佳繡意卻是升起一絲希望來，認為這是唯一讓自己免受責罰的機會，用力道：「是！奴婢不服！」

「好。」胤禛負手看了一眼天邊如鉤彎月。「蘇培盛，傳朕旨意，將舒穆祿佳慧名字記入冊中，並晉其為答應，賜居景仁宮水意軒。」

第七百一十八章　勒令出家

此言一出，所有人都怔在那裡。這……這到底是怎麼一回事，舒穆祿佳慧不是落選了嗎？怎麼一轉眼又被冊為答應了？

還是那拉氏最先回過神來，滿面笑容地欠下身去。「恭喜皇上又得一佳人相伴。」今日之事，真是峰迴路轉，任誰也想不到原本已經被賞花發還本家的舒穆祿佳慧，竟會因禍得福，成為宮嬪。

見舒穆祿佳慧還愣在那裡，她嫣然笑道：「慧答應高興得連謝恩也忘了嗎？」舒穆祿佳慧這才如夢初醒，喜極而泣，連連磕頭道：「奴婢謝皇上恩典！」這一次當真是因禍得福，雖說只是一個最低等的答應，但好歹入了宮門，成為天子女人。而且以後侍了寢，又或者生下皇子，這位分自然會再晉。

另一邊，蘇培盛也回過神來，領旨之餘亦朝舒穆祿佳慧道：「奴才給慧答應道喜了，慧答應吉祥。」

「我……我不敢當，公公客氣了。」舒穆祿佳慧見到蘇培盛朝自己行禮，慌得手足無措，不知該怎麼是好。

胤禛目光一如漆黑似墨的天空，漠然落在呆若木雞的兆佳繡意身上。「如何，現在妳以一介落選秀女之身冒犯宮中主子，朕可以責罰妳了嗎？」

兆佳繡意眼珠子艱難地轉著，露出難以置信之色。怎麼會這樣……舒穆祿佳慧不是與自己一樣落選了嗎？怎的轉眼之間又變成了答應，還是宮裡的主子？照這樣來說，豈非……還是自己幫了她？

不！怎麼能這樣！她明明比舒穆祿佳慧更加貌美，家世亦更好，憑什麼皇上只看到她一人？

「她根本不是什麼主子！皇上分明是故意偏袒！」強烈的不甘沖昏了她的頭腦，令她整個人陷入近乎癲狂的狀態，亦忘了在面對胤禛時應有的敬畏。

「冥頑不靈。」胤禛冷冷說了一句，別過臉道：「蘇培盛，好生數清楚，一道都不許落下，否則你自己去慎刑司領罰吧。」

「奴才知道。」蘇培盛恭敬地答應著。

兆佳繡意猶不甘心，撲上來扯住胤禛的袍角大聲道：「奴婢不服！不服！」

不等胤禛說話，那拉氏已喝道：「皇上面前，怎容妳如此放肆，還不趕緊退下！」一見兆佳繡意不聽，她冷然道：「三福，你去把她拖開。」

兆佳繡意死命掙扎著，三福連拖帶拽好不容易才將她拖開，然兆佳繡意還在使勁地叫嚷著不服，其行徑哪裡還像是八旗秀女，倒似市井大街上罵街的潑婦。

「富隆真是養了個好女兒！」

富隆是兆佳繡意阿瑪的名字，時任從二品大員。

對於兆佳繡意，胤禛已經厭惡到極點，從沒有一個女子讓他討厭到這個程度，更覺得剛才說的懲罰實在是太輕了，合該給她一個更深刻的教訓。

如此想著，胤禛不帶任何感情地道：「蘇培盛，明日你去富隆府上傳朕旨意，就說他女兒枉自養了十餘年，卻無才無德，更兼品行頑劣不堪。如此女子，若然婚配於他人，無異於害了人家一世，還是送去庵中出家為好。」

剛才還在叫嚷不休的兆佳繡意一下子沒了聲音，嘴巴大張著，眼中透出無盡的驚恐與絕望。

這一刻，她真正感覺到後悔了，可是太晚了，嫉妒摧毀了她原本擁有的一切。不論阿瑪多疼愛她這個女兒，都絕不敢違抗聖命，從今往後，與她相伴的只能是青燈古佛。

當舒穆祿氏被冊為答應的消息傳到承乾宮時，正在摘下銀絲墜珠步搖的凌若手一鬆，任由那步搖落在地上，發出「叮鈴」的聲音，在靜夜中聽來格外寂冷。

終究還是逃不開宿命般的糾纏嗎？凌若在心中嘆了口氣，道：「可知皇上為何改變了心意？」

「聽說是有秀女折辱慧答應，恰巧被皇上看到了，皇上臨時起意封了慧答應。」安兒對此事知道的並不清楚，只是聽得隻言片語。

「主子，皇上何以對慧答應這麼看重？奴婢瞧慧答應也不過如此，姿容遠不及溫貴人她們那般嫵媚多姿。」安兒好奇地問。她曾遠遠瞧見過舒穆祿氏，說實話，除卻那雙眼頗有幾分顧盼生輝的感覺，其餘的放在這後宮中實在不算出挑。

水秀輕喝道：「妳這張嘴真是越來越快了，主子間的事輪得到妳管嗎？」

「奴婢只是好奇嘛。」安兒嘟了嘴，有些委屈地說著。

水秀還待再說，凌若已起身道：「罷了，妳們都退下吧，本宮想一個人靜一靜。」

眾人依言退下，然剛靜了一會兒，便聽得又有腳步聲響起。凌若頭也不回地道：「本宮說了要一個人靜靜，妳們都退下。」

沒有人回應她的話，腳步聲也沒停下，依然一步步走來。

如此無視的舉動令凌若大為不喜，再加上心情本就不佳，含了一絲薄怒回頭道：「沒聽清楚本宮的話，退……」當目光落在來者身上時，聲音頓時一滯，旋即帶著重重驚意道：「皇上，怎麼是您過來了。」

來者正是胤禛，他笑著解下身上的藏藍色錦繡披風，道：「朕來看看妳。」

「皇上進來怎的不讓宮人先通稟一聲，倒是讓臣妾失儀了。」她低低說了一句，想要取過胤禛手裡的披風，卻被他拉住手。

「是朕故意不讓人通報，這樣才能真正看清楚妳在想些什麼。果然不如出朕所料，一人躲在這裡生悶氣。」

凌若被他說中了心思，眸光一黯，嘴裡卻道：「皇上這話好奇怪，臣妾一個人無端端的生什麼悶氣。」

胤禛抬手勾起她的下巴，強迫她看著自己道：「還說沒有，瞧瞧，眼睛都紅了。」不等凌若說話，他已經攬了她肩膀。「朕就是怕妳一個人胡思亂想，所以才特意過來瞧瞧。舒穆祿佳慧……於朕而言，並沒有什麼特別，更不是曾經的佟佳梨落。」

凌若低低道：「皇上沒必要來與臣妾說這些，願意納哪個秀女入宮是皇上的權力，臣妾不敢過問。」

「可是朕想與妳說。」胤禛撫著她光滑的臉頰，一字一句鄭重地道：「若兒，如今，在朕心裡，妳才是最重要的那一個。」

胤禛的話令凌若心下微暖，仰頭道：「臣妾如何值得皇上這般看重。」

第七百一十九章　七名秀女

胤禛鬆開手裡的披風，任它落在地上，雙手用力抱緊凌若，似要將她整個人融入身體中一般。「朕說妳值得，就是值得。若兒，妳是最重要的那一個，現在是，將來也是。」

這樣用力地說著，與其說是在說給凌若聽，倒不若是在說給他自己聽，藉此壓抑著壓在心底某個角落整整二十年、如今卻不斷冒出來的那一點兒念想。

凌若並不知道這些，她此刻因胤禛的話而盈滿了感動。能以皇帝之身做到這個地步，著實不容易。

「皇上的心意，臣妾明白了。」她伏首在胤禛胸前，將那絲鬱結拋出胸口。

胤禛不是尋常男子，他是大清的天子，九五至尊，所以她不能求一生一世一雙人，只求彼此真心相待。

「至於舒穆祿氏，當真是一個意外，朕看她被人欺負得那般慘，又見兆佳氏如此猖獗，一時動了惻隱之心，便隨手冊了她一個答應。妳若介意，朕往後不去見她就是。」

果真是這樣嗎？胤禛不敢想，只是用這個理由說服著自己。

得悉了胤禛心意，凌若心情大好，玩笑道：「臣妾可不願做這個惡人，皇上想去，儘管去好了。」

「妳就不怕她將朕的心搶了去？」見凌若開心，胤禛嘴角亦是染上一絲笑意。如此靜好的微笑出現在胤禛臉上的機會並不多，令他整個人看起來猶如世間最溫潤的玉石一般。

溫潤如玉，此時的胤禛遠比允禩更襯這四個字。

凌若故意嗔道：「若皇上的心這般容易被搶走，那臣妾也不希罕了。」

「妳啊！」胤禛笑摟著凌若柔軟的身子，藉此驅趕著身體裡無人知曉的寂寞冰寒。

如此，一切塵埃落定。此次選秀，包括舒穆祿氏在內，共計七名秀女入宮。數日後，行旨冊封。

溫如傾、佟佳氏被冊封為貴人，劉潤玉及另一名富察氏被冊為常在，餘者皆冊為答應，分別居各宮偏殿。其中，溫如傾隨溫如言同住延禧宮，而她也成為同屆進宮的七位秀女中最先侍寢的那一個。

胤禛頗為喜歡她嫵媚中又帶著天真的性子，多有寵愛，縱是出身最為高貴的佟佳氏也有所不及。至於舒穆祿氏，在最初引了一陣話題後，便徹底沉寂下來，沉寂到今許多人忘了還有這麼一個答應。

景仁宮，水意軒中，舒穆祿氏靜靜地站在門口。秋風瑟瑟，吹起她身上半新不舊的薄薄衣裳，猶如迷失在秋季裡的蝴蝶，尋不到出路在何方。

不知過了多久，一個小有姿色的宮女走到她身邊，帶著幾分不耐道：「慧主子，您就是日日在這裡等著，皇上也不會來的，還是趕緊進去吧。這外頭天涼，萬一要是凍病了，奴婢還得給您去請太醫。」

面對宮人沒有絲毫敬意的話語，舒穆祿氏一咬脣，低聲道：「我知道了，進去吧。」她伸出手，卻見宮女自顧自地走進去，根本沒有絲毫要攙扶她的意思。舒穆祿氏眼中閃過一絲黯然，卻不曾說什麼，只是收回手，低頭往屋中走去。

她知道這些宮人看不起自己，位分低不說，這麼些天來，其餘幾位秀女已經分別受了皇恩雨露，唯獨她，皇上連問都不曾問起，彷彿已經將她遺忘在腦後。可明明那日，皇上替她做主懲治了兆佳氏，又那麼溫柔地替她拭淚，讓她不要哭，難道一切都是假象嗎？還是說僅僅是一時興起的善心？

進了屋中，發現裡面也與外面一般冷，舒穆祿氏緊一緊衣裳道：「這樣冷的天該生炭火了，我記得每個月月初，都可以去內務府領應有的用度，今日已經十二了，繪秋，妳沒去內務府領炭火嗎？」

被稱作繪秋的宮女眉梢一揚，下一刻已經叫屈道：「冤枉啊，奴婢前幾天就去過了，可是內務府的人說宮裡銀炭和紅籮炭都緊張得很，沒有備主子那份，剩下的便只有黑炭了。奴婢想著那黑炭煙氣大，根本不能用，所以就沒領。若主子執意要的話，奴婢辛苦些，再跑一趟內務府就是了。」說罷，眼睛直勾勾盯著舒穆祿氏，雙腳根本沒有要挪動的意思。

「可是這天越來越冷，若是沒有炭火可是要怎麼過冬？」舒穆祿氏著急地說著。以前她在家中時，境況雖說不上富裕，但每至秋天，家中都會備好成筐的銀炭，一直燒到開春，讓她從未受過嚴寒之苦。

「那奴婢就不知道了，內務府說沒有，奴婢總不好去搶吧。再說了，容奴婢說句實在話，左右這裡終日沒人來，主子又不需要出去，若實在冷得慌，就裹條被子在身上，保證暖和。」

她尖酸刻薄的語氣令舒穆祿氏越發難過，原以為入了宮，一切便會好轉，豈料反而比在家中時更不如，如此下去，莫說是幫襯家中了，連自身都難保。看繪秋幾個宮人就知道了，自己剛來時，他們一個個都勤快恭敬，待到後面發現自己不受重視後，就變了嘴臉，不將她放在眼中。她又不是個善於與人爭辯的性子，只能忍氣吞聲，由著他們欺負。

見她不說話，繪秋又道：「主子若沒其他吩咐的話，奴婢先下去做事了，要知道奴婢從早忙到晚，可不像主子這般空閒。還有，再不將浸在盆中的衣裳洗了，主子明日可是該沒衣裳換了，誰教主子來來去去就那麼幾件衣裳呢。」

舒穆祿氏被她說得面色通紅，窘迫地道：「既是這樣，那妳趕緊下去吧，我有事再叫妳。」

繪秋欠一欠身，連話都懶得說，直接離開了屋子。

舒穆祿氏在椅中坐了一會兒，始終覺得心中悶得慌，便尋了件披風披在身上，獨自往外走去。

偌大的後宮，她卻不知自己能去何處，只是漫無目的地走著，途中不時遇見負責灑掃的宮人，見她過來，草草行了一禮，便繼續做自己的事情。

第七百二十章　如柳

舒穆祿氏心中越發苦悶，不小心與一個只顧低頭走路的宮女撞在一起，兩人皆是「哎唷」一聲，往後退了數步。

「咦，慧答應？」

聽著這個頗有幾分熟悉的聲音，舒穆祿氏抬起頭，驚訝地道：「如柳？」

這個宮女不是別人，正是當初在兆佳氏面前幫她說過話的如柳。那日要不是如柳讓雨姍去請皇后，自己還不知會被羞辱成什麼樣呢。

這樣想著，舒穆祿氏心裡頓時升起一絲親切之意，見如柳要行禮，她忙扶住道：「不必多禮，說起來那日的事，我還沒謝謝妳呢」

如柳連忙搖手道：「慧答應客氣了，奴婢只是做自己的分內事罷了，實不敢受慧答應這聲謝。」她左右張望了一眼，道：「對了，慧答應這是要去哪裡，怎的身邊也不見個伺候的人？」

舒穆祿氏勉強一笑道：「只是隨意走走罷了，不需要人伺候，再說他們也有許多事要做。」

如柳想一想道：「慧答應若不嫌棄的話，不若奴婢陪您走一會兒？」

舒穆祿氏欣喜之餘又道：「如此自是最好，只是否會耽誤妳自己的事。」

「誤不了。」如柳上前扶住舒穆祿氏慢慢走著。「慧答應，您臉上的傷都好了嗎？似乎還留了些印子在。」

容顏對女子來說珍逾性命，而宮中又是最看重容顏的地方，沒了如花美貌，自然也就沒有了爭寵的資格，只能在深宮中寂寂終老。

「差不多了，只是還有幾道較深的傷痕，太醫說暫時去不掉，得看皮膚自己癒合的情況。」舒穆祿氏撫著臉答了一句。

兩人四處走了許久後，方才折身回景仁宮。

到了水意軒，如柳扶著她坐下，正要離去，忽又覺得有些奇怪，道：「慧答應，伺候您的宮人呢，怎麼一個都不見？」

舒穆祿氏勉強一笑道：「想是因為此間沒事，所以他們在自己屋中歇息吧。行了，如柳妳回去吧。」

如柳不放心道：「奴婢還是去將他們叫過來吧，否則慧答應身邊連個使喚的人都沒有。」還有一句話她沒說，這九、十月的天，已經明顯能感覺到冷意了，各宮早已燒起炭火、地坑，偏這水意軒中，連炭火都沒有生，不說冷得跟個冰窖一樣，卻也差不多了。按說這分例的炭早就撥下來了，難不成是宮人躲懶，不願生炭火？

「如柳，唉……」舒穆祿氏見喚不住如柳，又覺著不放心，乾脆一道跟了過去。

一走到下人住處，如柳便聽得其中一間屋子裡有聲音傳出，好奇之餘湊上去聽了一會兒，可是將她氣得不輕。

「繪秋姊，還是妳有辦法，將內務府派給主子的銀炭悄悄留了下來，否則咱們幾個可都得挨著凍呢！」

「那是自然，跟著這麼個沒出息的主子已經夠倒楣的了，當然得設法為自己謀點好處。你們不知道，剛才她還問起我銀炭的事來了呢，被我三言兩語搪塞過去。哼，也不看看自己什麼德行，配用嗎？她若下次再說，我就去領一簍子黑炭來讓她燒個痛快。」繪秋潑辣響亮的聲音隔著門板傳出來。

「繪秋姊這話說得可真是痛快。話說回來，內務府上次讓咱們去領冬衣，說是有五套，不過瞧那位主子平日裡大門不出、二門不邁的樣子，有個兩套換換就行了，剩下那三套，咱們自己分了吧，那料子可是比派給咱們的好多了。」另一個宮女得意地說著。

「妳們倒是好，還能扣幾套衣裳自己穿，像我這樣的就慘了，用不上也揩不了油水。」另一個太監的聲音聽起來有些喪氣。

如柳已是聽不下去了，世間怎會有這樣無恥的人，不用心伺候就算了，居然還剋扣主子的東西，實在太過分了。

她用力推開門，在滿室的暖意及屋內三人愣然的神色中，道：「你們幾個好大的膽子！明明領了銀炭來，卻誆慧答應沒有，更算計著謀取慧答應的東西，信不信我回了皇后，將你們一道問罪！」

如柳這番疾言厲色的話，還真將繪秋三人嚇住了，尤其他們被逮了個正著，這屋子裡的暖意還有正燒著的炭銀可掩蓋不了。

他們不怕舒穆祿氏，是因為她軟弱可欺，皇后卻是完全不一樣，若是被皇后知道他們的行徑，他們可就慘了。

正待求饒，繪秋卻是想起什麼，懷疑地看著如柳道：「妳是皇后娘娘身邊的人嗎？為何我從來不曾見過妳？」

見她誤會，如柳索性將計就計，抬了下巴，倨傲地道：「妳是什麼身分，連坤寧宮都沒進過的賤奴才，又怎會見過我。知道翡翠姑姑嗎？那是我姊姊。」

見她將翡翠搬出來，繪秋不由得信了幾分，可是還有疑惑。「妳既是皇后身邊的人，為何會無緣無故與她在一起？」

如柳哪裡回答得了這個問題，乾脆揚手作勢道：「什麼她，那是妳主子，沒規矩的東西，想掌嘴嗎？」

舒穆祿氏怕她真的摑下去，拉住她的手道：「如柳，算了，她也不是故意的。」

「如柳。」繪秋在嘴裡細細咀嚼了幾遍這個名字，露出恍然大悟的神色，驟然起身指了如柳道：「我記起來了，妳是鐘粹宮的宮女。慧答應曾說過與兆佳氏之間的事，當中就提起過妳的名字，妳根本不是皇后身邊的人！」

聽她這麼一說，另兩個人也趕緊站起來。他們懼的是皇后的名頭，既然不是皇后身邊的人，他們還怕什麼？

如柳被他們三個逼得退了一下，但旋即又牢牢站穩，道：「就算我不是又怎樣，你們欺主一事是千真萬確的，皇后若是知道了，絕不會輕饒你們。」

那個太監冷笑一聲道：「妳一張嘴，我們三張嘴，妳說皇后會信妳還是信我們？想要替別人出頭之前先想想自己身分，區區一個鐘粹宮的宮女也敢來這裡指手畫腳，真是可笑。」

如柳氣得俏臉發白，但最令她沒想到的是，舒穆祿氏居然由著他們撒野，一句話也不說：「慧答應，您就這樣由著他們欺負嗎？」

舒穆祿氏掙扎了一下，但最終還是懦弱占據了上風，輕聲道：「算了，再說這件事也不能全怪他們，都是我這個做主子的沒用。」

第七百二十一章　偶遇

舒穆祿氏能忍，如柳卻忍不下這口氣，即便這件事與她根本沒有多大的關係。

「慧答應，您就是性子太好才將他們縱容成這樣，如今已經敢剋扣炭火、衣裳，改明兒說不定連您的膳食都剋扣了。」

繪秋皮笑肉不笑地上前扶了舒穆祿氏的手，道：「慧答應菩薩心腸，體諒我們這些做奴才的，妳卻是在這裡多嘴什麼？妳不是要去稟告皇后嗎？那就趕緊去啊，我倒要看看皇后娘娘會不會信妳的無稽之言。」她看準舒穆祿氏性子軟弱，耳根子也軟，只要稍微使點兒手段，便可以將其牢牢拿捏在手裡。所以，單憑如柳一個人根本翻不出什麼花樣來。

「如果再加上我呢？你們猜皇后娘娘會相信哪邊？」

一個聲音突然插了進來，同時，一道湖綠色的身影出現在眾人眼前。

「翡翠姑姑！」如柳最先反應過來，驚喜得幾乎要跳起來。

作為皇后身邊的管事姑姑，宮裡的人幾乎都認得翡翠，但皇后的心腹怎會出現在這個冷清到無人問津的水意軒中？

「慧答應。」翡翠近前後，先朝舒穆祿氏行禮道：「奴婢奉皇后娘娘之命，來請慧答應前往坤寧宮說話。」

舒穆祿氏緊張地想要回禮，又想起自己的身分，生生止住，不安地道：「是，我知道了，有勞翡翠姑姑專程跑一趟。」

翡翠笑一笑，轉頭看著呆若木雞的繪秋等人，輕聲道：「適才的事，我會如實稟告皇后娘娘，由她決定怎麼處置你們。不過以下犯下、惡意欺主的罪名，想來慎刑司是入定了，能不能活著出來便要看你們的運氣了。」

繪秋終於回過神來，渾身抖如篩糠。「姑姑饒命，姑姑饒命，奴婢再也不敢了！」

「饒不饒你們，可不是我能決定的。」翡翠神色淡然地說著，任憑繪秋幾人痛哭流涕也沒有一絲動容之色，轉而對舒穆祿氏道：「慧答應，咱們過去吧，皇后娘娘還等著呢。」

舒穆祿氏忐忑地答應，看到站在一旁的如柳，道：「妳陪我一道去可好？」如柳點頭，扶了她往坤寧宮行去。在離開前，她解恨地瞪了一眼癱軟在地上的繪秋等人。

在途經御花園東北角的浮碧亭時，意外遇見了年氏，她正領著宮人在那裡賞剛開的臘梅。看到翡翠過來，年氏緩緩步出亭子。

翡翠目光一閃，下一刻已經恭敬無比地朝年氏欠身行禮：「奴婢給貴妃娘娘請安，娘娘吉祥。」

年貴妃隨意擺一擺手道：「起來吧，妳們這是要去哪裡啊？」

「回貴妃的話，娘娘許久不曾見慧答應，頗為掛念，特命奴婢傳慧答應去坤寧宮說話。」

慧答應……這三個字令年氏莫名煩躁，輕哼一聲道：「皇后傳慧答應只是說話，沒有其他事嗎？」

「這個奴婢就不知道了，貴妃娘娘若是好奇，不妨與奴婢一道去坤寧宮，親自問一問皇后娘娘就知道了。」翡翠低頭，不卑不亢地說著。

年氏輕輕一笑，聲音輕柔地道：「翡翠，妳還是那麼牙尖嘴利，聽得本宮真想把妳一嘴尖牙給拔掉。」

「娘娘也還是那麼愛開玩笑。」翡翠面色如常地接話。她自然知道年貴妃不是在開玩笑，但那又如何？她是皇后身邊的人，年貴妃再恨也不能輕易動她，否則就是明著與皇后作對。

年氏亦曉得自己暫時奈何不了她，輕哼一聲，轉向舒穆祿氏。「慧答應。」

「臣妾在。」舒穆祿氏趕緊答應。她還記得選秀時，年氏對自己的百般挑剔，就算是再蠢笨的人，也能看出年氏並不喜歡自己。

「妳也算是幸運了，明明落了選還能得皇上垂顧，重新冊封為答應。」秋意深深之中，年氏的聲音聽起來格外涼冷，讓舒穆祿氏不自覺地打了個寒顫，垂低了頭道：「臣妾無才無德，蒙皇上不棄，選入宮中，實受之有愧。」

「聽聞之前有秀女故意弄傷妳的臉，眼下都好了嗎？把頭抬起來給本宮瞧瞧。」年氏開口，舒穆祿氏自然不敢不遵，戰戰兢兢地抬起頭來，那張放在宮中只能算中等姿色的面容上殘留著幾道淺紅印子。

然年氏根本沒有看她的面容，只是死死盯著她那雙眼，那雙像極了納蘭湄兒的眼。該死的，那群秀女費了半天的工夫，根本沒有毀掉最重要的東西。如果她們當時直接毀了那雙眼，如今根本不會有什麼慧答應。

她閉一閉目，壓下想要摳掉那雙眼的衝動道：「行了，妳們走吧，別讓皇后娘娘久等了。」

「是，奴婢告退。」翡翠輕吁一口氣。對著向來囂張跋扈的年貴妃，她還真有些擔心，萬一年貴妃看慧答應不順眼，做出破格的事來，自己便麻煩了。

待翡翠一行人走遠後，綠意蹲下身替年氏整著裙裳與綴在花盆底鞋鞋面上的金色流蘇，道：「主子，皇后娘娘好生奇怪，明明慧答應入宮後就一直不受寵，她卻專門讓翡翠去請慧答應來。就算真有話說，直接使一個宮人不就行了？」

「妳錯了，慧答應不是不受寵，也不是不被皇上喜歡，而是皇上暫時不願寵她。」年氏畢竟居貴妃之位，又陪在胤禛身邊多年，遠比綠意要看得清楚。

「奴婢不明白。」綠意茫然地抬起頭。「皇上既是喜歡，為何不寵幸慧答應？」

「這個本宮也不明白。」年氏有些頭疼地撫撫前額。「不過皇后這個時候召見慧答應，想來是準備助她得寵了。」

「那咱們要不要……」綠意試探著問道。任何一個新人的得寵，都有可能分了主子身上的恩寵，要固寵，就要設法阻止她們得寵。

「不急，先看皇后準備怎樣。」年氏嬌豔的臉上透著淡淡疲憊。這次七名秀女入宮，佟佳氏、溫氏、劉氏三人皆有傾城之貌，舒穆祿氏雙眼又如此像納蘭湄兒，哪一個都輕視不得，須得謹慎提防。

她待要命綠意扶自己回宮，恰巧看到弘曆從遠處走來，本不欲理會，卻因眼角餘光瞥見他腰間的某個東西而停住轉身的動作。

第七百二十二章　玉珮

弘曆是來御花園中放竹罐子的。上次他曾聽三哥說起，用露水沖泡的茶最有提神醒腦之功效，只是採集露水太過麻煩，且還指定要竹葉上的露水，如此一來，即便宮人天不亮就來御花園東北角的竹林中採集，有時所得也不過半杯之數，剛一燒開就幾乎沒了，更不要說沖茶，經常喝不到，實在難過。

他上次聽過後就暗自記在心裡，這幾日一直在琢磨採集露水的法子，倒還真讓他想出來了。截中空的竹子段，在上面鑽孔做成竹罐，然後用絲線串起來掛在竹葉下端，還得要尋彼此有連接的竹葉，這樣即便是其他竹葉的露水滴下，也會順勢流下來，不至於浪費了。

「四阿哥，您瞧這個位置可以嗎？」小鄭子指著其中一叢竹葉問道。他手裡拿著好些個竹罐子，都是準備放在竹林各處的。

弘曆搭手在額前，擋住刺眼的天光，認真看了一眼小鄭子指的位置後，道：

「倒也可以，那就在這裡放一個吧。」

「嗻！」小鄭子答應一聲，俐落地取過一個串了絲線的竹罐，掛在竹枝上，柔軟的竹枝因為突然增加的分量往下垂了些許。

「四阿哥，您收集露水做什麼？泡茶嗎？」小鄭子好奇地問著。從昨兒個四阿哥讓他與幾個小太監去砍竹子時就存著這個疑問，如今實在忍不住，便問出了口。

「是泡茶，不過不是給我自己，而是……」他正要說是給三哥還有額娘時，猛然看到年氏朝自己走來，連忙收聲行禮，恭謹地道：「弘曆見過貴妃娘娘，娘娘萬福。」

年氏盧盧一笑道：「四阿哥客氣了，起來吧。這樣冷的天，你不在屋裡讀書，跑到這沒甚好看的竹林裡來做什麼，還帶那麼多竹罐子。」

弘曆知道年氏不喜自己與三哥往來，哪裡敢說是為了替三哥採集露水，撒謊道：「回娘娘的話，弘曆書讀得有些悶了，便來這裡玩耍，竹罐子不過是弄來好玩的，什麼用處，可是連我自己都不曉得呢。」

「是嗎？」年氏顯然不信他這話。宮裡是什麼地方，弘曆又是什麼人，在熹妃這個好額娘的調教下，最是懂得討胤禛歡心，如今會毫無緣由地跑來弄竹罐子玩耍？簡直就是笑話。

不過她此刻更在意另一件事，明眸微睇，落在弘曆繫著暗藍色帶子的腰間，似不經意地道：「你腰間這塊玉珮甚是好看，能拿下來讓本宮仔細瞧瞧嗎？」

一聽這話，弘曆心裡頓時「咯登」了一下。糟糕，今日一時喜歡就把三哥送給自己的玉珮掛上了，沒想到竟這般湊巧地撞到年貴妃，她該不會是認出這塊玉珮了吧？希望不是，不然麻煩大了。

這樣想著，弘曆磨磨蹭蹭地解下同樣掛在腰間的八角玉墜子。

不等他遞過去，年氏已經涼聲道：「四阿哥沒聽清楚本宮說的話嗎？是玉珮，而不是八角玉墜子。」

「是，弘曆一時聽岔了。」見年氏盯牢了玉珮，弘曆無法，只能硬著頭皮解下那塊雕有龜鶴圖案的玉珮遞到年氏手上。

年氏仔細翻看了幾眼後，確定這塊玉珮就是兄長送給弘晟那一套玉珮當中的一個，弘晟當時還很喜歡，怎會出現在弘曆身上，難道……

想到此處，年氏臉色一沉，問：「不知這塊玉珮四阿哥從何而來？」

弘曆捏著手指不知該怎麼回答，好一會兒才吞吐道：「我……我不記得了，可能是皇阿瑪賞的。」

年氏哪會看不出他緊張，亦越發證實自己的猜想。弘晟，他當真……哼！

年氏忍著心中怒火，將玉珮還給弘曆，冷冷道：「既是皇上賞的，那就仔細收好，別弄丟了。」

「是，弘曆知道。」見年氏沒有追問下去，弘曆暗吁一口氣，希望她是真的沒看出來。他接過玉珮，朝轉身離去的年氏道：「弘曆恭送貴妃娘娘。」

待年氏走遠後，小鄭子抹了把頭上的汗，小聲道：「四阿哥，您瞧貴妃娘娘這樣，看出玉珮是三阿哥送您的了嗎？」

「我不知道，希望沒有。不說這個了，趕緊將竹罐子掛好，如此，明日便能收集到露水了。」弘曆搖搖頭，他心裡同樣擔心得很，無奈翊坤宮是萬萬去不得，只能等明日上課的時候再問三哥了。

等弘曆回到承乾宮的時候，天色已晚，水秀正領著宮人在掌燈，瞥見弘曆過來，笑著行禮。「四阿哥餓了吧，掌完燈之後，奴婢就去御膳房傳膳。」

「不急。」弘曆想一想又道：「對了，讓小廚房煮一碗紫薯小米粥備著，昨日我聽額娘說有時候睡得晚了，會有些餓。」

水秀笑著答應道：「是，奴婢記下了，四阿哥這般關心娘娘，真是教奴婢羨慕。」弘曆與凌若一般，待下人甚是寬容，是以她們平素在宮裡說話也較為隨便。

她本是玩笑的話，卻不想弘曆記在心裡，道：「水秀姑姑，妳與水月姑姑一同伺候額娘這麼多年，不曾出宮也不曾嫁人，以後等妳們老了，我像侍奉長輩一樣奉養妳們可好？」

誰也沒想到弘曆會說出這樣一句話來，水秀兩人既感動又惶恐，連連搖手道：「奴婢們乃一介卑微之身，如何敢當四阿哥的話，四阿哥實在是折殺奴婢們了，還請千萬不要開這種玩笑。」

弘曆卻認真地道：「我沒有開玩笑，都是真的。在我心中，水秀姑姑與水月姑姑就像親人一般，奉養親人乃是理所當然的事。」

這話說得水秀差點掉下淚來，連忙抹了把臉，假裝若無其事地道：「就算是真的，等奴婢們老了也還要二十來年呢，四阿哥現在說這話可是太早了呢。」說罷，又道：「四阿哥快進去吧，奴婢們還得掌燈呢，若是晚了，宮裡頭可是要看不清路了。」

「嗯。」弘曆答應一聲，轉頭道：「小鄭子，我這裡不用伺候了，你隨水秀姑姑她們一道掌燈吧。」

進到殿中，只見凌若正坐在椅中看書，在她手邊放著一盞燈，上面覆了繪有紫藤花圖案的燈罩。

第七百二十三章　抱怨

「弘曆給額娘請安。」弘曆行了一禮，起身道：「額娘這麼晚了還在看書，可要仔細眼睛。」

凌若笑笑，將手裡的書冊遞給他道：「哪是什麼書啊。是你皇阿瑪為你姊姊在朝中擇的青年才俊，惠嬪讓本宮幫著看看哪個更合適些，本宮瞧得眼睛都花了，也不知道究竟哪個好些。」

「姊姊要出嫁了嗎？」弘曆一邊問著一邊翻看書冊，果然每一頁都詳細記著一人的情況，家世、品行、功名等等。

凌若揉一揉發疼的眼睛道：「是啊，涵煙比你年長三歲，該是嫁人的時候了。只要定下中意的人選，便可讓你皇阿瑪下旨賜婚。」

「姊姊想要選一個怎樣的夫婿？」書冊中網羅的人並不局限於滿人，漢人亦占了好幾個。

「忠厚可靠、品行端正最是要緊，至於家世倒不是頂要緊。」凌若一邊說著一邊斂袖起身，坐了這麼久，著實有些累了。

弘曆皺著眉毛翻看半天，忽的指著其中一頁道：「額娘，您瞧這個如何，雖是個六品漢官，但品行不錯，還是孝子。能善待父母者，想來不會是什麼壞人。」

凌若接過書冊後仔細瞧了一眼，頷首道：「先記下吧，下次見惠嬪的時候與她說說。對了，你這一下午都跑去哪裡了？」

「兒臣去御花園中走了一會兒，順便將昨日做好的竹罐子掛上去，等收集了露水便可以給額娘泡茶了。」弘曆沒有提起遇見年氏的事。

凌若笑著搖頭道：「你這孩子，怎麼想到拿露水泡茶了，這水還不都是一樣嗎？有何區別。」

弘曆一臉認真地道：「三哥說過拿露水泡茶遠比普通的茶更清甜怡神。」

「你啊，真不知怎麼會和弘晟這麼要好，以前可是跟仇敵差不多。」關於這一點，凌若實在覺得奇怪，不過是把弘晟關在佛堂中幾天，弘曆又送了幾天飯而已，等釋出來時，這兩人竟然解開多年的心結，變成了真正的兄弟。且因為年紀相近的緣故，關係比之弘晝還要更好些。

弘曆搖頭晃腦地道：「這就叫不打不相識！」

「少在額娘面前貧嘴！」凌若笑斥了他一句，倒也沒再說什麼，問了幾句弘曆功課上的事後，道：「好了，過去用晚膳吧。」

「額娘，今日皇阿瑪又不過來了嗎？」坐在桌前，弘曆突然這般問了一句。

「你皇阿瑪國事繁忙，哪能天天過來。」凌若親手盛了碗飯放在弘時面前。

弘時拿筷子戳著米飯嘟囔道：「以前皇阿瑪忙成那樣也常抽空過來，可是自那些新秀女入宮後，皇阿瑪就來得少了。」

凌若忙斥道：「不許胡說。」

「兒臣沒有，當真是這樣。」弘曆不服地說著。

「好了，用膳，再說話，額娘就讓人把晚膳撤下去，你也不用吃了。」凌若不悅地把筷子往桌上重重一放。

見凌若生氣，弘曆連忙道：「兒臣不敢，額娘不要生氣。」說著乖乖往嘴裡撥著米飯，眼角餘光不時偷偷瞥著凌若，見她重新拿起筷子，方才安下心來。

就在這個時候，外頭突然響起胤禛的聲音：「朕彷彿聽到有人在抱怨朕。」

「皇上。」

「皇阿瑪。」

凌若與弘曆分別輕呼一聲，連忙起身朝正走進來的胤禛行禮，胤禛抬手扶住凌若道：「行了，不必多禮。」

待得凌若起身後，他垂眸看著單膝跪在地上的弘曆，凝聲道：「剛才是你在抱怨朕嗎？」

凌若怕胤禛責怪弘曆，忙道：「皇上，弘曆尚且年幼，出口無忌，您莫與他計較。」

胤禛輕哼一聲道：「十二歲了，哪裡還年幼，朕像他這樣大的時候，都隨皇阿瑪秋闈狩獵了。」見凌若還要說話，他道：「熹妃，朕問弘曆話，妳不要插嘴。」

「是。」凌若無奈地站在一旁，臉上是顯而易見的憂心。

胤禛再度看向弘曆，而後者已經坦然承認：「是，兒臣不孝，請皇阿瑪責罰。」

「責罰一事稍後再說，朕只問你何以要抱怨朕？」胤禛欠身在其中一張椅子中坐下，聲音聽著很平靜，教人猜不出他此刻究竟在想什麼。

弘曆一咬脣，如實道：「皇阿瑪已有數日不曾來承乾宮，兒臣與額娘思念皇阿瑪，又怕皇阿瑪忘了兒臣與額娘，所以才一時忍不住抱怨了幾句。」

胤禛定定地看著弘曆，好一會兒才道：「你倒是機靈，將你額娘也繞了進來，朕剛才可是只聽到你一人抱怨。怎麼，怕朕當真責罰你嗎？」

弘曆鼓起勇氣道：「兒臣不敢欺瞞皇阿瑪。自新秀女入宮後，皇阿瑪就少來了承乾宮許多，額娘雖嘴裡不說，但兒臣知道她心裡必然是惦念皇阿瑪的。」

胤禛眼中掠過一絲誰也沒發現的戲謔，面上卻一本正經地道：「秀女入宮至今不足一月，你就已經瞧出朕貪新忘舊了？」

弘曆只道胤禛生氣了，連忙道：「兒臣不敢，兒臣只是——」

「朕看你已經敢了。」胤禛打斷弘曆的話，正當凌若以為他要發怒時，卻聽得他語氣一緩道：「罷了，起來。」

弘曆抬起頭，臉上一派茫然，還是凌若瞧出端倪，輕笑道：「還不聽你皇阿瑪的話，趕緊起來。」

「是。」弘曆依言起身，不過神色還是茫然得很。

直至四喜在一旁笑道：「四阿哥，您真是誤會皇上了，皇上可從沒忘記過您與熹妃娘娘，常想過來卻總不得空，今兒個難得空一些，緊趕著將摺子批完便過來了。」

「哪個許你多嘴了！」

胤禛眼睛一瞪，唬得四喜趕緊低下頭，不過嘴角那抹笑意卻沒有隱去。他跟在胤禛身邊伺候這麼久，怎會瞧不出哪個是真生氣哪個是假生氣。若是真生氣，縱使借他一百個膽，也不敢插這個嘴。

果然，胤禛只是斥了一句便不再理會，轉而對弘曆道：「好生孝敬你額娘，往後若是想念朕了，便去養心殿直接告訴朕。下次若再讓朕聽到你私下裡議論，朕可不會輕饒。」

「是，兒臣再也不敢了。」弘曆答應一聲，又小聲道：「皇阿瑪，那您這次是不怪兒臣了？」

第七百二十四章　辰光靜好

看著弘曆小心翼翼的樣子，胤禛終於忍不住笑出聲，一指他面前盛滿飯的碗道：「自然要怪，罰你吃滿兩碗。」

聽到這話，弘曆終於放下心，咧嘴笑道：「是，兒臣一定吃得完。」

「好了好了，都坐下吧。」凌若笑著道。

早在胤禛出現的時候，水秀就知機地拿了膳具來。三人圍坐在一起，安靜而高興地吃著飯。

弘曆吃了滿滿兩碗，再加上一大碗湯，肚子被撐得圓圓的，不斷打飽嗝。

看他連坐著也費勁的樣子，凌若抿嘴笑道：「弘曆，你還是去外頭走幾圈吧，否則額娘怕你到晚上都睡不下去。」

弘曆也覺得難受，當下依言出去，小鄭子趕緊跟在他後面。趁著水秀她們沏茶的工夫，凌若笑問：「皇上今日不用陪彤貴人她們嗎？」

「連妳也這麼想？」胤禛一仰身子，笑道：「可不是所有女人都值得朕去陪。不過彤貴人倒算是善解人意，朕翻了她幾次牌子，她從沒在朕跟前抱怨過任何人，不像另幾個，不是說這個就是暗指那個，當真無趣。」

「她們也是盼皇上多去走動走動。」凌若隨口說了一句，又道：「溫貴人也常在皇上面前抱怨嗎？」

若是這樣的話，她尋空得提醒一下如傾，宮中不比尋常地方，盼皇上去是自然的，但不能什麼事都擺在明面上，要求太多，只會令胤禛生煩。

「那倒不曾。如傾天真活潑，且與她姊姊一樣都是好性子，從不說人是非。這次冊的兩個貴人，倒都是知書識禮的。」說到這裡，他握緊凌若的手道：「不過，朕還是更喜歡與妳在一起。」

凌若赧然一笑道：「臣妾都已經三十餘歲，哪比得了那些年輕貌美的，皇上這話可不是在哄臣妾嗎？」

「朕願意費時間在這裡哄妳，還不足以證明嗎？」胤禛笑著反問，兩人相視一笑，一切皆在不言中。

彼時，水秀端了茶上來，胤禛接過抿了一口，眉頭微不可見地皺了一下。「這彷彿是去年的陳茶，新茶呢？內務府沒送來嗎？」

「陳茶嗎？」凌若跟著品了一口，又問了水秀是從何處取的茶葉，方才笑道：「內務府老早就送了新茶來，是臣妾覺得去歲剩下不少茶，浪費了可惜，便時不時地泡一些。這次是水秀拿錯了茶罐子，將陳茶沖給皇上喝，若皇上喝不慣的話，臣妾讓人重新再去沏來。」

「無妨，朕只是隨便問問，妳能體諒民情辛苦，不隨意浪費，是很好的事。再說陳茶有陳茶的滋味，不見得就比新茶差。」胤禛喝了半盞茶，道：「如何，涵煙夫婿的人選擇好了嗎？」

「尚未呢，畢竟關乎涵煙的終身大事，她又是皇上的嫡親公主，溫姊姊也只得這麼一個女兒，自得慎重再慎重。」

「說得是，自靈汐出嫁後，朕身邊就只得她一個女兒了，自是不希望委屈了她。慢慢選吧，有合適的再與朕說。其實朕更想多留她幾年，只是怕惠嬪多心，當朕不關心這個女兒。」

「皇上一番慈父之心，溫姊姊哪有不體諒的理，不過女兒家過了十六歲不嫁人，旁人難免有所臆測。」

凌若話音剛落，就見胤禛一臉促狹地瞧著她，把她瞧得莫名其妙，正奇怪間，胤禛已經撫著她平坦的腹部道：「熹妃，妳什麼時候再替朕添個女兒？」

凌若頓時紅了臉，輕啐一聲，打掉胤禛的手道：「皇上盡拿臣妾取笑，好不正經。」

「朕與自己的愛妃說子嗣問題，何來不正經三字。」胤禛一臉冤枉，與凌若在一起的辰光，是他難得輕鬆自在的時候，不需要時時刻刻提防懷疑。

凌若雖然已經生過孩子，但當眾說起此事，還是滿面紅雲，尤其是旁邊水秀等人一副想笑又不敢笑的樣子，不由得別過身小聲道：「臣妾說不過您，左右那麼多比臣妾年輕許多的嬪妃擺在那裡，皇上想讓誰生都可以。」

她越是不好意思，胤禛便覺得越有趣，仰首笑道：「可是朕最想妳生，熹妃，妳說怎麼辦才好。」

「臣妾……臣妾不與您說了。」凌若臉紅得似要滴下血來，虧得弘曆不在，否則她當真要無臉見人了。

「好了好了，不與妳玩笑了，不過朕倒是真希望妳再替朕添個孩子，不論男女，朕都喜歡。」

凌若低頭，輕聲道：「臣妾也想，只恐怕沒那個福分。」

胤禛拍一拍她白皙的手背，溫言道：「會有的，皇阿瑪曾在朕面前提過，說妳是個有福之人，甚至於比他更有福。」

「皇阿瑪當真這麼說？」說到那位親切慈祥的老人，凌若不禁湧起一陣思念。她不會忘記，在自己最落魄失意的時候，是那位老人一直照顧有加。

「朕還會騙妳不成？」胤禛感慨道：「朕自有記憶以來，還是第一次聽到皇阿瑪這樣說別人。話說回來，當初若非榮貴妃使手段，皇阿瑪一定會納妳入宮，朕也就無從與妳相遇了。」

凌若掩嘴笑了一陣子，故作老成地道：「是啊，而且皇上還要稱臣妾一聲太妃呢。」

「妳這妮子想得倒是挺好，連朕便宜也敢占！」胤禛笑斥了一句，眼中盡是溫柔的笑意。「幸好沒有，否則朕可是要後悔莫及。」

「若不曾相遇，皇上又何來的後悔。而皇上對於臣妾的印象，也不過是宮外馬蹄前的誤傷，還有結網林中的那一次偶遇罷了。」

一聽到結網林三字，胤禛神色頓時黯了下來，原先盎然的興趣也消失得無影無蹤。

凌若知他必是想起納蘭湄兒。結網林那一次，應該是納蘭湄兒大婚前最後一次見他，無奈兩人終是不歡而散。

始終，胤禛還沒有踏過那個坎。凌若忍著心中的酸意，輕聲道：「臣妾失言了。」

胤禛已經回過神來，吸一吸氣，故作輕鬆地道：「無妨，都已經是過去的事了。總之，朕很高興，這二十年能有若兒不離不棄，陪在朕身邊，以後朕會一直待妳與弘曆好。」

第七百二十五章 怒意

說到弘曆，凌若眼中再次泛起笑意。「弘曆真是個懂事的孩子，平常臣妾稍有個不舒服，他便緊張得不行，直嚷嚷著要請太醫來看看。」

「是啊，為此還抱怨朕呢。」笑過之後，胤禛道：「弘曆確實不錯，擔得起大事，只是還太過年少，閱歷不足。朕打算過了年，便給他一些事做。書是死的，人是活的，光讀死書不行，還要懂得活學活用才行。朕當年，也差不多是這個年紀便開始學著辦差了。」

胤禛對弘曆這般看重，凌若自是歡喜，然嘴上卻道：「皇上天縱之姿，弘曆如何能與皇上相提並論，臣妾只怕他會讓皇上失望。」

「不會的，朕對他有信心，咱們的孩子定然可以青出於藍而勝於藍。妳這個做額娘的，該對他多些信心。」胤禛眼中閃爍著期許的目光。

這樣的歷練，從另一重角度來看，能看到更多隱藏在深處的意思，然這些凌若卻不好多說，只是含笑道：「若他能在國事上替皇上分擔一二，那自是最好。」

這個時候，四喜走進來，手中端著一個紅木托盤，上面放著一塊塊寫有各嬪妃名字的綠頭牌。他跪在地上將盤子高舉過頭，道：「請皇上翻牌子。」

除卻胤禛明確交代了不召妃嬪之外，敬事房每日都會備好綠頭牌交給四喜，由他呈送胤禛，凡被翻到牌子的妃嬪，則負責當夜侍寢。

看著跪在底下的四喜，胤禛笑罵道：「你這奴才，什麼時候變得這麼沒眼力勁了，朕都在承乾宮了，還用翻牌子嗎？告訴敬事房，朕今夜歇在熹妃這裡。」

「嗻！」隨著四喜這一聲答應，不出半個時辰，皇帝今夜歇在承乾宮的消息就傳遍了整個後宮。

翊坤宮那邊是最早收到消息的，在打發了報信的小太監下去後，年氏拭一拭沾染在嘴角的湯汁，示意宮人將滿桌沒動過幾筷的膳食撤下去，隨後道：「三阿哥呢，怎麼一整天都沒見他人影？」

綠意端著用來淨手的銅盆道：「回主子的話，朱師傅說明日要考經史，是以三阿哥一天都待在書房中溫習功課，連午、晚兩頓膳食都是送到書房中去的。自主子上次出事後，三阿哥可比以前長進懂事許多了，聽聞朱師傅最近常誇三阿哥呢！」

綠意本想著討年氏歡心，哪曉得年氏冷冷瞥了她一眼道：「本宮問妳了嗎？哪來那麼多話。去，將三阿哥叫來，本宮有事問他。」

「是。」綠意無端被罵了一句，不敢再多話，快步來到書房，朝正在書寫著什麼的弘晟行了個禮道：「三阿哥，主子喚您過去，說是有事要問您。」

「額娘有事問我？」弘晟感到奇怪地重複一句，瞧了一眼筆下寫到一半的經史解意，道：「行了，妳先回去，待我做完這篇解意就過去。」

換了往日，綠意自然是依言退下，然這一次卻是道：「三阿哥，您還是趕緊過去吧，奴婢瞧著主子在御花園見了四阿哥，回來後心情就不怎麼好。」

一聽到弘曆的名字，弘晟頓時緊張起來，擱筆走下來追問：「額娘與弘曆都說了些什麼？」

綠意想了一下道：「倒也沒什麼，就是問四阿哥要了他配在腰間的玉珮看了幾眼。」

待聽完綠意對那塊玉珮的描述後，弘晟在心中哀號不已，他已經知道額娘是為何心情不好了。真是要命，怎的偏就被額娘發現了呢？她一直不許自己與弘曆他們往來，看到自己將舅父贈的玉珮送給他們，定然生氣得很。

弘晟不敢再耽擱，跟著綠意來到正殿，一進去便看到年氏直直盯著自己，心下一凜，硬著頭皮上前行禮，隨後討好地道：「兒臣最近剛跟宮人學了一手按穴的功夫，替人解乏消疲最是有效不過，不如讓兒臣替額娘捏捏肩膀吧。」

「這種下人做的事情，你一個阿哥學它做什麼。」年氏冷冷回了一句，隨後道：「上次你舅父入宮送你的那一套玉珮呢，拿出來給額娘看看。」

聽到這裡，弘晟已經是頭皮發麻了，強裝鎮定地道：「兒臣已經收在屋中最頂上的那個櫃子，拿出來怕是很麻煩。」

年氏將手裡的茶盞往邊上一擱，淡然道：「這麼多宮人在，能有多麻煩？再不行便將你的房間整個翻過來，就算在房梁上也一樣找得到。說，在哪個櫃子。」

「在……在……」

弘晟哪裡敢說實話，正想著怎麼推脫過去時，年氏已經重重一拍桌子，喝道：「你還準備瞞額娘到什麼時候，說，那玉珮是不是被你拿去送給了弘曆？」

見年氏發怒，弘晟連忙屈膝跪下，惶恐地道：「額娘息怒，兒臣該死！」

「現在可以說了嗎？」年氏手背上盡是茶盞跳起時濺出的茶水，還有些燙，她卻絲毫不在意，只是緊緊盯著弘晟。

弘晟咬著沒有血色的雙脣，期期艾艾地道：「兒臣……兒臣將其中兩塊玉珮分別送給了弘曆與弘晝。」

「什麼，連弘晝都有分？」年氏強捺的怒氣一下子爆發出來，胸口猶如拉風箱一樣，劇烈地起伏著，指著弘晟顫聲道：「你、你這是想氣死本宮嗎？」

弘晟連忙爬到年氏腳下，道：「兒臣不敢，求額娘息怒。」

「你要本宮如何息怒？本宮與你是怎麼說的，不許你與他們走得太近，你當本宮的話是耳邊風嗎？不只不聽，還送他們玉珮，你是想氣死本宮嗎？」且不說那個玉珮珍貴無比，只是弘晟這個舉動，就足夠她生氣了，喘了口氣又道：「承乾宮與永和宮那兩個賤蹄子都不是什麼好東西，她們生的兒子自然也不是好東西。他們是故意接近你，想要害你，偏你還被蒙在鼓裡懵懂不知！」

弘晟猶豫了許久，終還是決定如實托出：「不，弘曆不是這種人，兒臣在承乾宮的那些日子，他待兒臣很好，甚至還去皇阿瑪面前為額娘求情。」

年氏沒想到弘晟敢當面頂撞自己，氣得連雙手也顫了起來。「照你這個意思，倒是本宮錯了，故意冤枉他們？」

第七百二十六章　認錯

「兒臣不是這個意思，只是額娘對他們的看法過於偏頗了。」這些話弘晟壓在心底已經很久了，如今終於藉著這個機會說出來。

年氏愣愣地看著弘晟，彷彿從不認識他，好一會兒才怒容滿面地道：「好，去了一趟承乾宮，回來竟然敢教訓起本宮來，虧本宮養了你十四年。」隨即，她忽的又笑了起來，只是那笑容陰森得嚇人。「好啊，既然你口口聲聲承乾宮，那就繼續回承乾宮，認熹妃那個賤人做額娘，還站在這翊坤宮做什麼，滾出去！」

年氏氣得失了理智，歇斯底里地大叫著，她這個樣子嚇得綠意等宮人趕緊跪在地上，求她息怒。

弘晟也不太高興，加重了語氣道：「額娘，兒臣何時說過那樣的話，兒臣只是希望您理智一些。熹妃當真不是什麼壞人，是您一直誤會了她。」

「對，她不是壞人，本宮是壞人，生你養你的本宮是壞人！」年氏正在氣頭上，哪裡聽得進去，一指宮門道：「既然這樣，你還待在這裡做什麼？現在就給本宮滾出去，滾出翊坤宮！」

「額娘……」弘晟剛說了兩個字，便被年氏冷聲打斷。「這裡沒你額娘，要叫去承乾宮叫。」

綠意在旁邊扯了扯弘晟的袖子，朝他不住搖頭，意思是讓弘晟不要再氣年氏了，否則這樣吵下去，真要不可收拾了。

弘晟何嘗願意與自己的額娘吵，只是一說到熹妃，額娘總是特別偏激，尤其是在被降為常在一事後，更是連提都提不得。

不過不管怎樣，她都是自己額娘，身為兒子，確實不該與她爭吵。如此想著，他壓下不悅，低聲道：「是兒臣錯了，請額娘原諒。」

「三阿哥怎麼可能會有錯，一切皆錯在本宮。」年氏冷笑著道，聲音冷如秋夜裡的寒露。

「額娘，兒臣是真的知錯了，求您不要再生氣。」弘晟爬到年氏腳下，仰頭說著，無奈年氏根本不願低頭看他，可見這一次是真的氣壞了。

正當弘晟思索著該怎麼說才能讓年氏消氣時，臉上突然一涼，下意識地伸手摸了一下，指腹盡是溼溼的水跡。抬頭看去，發現年氏不知何時流下淚，順著臉頰一滴滴落下來，然脣卻是緊緊地抿著，始終沒有一絲聲音發出。

弘晟畢竟是她唯一的兒子啊，罵他就等於往自己身上戳刀，可是弘晟如今的所作所為實在太令她傷心了，遠比戳刀更痛百倍。

看到這一幕，弘晟難過不已，更後悔自己剛才說得太過，傷了額娘的心。唉，額娘對熹妃等人成見已深，豈是一時三刻能扭轉過來的。

「額娘，兒臣錯了，兒臣以後都不說了，求您消消氣。」

不論弘晟怎麼說，年氏都不理他。弘晟知道年氏是在逼著自己表態，當下狠一狠心道：「兒臣向額娘保證，以後絕不再惹額娘生氣，也不再與弘曆等人往來。」

「你之前就這麼說過，結果呢？還不是照樣往來，連玉珮都送出去了。」年氏終於開口了，聲音裡有一絲怎麼也掩飾不住的哽咽。

「這一次不會了，額娘，您再相信兒臣一次。」弘晟急急說著，唯恐年氏不相信他。

「當真不會了？」對於弘晟，年氏終歸是狠不下心，語氣稍稍有些鬆動。

弘晟趕緊點頭，唯恐慢一點兒又惹年氏不喜。「嗯，兒臣發誓，絕對不會了。」

年氏低頭看了他一會兒，道：「綠意，扶三阿哥起來。」

弘晟卻是不肯起身，直直看著年氏道：「額娘，您不生氣了？」

「額娘不是生氣，額娘是怕你被人騙了都不自知。」年氏親自扶起弘晟，長嘆一口氣道：「額娘又何嘗願意以小人之心去度別人，只是這是宮裡，在這裡的每一個人都在想方設法害著別人。弘曆與你都是阿哥，可最終登上大位的卻只有一個，他故意示好於你，無非是想先取得你的信任，再伺機加害，萬不可上了他的當。弘晟，你要牢記，出了這翊坤宮，宮中便再沒有一個可信可靠之人。」

「兒臣知道了。」弘晟答應，心裡則不住地嘆氣。

年氏想了想道：「明日的課你不要去了，讓綠意去跟朱師傅告假一聲，省得弘曆又糾纏你。」

「是，一切全憑額娘吩咐。」

弘晟的順從令年氏滿意，她只得這一個兒子，絕對不允許他出任何意外。

第二天，弘曆去竹林中收集竹罐子，發現這個辦法果然好用，一夜工夫，所收集的露水加起來差不多有小半罐子，若是再多幾個竹罐子，相信會更多。

他將收集的露水帶在身邊，想著課上交給弘晟，沒想到竟是一直沒等到弘晟出現。他問了朱師傅，方知翊坤宮派人來說弘晟身子不爽利，休息一日。

弘晝一臉奇怪地道：「四哥，昨日見三哥還好端端的，怎麼突然一下子就病了？」

弘曆低頭看了自己腰間，那塊玉珮已經被他拿下了，可昨日年貴妃問他要玉珮相看的事卻歷歷在目，再加上今日三哥沒來，令他有一種不祥的預感。難道年貴妃責罰三哥了？不行，他得去看看才行。

這樣想著，他對弘晝道：「走，咱們去找三哥。」

「啊！」弘晝傻眼地道：「四哥你瘋了，年貴妃最不喜歡我們見三哥了，你這樣跑過去，不是自找麻煩嗎？」

弘曆狡黠地一笑道：「我可沒說要明目張膽地過去。」不等弘晝明白這話的意思，已經被弘曆拉著往翊坤宮走去。

跑到翊坤宮外，弘曆繞著宮牆走一圈，尋了一個稍低些的地方，墊著石頭爬上去。弘晝目瞪口呆，這……這還是他認識的四哥嗎？居然學人家爬牆。

弘曆費了一身力氣爬上來，還真讓他看到弘晟了。弘晟就站在院裡，正往一個漢白玉石掏成的大魚缸中餵食，不過看他的樣子有些心不在焉。

院中除了弘晟之外，還有幾個灑掃的宮人，弘曆不便直接出聲，便學著貓叫了幾聲。

第七百二十七章 過分

「咦，是娘娘養的團團跑出來了嗎？」其中一個宮人聽見貓叫，好奇地說著。

年氏喜歡貓，身邊一直都養著貓。上次年羹堯進宮，不知從哪裡尋來一隻渾身雪白、眼睛呈金色的貓，年氏極是喜歡牠渾身絨毛團團的樣子，便取名叫團團。

弘晟隨意往貓叫的地方掃了一眼，沒想到竟讓他看到弘曆趴在牆頭，大吃一驚，怕被宮人發現，遂道：「額娘最喜歡團團了，若真是牠跑出來，你們所有人都得領罰，趕緊四處去找找。」

等宮人各自散去後，他示意弘曆到後門，然後趁著四周無人，小心地打開門，剛一看到弘曆、弘晝，劈頭就道：「你們兩個做什麼，居然跑到翊坤宮來爬牆頭，萬一被人發現，一狀告到我額娘還有皇阿瑪那裡，看你們怎麼收場。」

「不關我的事，是四哥的主意。」弘晝一臉委屈，他可什麼都沒做。

弘晟將目光轉向弘曆，帶了一絲兄長的威嚴道：「老四，你何時變得這麼沒分寸，翊坤宮的牆是可以隨意爬的嗎？萬一讓我額娘發現了，就算不會親自懲治你，也必然要告到皇阿瑪與你額娘那裡。」

「我擔心三哥。」弘曆撇了撇嘴，略有些委屈地說了一句，旋即又有些緊張地道：「三哥，貴妃娘娘是不是知道你送我玉珮的事了？所以才不讓你上課？」

弘晟眸光一黯，低低道：「是，額娘認出了那塊玉珮，今兒個勒令我在宮中，哪裡都不許去。」

「對不起，是我連累了你，若我不戴那塊玉珮就什麼事都沒有了。」弘曆自責不已，若不是他貪那塊玉珮好看，繫在腰間，怎會被年貴妃看到。

「算了，事已至此，再說這些也無用。額娘這次真的很生氣，估計著以後就算我出去也會讓宮人盯著我，不便再與你們說話。而且我也答應額娘，以後不會再與你們往來。」弘晟無奈地說著。

「那以後三哥都不能和我們玩了？」弘晝失望不已，他好不容易與弘晟親近些，轉眼又變成這個樣子。

「以後會有機會的，老四書讀得好，你多學著些，莫要像我以前那樣貪玩，否則就是再聰明也沒用。」弘晟頗為難過，他難得在宮中尋到些許手足情誼，卻被額娘生生斬斷。

「行了，沒什麼事你們趕緊走吧，估計著那些宮人快回來了。」弘晟狠一狠心道：「要是被他們發現就麻煩了。」

「嗯，那三哥你自己珍重。」弘曆待要離開，忽的想起一事來，連忙扒著門，解下繫在身上的竹罐子。「給你，這是昨夜採的露水，差不多有小半罐，夠你泡一杯茶了。今日我再多放幾個竹罐子，想辦法給你多採一些……」說了會兒，記得他與弘晟不便見面，遂道：「我每天早上會讓人把竹罐子放在翊坤宮後門，你記得拿進去。」

「我不喝也沒事，你別費神了。」弘晟接過略有些發沉的竹罐子，鼻子微微發酸。遠處傳來宮人尋弘晟的聲音，想是已經發現弘晟不見了。

「沒事的，就這麼說定了。」弘曆不在意地笑笑，隨後拉了弘晝退開幾步。「行了，三哥快關門吧，別讓人看到了。」

「嗯。」弘晟用力點了下頭，將門重新關好，大步離開後院。不論怎樣，弘曆都是他的好弟弟，一輩子不會變。

之後的每一日，弘曆都兌現著他的諾言，將採到的露水放一半在翊坤宮的後門，風雨無阻，每次至少有小半罐；而竹林中，已然密密麻麻掛滿了竹罐子，日復一日地採集著汲取了月華的露水。

入了十月後，天氣越發寒冷，不燒炭已經有些凍手凍腳了，水意軒卻是一如往常的冷清無人。

沒有人知道皇后召見舒穆祿氏說了些什麼，而她回來後也一如原來的安靜，應該說越發安靜，甚至讓人感覺不到她的存在。

繪秋幾人提心吊膽過了幾日，發現想像中的責罰並沒有到來，膽子漸漸的又大了起來，覺著皇后根本沒有把舒穆祿氏放在眼裡。

在這樣的想法中，他們背主、欺主的行為變得越來越肆無忌憚，這樣冷的天扣了銀炭自己用不說，甚至連冬衣也一下子扣了四套，到舒穆祿氏手中僅剩下一套，連換洗也不夠，所以她只能與秋衣一道混著穿，實在覺著冷了，便在裡面多穿幾件中衣。這樣一來，繪秋他們拿去洗時，便又是一番抱怨，明裡暗裡地諷她穿這麼多衣裳，存心是要讓他們多洗幾件。

舒穆祿氏每每忍耐，不與他們爭辯，可是這樣的忍讓只是讓她處境越發不好。眼看著就要立冬了，每日晨起，外頭的霜花都結了厚厚一層，她卻還是連一絲炭火都沒有享受到，再加上衣裳又不暖和，實在凍得受不了。

思忖半日，她終是決定將繪秋他們叫進來，好言道：「如今已是十月，內務府那邊想必又撥了取暖的銀炭下來，你們取一些出來，生了炭爐子吧。」怕繪秋他們不樂意，又補充：「不需要太多，夠取暖就行。」

繪秋不耐煩地道：「主子，奴婢早與您說過，左右是在屋裡不出去，您實在冷得慌，裹個被子就行了，燒炭火做什麼？銀炭說著是沒煙，但真燒起來，還是薰人得很，奴婢們粗活做慣了不打緊，可您細皮嫩肉的，哪裡禁得起，還是不要燒炭盆得好。」

「可是，這天當真很冷，不生炭盆實在受不了。」舒穆祿氏忍氣吞聲慣了，鼓了許久勇氣才說出這一句，當然也是因為實在冷得受不了。

繪秋神色越發不耐，他們已經享受慣了，如今哪裡肯再吐出來，乾脆道：「不瞞主子說，內務府送來的炭已經用得差不多了，實在勻不出來了。」

「如今不過月初，哪有用完的道理。繪秋，這炭本是撥給我的，如今我體諒你們做下人的辛苦，已經不計較，怎的如今要用些炭妳還推三阻四的，這是何道理？」舒穆祿氏氣不過，多說了幾句。

哪曉得她剛說完，另一個宮女就道：「主子既是心善，那索性就心善到底，不要再為難奴婢們了，您若要炭，就自己去內務府再領唄。」

第七百二十八章　欺主

繪秋亦道：「是啊，奴婢們外頭還有許多活要做呢，先行告退了。」說罷，她連禮也不行便要轉身。

舒穆祿氏氣得渾身發抖，實在憋不住，喝道：「站住！究竟……究竟我是主子還是你們是主子，竟然這樣說話！往日裡，你們怎麼苛刻我都不說話，可你們如今是越來越過分了。」

繪秋轉過身，皮笑肉不笑地道：「請問主子，奴婢們究竟哪裡過分了，是餓著您了，還是渴著您了？您在屋中什麼都不用做，奴婢們卻是忙東忙西，大冷天的還要碰水洗您的衣裳。」

「妳休要在這裡強詞奪理，原本這些便是宮人該做的活。而且每次讓你們洗幾件衣裳，便一個個諸多言語，滿心不情願，真當我看不出來嗎？」被他們這樣欺負，舒穆祿氏就是再好的脾氣也忍不住。

繪秋輕哼一聲，雖不否認，但那態度顯然是不將舒穆祿氏放在眼中。那些宮人自然也是有樣學樣，反正這個主子向來軟弱可欺，懼她做什麼。

「去將你們扣下的銀炭拿來。」舒穆祿氏說道，然那些宮人沒一個動的，明擺著不願聽她的話。她氣得俏臉發白，道：「若再不聽話，我便回了皇后娘娘，將你們都趕出水意軒去。」

繪秋聽了不僅不害怕，反而冷笑道：「主子，別總搬皇后出來嚇唬人，若皇后娘娘要理會，那日早就處置了奴婢，哪還會等到現在？至於說趕出來，奴婢們還巴不得呢，這水意軒要什麼沒什麼，冷冷清清，比冷宮還不如。」

在扔下這句放肆的話後，繪秋領著另兩個宮人走出去，後面不住傳來舒穆祿氏讓他們站住的聲音。

「繪秋姊，這樣好嗎？」另一個宮女聽著後面的聲音，有些擔心地問。

「哼，有什麼不好，要怪就怪她自己沒用。一樣是秀女入宮，瞧瞧人家彤貴人、溫貴人，再瞧瞧她，簡直就是天差地別。」繪秋故意大聲說給舒穆祿氏聽。

宮女稍稍放了心，旋即又有些不安地道：「可萬一她真告到皇后那裡，咱們豈不是很麻煩。」

「哼，皇后才不會理她呢，上次也不知是為了什麼才讓翡翠姑姑來喚她，可後來妳也瞧見了，什麼聲音都沒有。」繪秋不屑地說了一句，後面已經沒有了聲音，回頭看去，只見舒穆祿氏跪坐在地上，似乎在哭泣。

「跟著她，永遠沒有出頭之日。與你們實話說了吧，這些日子，我常送東西去給成嬪娘娘身邊的春姑姑，她人甚好，對咱們的處境也頗為同情，說了，若真待不下去，她便去跟成嬪娘娘說說情，讓我去娘娘身邊伺候。」

一聽得這話，另兩人眼睛頓時亮了起來。雖說成嬪在宮中不算得寵，可到底是主位娘娘啊，在她身邊當差，說出去臉上也有光，遠非舒穆祿氏這種小答應能相提並論的。

想到這裡，他們連忙央道：「繪秋姊，也將我們一併帶去吧，這水意軒的日子，真是一日也不想過了。去了那邊，我們定然唯妳之命是從。」

繪秋得意地笑道：「行了，我心裡有分寸，不過這事可不是我能做主的，一切得等娘娘答應，我頂多只能幫你們盡力遊說罷了。」這樣說著，她彷彿已經在成嬪身邊當差了。

「好了，咱們回去吧，這鬼天氣當真要凍死人了。」繪秋這樣說著，在準備離去時，眼角餘光瞥見一個人正走進來，臉色頓時難看起來。

來人正是如柳，自上次見過舒穆祿氏後，得知她被宮人這般欺辱，心有不忍，經常過來看看，每次總會與繪秋他們起爭執，所以兩邊見了臉色都難看得緊。

如柳也看到繪秋，冷哼一聲，也不說話，逕自走過去。

到了屋中，因為光線不亮，她並未發現舒穆祿氏的異常，只將帶來的小籃子往桌上一放道：「慧答應，今日姑姑賞了奴婢們許多糕點吃，奴婢給您留了幾塊，您嘗嘗味道。」

如柳回過身來，這才發現舒穆祿氏竟然跪坐在地上，趕緊扶了她道：「慧答應，地上寒氣重，您怎麼坐在地上，著涼了怎麼是好……您在哭？」頓了一會兒，她似明白什麼，憤然道：「可是繪秋他們又給您氣受了？真是越來越過分了，奴婢找他們評理去。」

「算了，不要去。」舒穆祿氏搖搖頭，淚眼婆娑地道：「是我自己沒用，不得皇上喜歡。這麼些天了，皇上從沒踏進過水意軒，也不曾召我侍寢，難怪他們心裡有怨氣。」

「慧答應，您就是脾氣太好了，所以他們才一個個蹬鼻子上臉，敢給您氣受。」如柳一邊說一邊嘆氣。這話她不知說過多少遍了，可一點兒用也沒有，慧答應還是這樣處處忍讓。

「可他們也確實有他們的難處。」舒穆祿氏抹著淚，就著如柳的手站起來。

如柳搖搖頭道：「不管主子得寵與否，也不管主子是什麼位分，既然跟了主子，就要盡心竭力地服侍好，這是做奴婢的本分，哪有說嫌棄主子的理。而且慧答應脾氣這麼好，能跟著慧答應，是他們的福氣。」

「我……」舒穆祿氏黯然搖頭，不知該說什麼好。

「慧答應，奴婢知道您心善，可這是宮裡，人吃人的宮裡，您可以不害人，但絕對不能由著人害您，否則早晚有一天，您會被吃得連渣都不剩下。在選秀的那段時間，您難道看得還不明白嗎？」這些話如柳本是不該說的，可她實在是同情舒穆祿氏，便道：「一百多位秀女，還沒選秀，便已經計謀百出，想著怎麼讓其他人落選了。您是親身經歷過的，既然您今日入選成了慧答應，那就該明白，如何才能真正保全自己。」

聽著如柳的話，舒穆祿氏腦海中卻想起那日覲見皇后的情形。皇后說的話與如柳的話出奇相似，皆是讓自己收起那些不必要的善心，等自己什麼時候可以做到了，她就會幫自己得到皇上的注意與寵愛。

第七百二十九章　下定決心

「如柳，我是不是很蠢？」舒穆祿氏突然這樣問著，眼裡還有未乾的淚意。

如柳輕嘆一口氣，扶她坐好，又將點心放到她手邊。「慧答應不是蠢，而是太過善良，這一點，奴婢在鐘粹宮的時候就看出來了。」正因為一直對舒穆祿氏有好感，所以那日兆佳氏欺辱時，她才會幫著說兩句。

舒穆祿氏苦笑一聲道：「如柳，妳不必盡說好聽的，我心裡清楚，不是善良，而是懦弱。不管是曾經的兆佳氏，還是眼下的繪秋一夥，我都不敢反抗，真是很沒用呢。這樣的性子，連我自己也很討厭。」

「唉，人都是這樣過來的，慧答應既然已經知道，慢慢再改過來就是了。至於繪秋他們……慧答應不要再縱容了。」

「我知道。」這樣說著，舒穆祿氏拈了一塊糕點放到嘴裡，慢慢地嚼著，直至將碟子裡的糕點全部吃完後才停下手，仔細拭去沾在嘴角的糕點屑。

「如柳，麻煩妳替我叫繪秋他們進來，我有話說。」她聲音平靜，再沒有往常的懦弱。她知道再繼續懦弱下去，等待自己的只有死路一條。好不容易走到這一步，好不容易進宮，她要出人頭地，一朝乘風乘雲，讓阿瑪、額娘因她而過上好日子！

「是。」終於下定決心了嗎？如柳欣慰地想著。慧答應是個好人，就是太過善良、懦弱了些，也許與出身有關係，但既然進了宮，一切便要重新開始，不可再像以前一樣了。

過了好一會兒，繪秋三人才拖拖拉拉地進來，沒好氣地道：「主子喚奴婢有何事？」他們本在屋中取暖，被如柳硬逼著出來，哪裡有好臉色給舒穆祿氏。

舒穆祿氏心裡泛起一絲緊張，藉著握緊雙手的動作努力讓自己冷靜下來。「屋裡冷，去將炭取來，還有，把你們扣下的幾套冬衣以及料子都給我拿過來。」

繪秋睜大眼睛，一臉詫異。這位主子莫不是摔壞了腦袋吧，剛才一個勁地問她要炭火，如今可倒好，連冬衣和料子都要他們吐出來。

她皮笑肉不笑地道：「主子說的這是什麼話，奴婢們何曾扣過您的東西，您別聽有些人在那裡挑撥，指不定包藏著什麼禍心呢。」

「妳！」如柳哪會聽不出她是在說什麼，當下就要與她爭辯，舒穆祿氏抬手示意如柳不要說話。

「哪個包藏著禍心，我心裡清楚得很，現在不說旁的，只問你們交不交！」

舒穆祿氏的態度令繪秋等人有些莫名，總感覺哪裡不對，但是要他們把東西交出來那是萬萬不可能的事。

繪秋虛笑道：「奴婢都不知道主子說的是什麼東西，您讓奴婢怎麼交啊？」

「不交是嗎？好！」舒穆祿氏環視著三人，輕聲道：「從現在起，你們三人給我離開水意軒，我這裡廟小，容不下你們三尊大佛。」

好！如柳在心中暗喝一聲。慧答應總算是懂得反擊了。

讓他們走？繪秋等人有些傻眼，懷疑是不是自己聽錯了。向來膽小懦弱的慧答應居然會說出這種話，怎麼可能？

繪秋的臉色一下子變得極是難看，在這水意軒裡，她向來自大慣了，比舒穆祿氏更像主子，哪裡受得了這話，硬邦邦地道：「主子這是要趕奴婢們嗎？」

「是！」再簡單不過的一個字，卻幾乎用盡舒穆祿氏所有的力氣，若非坐在椅子上，她只怕連支撐身子的力氣都沒有了。

繪秋還不曾怎樣，她身後的那兩個宮人卻心裡有些發虛了。其實在水意軒做事甚是輕鬆，若被趕出去，還不知會怎樣呢。

他們待要說句好話，好繼續留下來，繪秋已然道：「奴婢們自到慧答應身邊以來，自問一直盡心竭力，想不到慧答應竟然說出這種話來，實在讓奴婢們傷心。奴婢們左右是做事的，去哪裡都一樣，就怕慧答應身邊沒人伺候不方便。」

舒穆祿氏聽著她近乎威脅的話，長吸一口氣，撐著扶手站直身，一字一句道：「盡心竭力？聽著這四個字，我都替你們臊得慌。總之今日我就一句話，要不你們誠心改過，要不就立刻給我離開水意軒。」

繪秋原以為自己這麼一說，她會服軟，豈料竟得來這樣一句話，一時拉不下臉，惱羞成怒地道：「好，希望慧答應以後不要後悔，我們走。」

她轉身，卻發現另兩人沒動，反而擺出一副欲跪下求饒的樣子，頓時氣不打一處來，用力捏了一下兩人的手臂，喝道：「還愣著幹什麼，沒聽到慧答應已經不要咱們了嗎？難道非要等她拿掃帚趕咱們嗎？走！」

見繪秋這樣說了，另兩人只得隨她一道離開。見三人當真走了，如柳有些擔心地道：「慧答應，您教訓一下他們也就是了，真趕走，身邊可就沒人伺候了。」

「我知道。」說完這三個字，舒穆祿氏像被抽乾力氣一樣，癱坐在椅上，好一會兒才緩過神來。「如柳，妳願意來我身邊伺候嗎？」

如柳為難地道：「這……慧答應是好人，奴婢自然願意，只是在哪個宮伺候，不是奴婢可以說了算的，內務府那邊又說不上話，只怕要辜負慧答應的美意了。」

「這個妳不必擔心，我自有辦法。」在歇了一會兒後，舒穆祿氏道：「妳去忙妳的吧。」

「要不奴婢再留一會兒？」其實如柳手頭上還有不少活要幹，只是看舒穆祿氏這個樣子，又放心不下。

「我沒事，妳去吧。」在如柳離去後，舒穆祿氏對鏡子仔細整理了自己一下，往坤寧宮行去。

熹妃傳 第二部第四冊

作　　者／解語
執 行 長／陳君平
榮譽發行人／黃鎮隆
協　　理／洪琇菁
總 編 輯／呂尚燁
執行編輯／陳昭燕
美術監製／沙雲佩
美術編輯／陳又荻
國際版權／黃令歡、梁名儀
文字校對／朱瑩倫
內文排版／謝青秀

國家圖書館出版品預行編目資料

熹妃傳．第二部／解語作．-- 1 版．-- 臺北市：城邦文化事業股份有限公司尖端出版：英屬蓋曼群島商家庭傳媒股份有限公司城邦分公司尖端出版發行，2022.12-
冊；　公分

ISBN 978-626-338-614-3（第 4 冊：平裝）

857.7　　111015552

出版／城邦文化事業股份有限公司　尖端出版
台北市 104 中山區民生東路二段 141 號 10 樓
電話：（02）2500-7600　傳真：（02）2500-2683
讀者服務信箱：7novels@mail2.spp.com.tw
發行／英屬蓋曼群島商家庭傳媒股份有限公司城邦分公司　尖端出版
台北市 104 中山區民生東路二段 141 號 10 樓
電話：（02）2500-7600　傳真：（02）2500-1979
劃撥專線：（03）312-4212
戶名：英屬蓋曼群島商家庭傳媒（股）公司城邦分公司
劃撥帳號：50003021
※ 劃撥金額未滿 500 元，請加付掛號郵資 50 元
法律顧問／王子文律師　元禾法律事務所　台北市羅斯福路三段 37 號 15 樓

台灣地區總經銷／中彰投以北（含宜花東）　楨彥有限公司
電話：（02）8919-3369　　傳真：（02）8914-5524
雲嘉以南　威信圖書有限公司
（嘉義公司）電話：（05）233-3852　　傳真：（05）233-3863
（高雄公司）電話：（07）373-0079　　傳真：（07）373-0087
馬新地區總經銷／城邦（馬新）出版集團 Cite（M）Sdn Bhd
電話：603-9057-8822　　傳真：603-9057-6622
E-mail：cite@cite.com.my
香港地區總經銷／城邦（香港）出版集團 Cite（H.K.）Publishing Group Limited
電話：852-2508-6231　　傳真：852-2578-9337
E-mail：hkcite@biznetvigator.com

版　次／2022 年 12 月 1 版 1 刷